跨度小说文库
Kuadu Fiction Series

YINHANG
HANGZHANG

邢 涛 —— 著

银行行长

中国文史出版社
CHINA CULTURAL AND HISTORICAL PRESS

图书在版编目（ＣＩＰ）数据

银行行长 / 邢涛著 . -- 北京 : 中国文史出版社，
2020.12

ISBN 978-7-5205-2634-0

Ⅰ . ①银… Ⅱ . ①邢… Ⅲ . ①长篇小说—中国—当代
Ⅳ . ① I247.5

中国版本图书馆 CIP 数据核字 (2020) 第 240685 号

责任编辑：梁玉梅

出版发行：中国文史出版社

社　　址：北京市海淀区西八里庄路 69 号院　　邮编：100142
电　　话：010-81136606 81136602 81136603（发行部）
传　　真：010-81136655
印　　装：北京新华印刷有限公司
经　　销：全国新华书店
开　　本：16 开
印　　张：20.5
字　　数：303 千字
版　　次：2021 年 4 月北京第 1 版
印　　次：2021 年 4 月第 1 次印刷
定　　价：58.00 元

目录

第一章 时代宠儿		
01. 检查工作	/ 2
02. 商量对策	/ 6
03. 出谋划策	/ 9
04. 一箭双雕	/ 12
05. 接风洗尘	/ 16
06. 瞒天过海	/ 19
07. 礼尚往来	/ 22
08. 财政职能	/ 24
09. 市场交易	/ 28
10. 一场风波	/ 35

第二章 上下求索		
01. 东风徐来	/ 40
02. 好事快办	/ 44
03. 命悬一线	/ 47
04. 曲线贷款	/ 50
05. 封闭贷款	/ 55
06. 锦上添花	/ 60

07. 人生转折 / 66

08. 探索交流 / 69

09. 企业易主 / 75

10. 流氓心机 / 77

11. 祸起萧墙 / 80

12. 瞬息万变 / 85

第三章 初次治理

01. 应对挑战 / 90

02. 拟要换马 / 93

03. 其乐融融 / 98

04. 为人做嫁 / 102

05. 关系贷款 / 106

06. 资金掮客 / 111

07. 联行挪用 / 115

08. 担惊受怕 / 118

09. 疖子出头 / 121

10. 整人整事 / 124

第四章 试验期

01. 否极泰来　　/ 130

02. 破产为先　　/ 135

03. 峰回路转　　/ 137

04. 不速之客　　/ 139

05. 曲折前行　　/ 141

06. 以身试规　　/ 144

07. 警方问询　　/ 148

08. 引导贷款　　/ 151

09. 金融时报　　/ 153

10. 触高压线　　/ 155

11. 两位女神　　/ 160

第五章 改革

01. 承上启下　　/ 166

02. 弄巧成拙　　/ 172

03. 淡出职场　　/ 176

04. 领导游说　　/ 179

05. 撒网真空　　/ 181

06. 减员增效　　/ 185

07. 以怨报德　　/ 190

08. 维持会长　　/ 194

09. 竞聘策划　　/ 197

第六章　内外矛盾

01. 后院起火 　/ 202

02. 治病救人 　/ 206

03. 暗箭伤人 　/ 210

04. 被逼辞职 　/ 213

05. 虚假安慰 　/ 216

06. 宣泄情怀 　/ 218

07. 关门自省 　/ 222

08. 羔羊迷途 　/ 226

09. 邀约知音 　/ 231

10. 灵魂碰撞 　/ 235

11. 细雨一梦 　/ 240

12. 免除责任 　/ 242

13. 成果显著 　/ 251

第七章　步履维艰

01. 衣锦还乡 　/ 258

02. 按摩陷阱 　/ 265

03. 以点带面 　/ 270

04. 绝地反击 　/ 274

05. 竞聘失败 　/ 277

06. 撕破脸皮 　/ 280

07. 留条后路　　/ 287

08. 竞聘成功　　/ 289

第八章　峰回路转

01. 澄清事实　　/ 292

02. 连升三级　　/ 295

03. 新官上任三把火　/ 301

04. 一直在路上　/ 304

05. 考察与思考　/ 308

06. 老头儿与大学生／310

07. 成果显效　　/ 313

08. 圆满收官　　/ 316

后记　　/ 318

第一章 时代宠儿

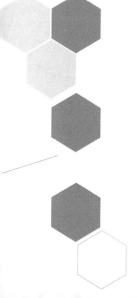

01. 检查工作

杨天友站在山阳支行前面的小土坡上，朝着右前方的公路上张望。艳阳高照，因为站的时间有点长，加上心情紧张，杨天友的脑袋上冒出了细密的汗珠。

山阳支行，位于滨江市南郊出城公路转弯处，土质公路旁一排小平房当中。这是新建不久的一栋新平房。由于刚竣工不久，剩余的砖瓦土料等堆在平房一旁，形成"假山"，很是有碍观瞻。山阳支行准备利用星期三上午学习时间，动员职工参加义务劳动清理搬运"假山"，还没来得及动手，就得知省行信贷检查组要来，对省行重点、点贷企业畜品厂的贷款进行检查，遂将义务劳动的事放下，专门迎接省行信贷检查组的到来。这是山阳支行成立以来，省行第一次来检查，山阳支行上下格外重视，精心准备了两套迎接方案，山阳支行行长夏江河特意指派杨天友担任哨兵工作。

杨天友毕业于省银行学校，现在是山阳支行主持信贷科工作的副科长。

杨天友站到"假山"上抻着脖子看了一会儿，在一辆尘土飞扬的解放牌大货车的后面，终于看到了两辆草绿色212北京吉普从前面的土路上探出了头。

杨天友朝着站在院子里的众人喊道："来了！来了！两辆吉普车！"

他从"假山"上跳下来，跑进单位大门。

站在门口的一众职工，听到杨天友的喊声，赶紧列队，等他跑回来，已经排成不甚整齐的一队。

不远的路口，一辆大货车行驶过后，从带出的一片飞扬的黄土中，露出一辆草绿色北京212吉普车的影子，不一会儿，两辆北京212吉普带着公路的尘土停在山阳支行门前。

吉普车停稳，烟尘未散，从副驾驶位置跳下一个高挑魁梧的男人，跑到了后车门位置，快速拉开门把手。一个矮小偏胖的中年男子，风度翩翩走下车来，向人们挥挥手。众人哗哗拍掌。矮胖子就是省行信贷处长徐科，一个在山阳支行众人眼中需要仰望的神一样的人物。

徐科带领着省行检查组成员亲切地和山阳支行迎接人员一一握手，问候。随后，山阳支行行长夏江河谦恭地将他们请进了办公室。

山阳支行新建的办公场所面积也就两百平方米，除去窗口营业一百平方米，剩余的一百平方米，有两个狭小的行长室，一个所谓的会议室由信贷人员和计划现金审批人员占用。得到省行领导要来检查的通知后，山阳支行特意安排外勤人员下乡，现金审批内勤人员安排到营业窗口办理业务，空出的会议室权作接待省行检查组成员的地方。

夏江河提着暖瓶，一边给检查组成员倒水沏茶，一边讪讪地说："我们的办公条件太简陋了，请领导见谅。"

杨天友给徐科递烟点火，徐科吸了一口烟，说："全省都这个情况，你们还算不错的呢。有的单位三十几个人还挤在三间平房里呢。"

"我们体谅行里的困难。"夏江河赶紧有些讨好地说。

徐科用手指轻轻往烟灰缸弹了一下烟灰，说："省行正在研究分批解决各地市办公条件问题。办公场所就是银行的脸面呀……"

寒暄了一会儿之后，徐科说："咱开始干活吧，夏行长，你安排人带我们到贷款企业检查，检查组成员大家各司其职，开始工作。"

夏江河带着众人走出办公室，一行人乘车，来到山阳支行的贷款企业山阳畜品厂。畜品厂位于滨江市南郊，是负责生猪屠宰、加工生产罐头制品和制药的一家大型企业，也是省行重点支持的企业，它的贷款需求，由省行直接匹配信贷计划指标，指标由山阳支行发放、管理。山阳支行和畜品厂距离不到两百米，该支行的建立就是为畜品厂服务的。

畜品厂很牛。山阳支行刚成立的时候，畜品厂依仗省行的关系，根本就没有把山阳支行放在眼里，杨天友陪夏江河到该厂检查，企业派财务副科长出面接待。别说要见厂长了，要见科长也很困难。

夏江河很生气，回来之后，指示现金计划科长晋大伟严格审核畜品厂的现金用途，严格控制该厂的现金支出；指示主持工作的信贷科副科长杨天友将贷款期限定在企业开工资日,到期收回贷款。畜品厂不能按时开支,职工情绪受到了影响。该厂财务人员到银行协商、交涉未果。难得到银行来一回的财务科长吕兵,这次屈身来到了山阳支行,依仗和省行关系好,趾高气扬地质问夏江河:"你们山阳行是专门为畜品厂服务的,你们为什么要为难我们?!"

夏江河冠冕堂皇地说:"我们认真执行国家信贷政策,省行让我们放贷款,并没有不让我们回收贷款;贷款按期归还是银行贷款安全性、效益性、流动性'三性'中的要求。"

"收回贷款为什么事先不通知我们?"吕兵依然盛气凌人。

"贷款什么时候到期你们不知道?!银行是你家开的?你想咋的就咋的?"夏江河厉声吼道,"你们再找省行要指标,我们马上给你们放贷款!否则,就你们厂子这个工作态度,山阳行有义务保证贷款安全,没有义务替你们解决你们所谓的困难。"

畜品厂厂长张喜明向市行告状,说山阳支行有意刁难他们。市行了解到夏江河的做法并没有过错,再者,该厂依仗省行的关怀霸气冲天,对市行也不放在眼里,经常"隔着锅台上炕",造成市行工作被动,市行也是耿耿于怀的。这次山阳支行"教训"了该厂,市行虽然高兴,但考虑到省行的面子,还是进行了有策略的博弈,虚情假意地拿出文件,证明山阳支行所作所为是有根据的。

没有办法,张喜明屈尊亲自来到山阳支行向夏江河赔礼道歉,夏江河才指示杨天友退回贷款,让该企业发放了工资。这样,畜品厂才把山阳支行重视起来。现在夏江河到畜品厂,张喜明奉之为上宾,亲自沏茶倒水。按照夏江河的说法,银企关系很融洽,是鱼水关系。

由于这是第一次省行检查组来到自己"封地"检查,夏江河格外重视。在山阳支行,夏江河主管信贷,一把手直接主管贷款业务,在各行中是比较少见的。夏江河比较看得开,他的口头禅是:工作不要求上进,但也不能落后,居中游即可。当然,他怕居不了中游。

检查了一会儿,一名检查组组员对杨天友说:"你们从档案上看总体做得很好,材料也较齐全,但我只看到了草拟合同,未见正式合同,以及你们目录标名的省行同意给这个企业贷款的批复。"

"应该有。前一段时间我们还搞自查了呢。"杨天友说着从他手中接过档案材料。可翻过之后傻了眼，这两个要件不翼而飞。

夏江河问："怎么回事？"

杨天友这时好似从梦中惊醒，他倒吸了一口凉气，马上镇静下来，强挤笑颜说："这两个要件很重要，在金库内锁着呢，我这就找来。"说罢向夏江河递了个眼色，自己先走出会议室。

02. 商量对策

　　杨天友走出会议室。夏江河脚跟脚地也出来了。杨天友向夏江河一点头，手指了一下他办公室的门，夏江河快步走到办公室的门前，掏出钥匙打开房门。他们进去之后，杨天友迅速关严了门，没有等夏江河坐稳就说："夏行长，不好了。我们给畜品厂放款的两个要件不见了。"

　　夏江河坐稳后，紧盯着杨天友说："别着急，慢慢说。"

　　看到夏江河沉稳的架势，杨天友从心里佩服夏江河遇到大事平稳的心态，他说："给畜品厂放款的正式合同和省行的批示，我清楚记得是放在夹子里的，我还特意嘱咐综合员于仲龙，一定要保管好呢。今天一检查怎么就没有了呢？于仲龙母亲有病，昨天现买的车票回家了，会不会是他特意坏咱们的事？"

　　"他不可能，也没有这个胆。"夏江河身体往后一靠，自信地说。

　　"他可是和钟照华一伙的呀！"杨天友直戳夏江河的软肋。

　　夏江河沉默了。

　　杨天友说得对，自己的副手钟照华来到山阳行时，上级行的意见是安排他主抓信贷工作，由于对钟照华不信任，更主要的是他出于对信贷权力的热爱和崇拜，自己向上级行据理力争，没有让钟照华主管信贷，钟照华因此对自己一直耿耿于怀，工作上和自己打起了"太极"，经常搬弄是非。

　　夏江河为了整臭钟照华，必须控制杨天友，进而掌握信贷科。综合员于仲龙与夏江河有些矛盾，他想要调走，夏江河不放人。科里来了新人，于仲龙想要当信贷员，杨天友也没有满足他的愿望。

　　20世纪80年代，信贷员是银行里最风光荣耀的业务工种。由于资金紧张，加上银行业处于国家垄断地位，信贷员是很多银行人梦寐以求的那类角色，其接触层次虽然以企业财务人员为主，但由于资金供求关系，一般企业的资金需求均由企业的主要领导出面，这样，信贷员就能和企业领导保持较好的关系，也就是人们常说的"职位低，权力大"的角色。

于仲龙话里话外经常流露出对杨天友的不满。钟照华抓住时机，逐渐将于仲龙拉到了自己的阵营。

想到这里，夏江河说："钟照华这小子和我玩黑的了，我不能便宜了他。目前，正好于仲龙不在，就和检查组说，要件由于仲龙特别保管起来了。回来时，就能拿出来。"

"省行检查人员是业务精英，他们是较真儿的。"杨天友担心地问。

这时，随着"咚咚"的敲门声，没有等夏江河喊"请进"，门就被推开了。杨天友下意识回头一看，一个身材矮小、体态丰腴、面容细嫩、大眼睛的女人出现在眼前。她看到杨天友，愣了一下，然后女人味十足地笑了笑，直奔夏江河办公桌前，双手递上文件夹，说："夏行长，这是向市行报送的今年的财务预算情况。"

夏江河抬头瞧了这个女人一眼，然后重点看了几眼关键的数据，抓起笔，停了一下，签上了字，对她说："让你们科长再核实一遍。"

这个女人走出时，妩媚地看了杨天友一眼，让杨天友有些心动。

女人走出后，杨天友不禁问道："这个女人是谁呀？"

由于杨天友和夏江河互相磨合很长时间了，夏江河对杨天友信任有加，对他也不见外了，也知道杨天友是他的有力支持者，私下讲话很随便，闲着时也愿意找杨天友扯淡。夏江河微笑着说："你对她有意思了？她是咱们单位新来的会计员陆承馨，从印刷厂调转来的，主动要求到咱们单位。"

"这几天就忙着应付检查了，也没有看到单位有美女出现。"杨天友道。

"她的档案我看了，"夏江河说，"履历表上记载，她家是农场的，后来到滨江投靠亲属。第一学历是高中，后来参加了南开大学函授学院学习，现在学历是大专。"

"野鸡大学！"杨天友情不自禁地表达了对非全日制大学的蔑视，"真正能学习到知识的人不多。"

"有毛不算秃。"夏江河看他话不投机，便问，"你在想什么呢？"

杨天友的心思，一心扑在信贷检查组上。他明白，工作干好了，是自己的第一资本。省行检查和市行检查不一样，检查出问题不像市行那样有回旋余地，必须认真对待。他挠了挠头，突然发问："夏行长，如果检查组对那两个要件较真儿了怎么办？"

夏江河半开玩笑，轻松地说："如果较真儿了，你就说丢了。没有什么大的后果。"

"我不想背这个黑锅。"杨天友很干脆地说。

夏江河笑了，安抚他说："一般说来不能较真儿。如果他们真较真儿的话，你先拖着他们。他们走后，你到市行信贷科谈一下，他们和省行打交道多，能有办法。我再找畜品厂的厂长张喜明想办法。放心，责任不能让你承担。"

吃了夏江河给的定心丸后，杨天友长长吁了一口气，从夏江河的办公室走了出来。他只顾低着头走路，猛然跟一个人撞了个满怀，还撞出了一身的香味儿。杨天友抬头，竟然是陆承馨。杨天友红着脸，赶紧道歉："对不起，我光想事了，没有注意到你。"

"哟。"陆承馨娇声地说，"杨大科长，应该是我向你赔不是呀！"

"为什么啊？你怎么认识我？"杨天友不禁热血上涌，饶有兴趣地问。

"科长大人，山阳支行的擎天柱，谁人不知，无人不晓？小民打扰您了，我应该说一声对不起呀。"陆承馨的双眼扑闪扑闪，像一对要飞的蝴蝶。

杨天友不禁回头看了她一眼，正好和她回头的目光碰上了。杨天友赶紧回过头，心里说，这个小娘子，很有趣味呀。

03. 出谋划策

杨天友哼着小调回到会议室，看到检查人员在紧张地忙碌着，赶紧递烟、点火，斟茶、倒水。

检查人员抬头，问："杨科长，贷款要件找到了吗？"

杨天友笑了笑，故作轻松地说："你们要看的贷款要件，让我们综合员于仲龙锁在金库里了。他母亲有病，请假回家了。"

检查人员果然不出杨天友的意料，真的较真了，不依不饶地问："你们单位派一台车，将他接回来，拿出来就是。"

杨天友一副为难的样子，说："他家在外地，一时回不来。您放心，要件我们肯定有，要是没有，谁敢给厂子放款啊？"

检查人员瞥了杨天友一眼，用鼻子"哼"了一声，流露出轻蔑的眼神，拿起桌子上的红塔山牌香烟，叼在嘴中，重重地划着火柴点燃香烟，狠狠吸了一口，然后将火柴摔在桌子上。

杨天友对检查人员用鼻子"哼"自己十分不满。在山阳，他杨天友也算是一个人物了。在工作中，在和外界的交往中，人们都对他敬重有加，他也知道，那是对他手中职权的敬仰，但是他的自尊心受到了强烈的挫伤。年少气盛的他忍不住了，不卑不亢地说："要不，等我们综合员回来找到后，我们专程送到省行，这总可以了吧？"

对于杨天友的回答和语态，检查人员愣了。这显然出乎他的意料。两人无言以对，四目相视，僵持在那里。

另一名检查人员打圆场道："杨科长，如果找不到或者丢失了也没有关系，再补一个呗。银行、企业都是国家的，说句不好听的，就是贷款'瞎'了，也是肉烂在国家的锅里，和你没有关系。只要没有往个人腰包里揣，就不是事。贷款要件丢失了，你顶多受到批评，脸红一阵就过去了，最多再扣你一个月的综合奖金。如果罚款，让畜品厂报销也是正常，毕竟是为他们办事的呀。"

杨天友不肯认输："肯定有，没有丢失。"

一看杨天友这副死不改悔的架势，刚刚"哼"了一声的检查人员说："那也只好按你说的，等你们综合员回来，拿出材料后，专程送到省行了。我们看不到要件，不好落底稿，没有办法向省行交代。"

杨天友看着这名检查人员较真儿的模样，心里愤愤。其实没有要件，根本不算个事儿，补上即可。再者大家都是同事，说不定哪天谁会求着谁呢。这种特意找事儿的，还真是少见。杨天友正感愤怒，刚刚给他打圆场的那名检查人员，朝着他眨巴了一下眼皮子。

杨天友顿悟，赶忙调整心态，赔着笑脸和他们闲扯，调节气氛。

傍中午时分，夏江河走了进来，看了一下手表，笑嘻嘻地说："快到中午了，畜品厂为我们准备了丰盛的午餐，反正上午也干不完工作，吃完午餐后，下午再工作吧。"

"你们先去吧！"检查人员说，"用不了几分钟就搞定了，这样吃饭也安心。"

"那我先给你们打前站。"夏江河转头对杨天友说，"你先陪他们一会儿。"

午餐在畜品厂食堂进行，丰盛的美酒佳肴，以及畜品厂厂长张喜明对山阳支行的工作赞许，让夏江河踌躇满志。徐科夸杨天友年轻有为，科班出身，鼓励他好好干，陪同的市行信贷科长翟志敏也大加赞赏杨天友，说他水平高，有能力，这让杨天友有些飘飘然了。

然而，那名对杨天友"哼"了一声的检查人员强调，山阳行必须在一周内，把缺失的要件送到省行。杨天友没有办法，只得连连答应。

第二天刚上班，杨天友就来到了市行信贷科。科长翟志敏不在，同室的副科长赖禄清热情地接待了他。寒暄了一会儿之后，赖禄清问："找翟志敏有事吗？他到火车站送省行检查组了。有公事的话，看看我能否帮你一下。"

赖禄清是市行的中层，所谓中流砥柱，是市行年轻人中很有前途的一位。杨天友与他交往不多，但是看到他这么热情，就把昨天发生在山阳支行的事跟他说了。

听罢杨天友讲的情况，赖禄清沉思了一下说："那个人我认识，是江山县的信贷科长。人有点一根筋，但是思想品德好，工作认真。让你们送材料，你们就得报送了，他们是代表省行的。其实，他可以委托我们看一下，也不算越格。"

赖禄清看了一眼杨天友，又意味深长地说："不知道触动了他哪根神经，非要求你们这样做。他代表省行下来，处长也得认可他的。"

杨天友一副委屈的样子说："您看我们怎么办好？"

"过两天，市行要到省行报送材料，你和翟志敏说一下，让他顺便见一下处长，解释解释。贷款合同好办，从企业借来就可以了，关键是省行的批件。虽然不是什么大事，但传出去好说不好听，人们会对你的信任度打折扣，对你的前途有影响呀。"赖禄清推心置腹地说。

杨天友听罢，方知此事的重要性。他是有野心的人，想要升职，绝不能因此耽误自己的前程，他必须要妥善处理好此事。

门被推开了，只见翟志敏昂首阔步地走到自己办公桌前，杨天友赶紧站起来和他打招呼。

"坐，坐。"翟志敏上下摆着手，声音洪亮地说。

杨天友坐下后，战战兢兢地说："翟科长，我犯了错误，请您帮助我一下吧！"

"怎么回事？"翟志敏一愣，脱口问道。

"是这么一回事，"杨天友委屈地说，"前一段时间，我们自查时，给畜品厂的放款手续还齐全呢，等到省行检查组来了一看，缺少省行的批件。"

"你不是说，让你们综合员特别保管起来了吗？他回来不就找到了吗？"

杨天友面呈难色地说："应该在他那里，他要是不承认，我就没有办法了。"

"那责任也是他的，他是综合员，档案材料应该在他那里保管。"翟志敏轻松地说。

"可是，"杨天友忧心忡忡地说，"我也有档案柜的钥匙，到时我也说不清楚。"

"唉。"翟志敏叹了一口气，"这事可大可小，也可以化无。你跟我到省行和处长徐科谈一下吧，态度要真诚。我知道，他对工作要求很严格。"

赖禄清见缝插针地说："过两天，咱们向省行报送畜品厂的贷款材料，让杨天友去吧，也给他创造一个机会。"

翟志敏看了他们一眼，顺水推舟地说："也好。杨天友，你准备吧。"

04. 一箭双雕

杨天友拿着畜品厂的贷款材料，怀着忐忑不安的心情来到了省行徐科处长办公室。徐科像见到老朋友一样热情地接待了他，这让他的心情得到了安慰。

然而，把要件丢失的事儿说了之后，徐科和蔼的面容消失了，脸色立刻沉下来了，严肃地说："杨天友，说别的没有用，你得赶紧找到要件，如果找不到，你是需要承担责任的。"

徐科的话，验证了翟志敏说的"处长工作很严格"的话。杨天友挨了当头一棒，头晕目眩。他算是体会到了，别看当大领导的平常平易近人，和蔼可亲，可遇到原则性问题是不会让步的。他记不得说了什么，是怎么从处长办公室走出来的。

杨天友走出省行大门，沿大街走了一会儿，他突然想到了省行的同学郑玉权。这个人在学校和自己关系不错，工作后也常通信来往。他在省行工作，虽然不和徐科一个处室，但也应该能了解一下他的情况。让同学帮助想一下办法吧。

杨天友掏出电话号码本，找到一个公用电话亭，给郑玉权办公室挂电话。正好是他接的电话，见杨天友来了，他高兴地问："你在哪儿？"

"在你单位附近。"

"好，"郑玉权爽快地说，"你往省行走，在省行门前见面，我马上就下楼。"

他们在楼下见面时，先是一阵热烈的拥抱。

拥抱完毕，杨天友说："哥们儿，我们打车，你找一家好饭店，我们好好叙一下旧。"

郑玉权说："不用打车，我们锻炼一下。我们走一会儿，也就十多分钟，就会到一家新开的饭店。那地儿不错，我去过几次。"

两人朝着饭店走。走了几步，杨天友问："徐科处长人怎么样？"

郑玉权放慢了脚步，迷惑不解地看着他，反问道："怎么突然问他？有事？"

杨天友停下脚步，讲了省行信贷检查组检查的情况，复述了徐科的谈话。

郑玉权听罢紧皱眉头，想了一下，说："咱俩找一下咱们的高老师，让她帮助想办法。正好还没有到中午，咱们给高老师挂一个电话，中午一起吃饭。"

杨天友感激地说："哥们儿，你真是及时雨宋江呀！"

郑玉权找了一个电话亭，给高老师挂电话，办公室的人说，她授课去了。郑玉权说："我是她家亲属，麻烦你转告她一声，我中午之前去看她。"

两人打车，很快就到了他们的母校，省立银行学校。正在楼梯口走廊里徘徊，不一会儿，下课铃声响了，只见一扇门打开，走出一位身材苗条、留着披肩发、英姿飒爽的女性。高老师！他俩迎上前去问候。高老师对他俩并不陌生，特别是留在省行的郑玉权等学生经常看望她，也常常提及杨天友。他们边走边寒暄着，一会儿，进了办公室。

同办公室的人说，刚才有一个电话，说是你家亲属中午之前要来。高老师一指他俩说："这不是来了吗？"

落座之后，高老师问："你们有什么事，这么风风火火的？"

郑玉权就将杨天友遇到的困难，向高老师说了。末了，郑玉权说："听说，徐科的小姨子在咱们学校读书，高老师能否帮助一下？"

高老师想了一下说："这样吧，晚上，我约徐科的小姨子到我家吃饭。你们也参加，若有适当的机会，你们和她谈一下吧。"

郑玉权兴奋地说："高老师，太感谢您了。走，我们中午撮一顿去。"

中午吃完饭后，杨天友在郑玉权宿舍睡了一觉。到了下午下班时分，两人买了一些熟食和罐头等礼物，来到高老师家。高老师住在学校后院的家属楼内，他俩并不陌生，在学校时，由于高老师平易近人，上她家的学生很多，当然也包括他俩。

进屋后，发现有两位女生正在厨房忙碌着，他俩知道，有一位是徐科的小姨子。杨天友对高老师的感激油然而生。

高老师接过礼物放在门后，没有顾及寒暄，就面向厨房喊道："季晓春，李伟萍，你们出来一下，我给你们介绍两位师哥。"

随着喊声，先后从厨房走出两位女生。先出来的一位身材苗条，体态均匀，扎着羊角辫，一双大眼睛炯炯有神，一身运动服，显得青春阳光。后出来的，中等个子，体态偏瘦，披肩发，一双扑闪闪的眼睛让人过目不忘，遐想联翩。

"这位是省行的师哥，郑玉权，很有前途的同学。这位师哥是滨江银行的杨天友科长，工作不到三年就当了信贷科长。"高老师得意地介绍着。

听了高老师的介绍，她俩眼前一亮，羡慕之情，溢于言表。

先出来的，先和他俩握手："见到师哥很高兴，我叫季晓春。"

另一位和郑玉权握手后，又和杨天友握手，笑盈盈地说："我叫李伟萍，和你还是老乡呢。"

高老师趁机说："她姐夫是省行的徐科处长。郑玉权你应该知道呀。"

杨天友面带笑意，看着李伟萍，不露声色地说："你姐夫我见过，是我的领导。如果以后我有什么难事，还得麻烦你帮助疏通呢。"

"没有什么原则问题就行。"李伟萍粲然一笑。

杨天友心里说，真是官宦家属，说话滴水不漏，官气十足。

"欢迎你毕业后回到家乡工作，说不定我们还会成为同事呢。"杨天友赶紧岔开话题。

"中专生是定向分配，我父母也在滨江，我应该回到家乡工作。"李伟萍笑意盈盈，脱口而出。

"快请坐下唠。"高老师自嘲地说，"我家的房子太小，一来人就显得拥挤了。"

"您比我们强。我们现在还租房子呢。"郑玉权打圆场道。

"我们什么时候有您这样一套房子，就心满意足了。"杨天友忽悠道。

"以后，你们一定比我强。"高老师用手往后捋了一下头发，眼神中充满希望。

杨天友坐下后，环顾了一下屋子，发现和以前一样，没有什么变化。不过，他猛然想起来了，高老师的爱人呢? 听说他们离婚了，难道是真的吗?

杨天友绕着圈子问："高老师，过一阵子我从贷款户畜品厂给您批点猪肉罐头，你们早上就不用做饭了。"他说话时，特意在"你们"那里稍停一下，强调了语气。

"你们，是指谁呀?"高老师也不傻，一下子明白了杨天友话的含义，装作神秘的样子，微笑着明知故问。

杨天友不禁吐了一下舌头，尴尬地笑着。

"他是听说，您和姐夫离婚了，不好直接问。"郑玉权快言快语道。

"是离了。"高老师轻松地说，接着补充道，"是离开了。你姐夫到美国进修去了，不是传言中的离婚。"

高老师揭开谜底后，站了起来说："走，跟我到厨房做饭去。"

杨天友马上站起来："老师，别在家做了，太麻烦了。我们到附近的饭店吃吧。我现在工资比郑玉权高，再说，老师培养我们一回，我请您也是应该的。再者，还有新认识的师妹。"

郑玉权也赞同附和道："难得我们聚得这么全，杨天友回单位能报销，还是到饭店吧。也算让我解馋了。"

季晓春、李伟萍也用期望的眼神看着高老师。

高老师犹豫了一下，说："话都说到这份儿上了，我们就恭敬不如从命了。"

他们到了省立银行学校附近的一家上档次的餐馆，杨天友点了一桌好菜。由于杨天友经历的酒场相对多一些，很会调动大家的情绪，饭桌上的气氛逐渐高涨。

高老师、郑玉权和两个师妹季晓春、李伟萍很尽兴。高老师破例喝了白酒，季晓春、李伟萍也主动跟着喝。一时间，推杯换盏，觥筹交错。大家从工作到社会，从人生到理想，天南地北地侃大山，谈见闻，论观点，憧憬未来。

杨天友风度翩翩的举止，幽默风趣的言语，让李伟萍对他很有好感。

杨天友趁热打铁说："这次就遇到了小麻烦，恐怕需要师妹帮忙处理一下。"

李伟萍急着问："怎么了？"

杨天友故作犹豫状，这让李伟萍很心急，她樱桃小嘴一噘，佯作生气的样子说："信不着，就不说。"

杨天友看火候到了，便把那事儿跟她说了。

李伟萍想都没有想，信心十足地说："这不算是问题！把你的电话号码给我，有了结果后，我立刻给你挂电话。"

05. 接风洗尘

杨天友心满意足地回到单位。夏江河听了情况汇报后，不无嫉妒地说："你这小子真行，能把处长的小姨子搞到手，基本没有事了。"

"领导过奖了。我们只是彼此感觉很好，并没有其他的关系呀。"杨天友急忙辩解道。

"行了，你要有心思，一定能将她拿下。"夏江河嘿嘿笑着，没有等杨天友解释，便卖好地说，"你到省行后，我一直惦念着此事，第二天，就找张喜明谈了情况。张喜明说他们和省行徐科关系不错，主动揽过责任。有了这双重的关系，一定没事的。"

杨天友担心地问："如果省行还要看呢？"

"不可能。张喜明说不用咱们管了，这事包在他身上。"夏江河嘿嘿笑着说，"还有你的准情人帮助呢。现在徐科和你是准连桥关系，哪有不帮助你的道理？"

"我可不敢，只是叶公好龙而已。"杨天友脸一红，怯怯地说。

听了夏江河的分析，杨天友一颗悬着的心，方才真正落了地。闲扯了一会儿，杨天友告辞后，立刻投入到工作中去了。

快下班时分，夏江河把杨天友叫到办公室，兴致勃勃地问："晚上没有事吧？"

"有什么指示？"杨天友疑惑不解地反问道。

夏江河喜洋洋地说："晚上张喜明请咱们吃饭。"

"什么理由？"

"说是给你接风洗尘。"夏江河若无其事地说。

杨天友一听害怕了，心里说，这要是让夏江河形成这种印象，自己就有了"功高盖主"之嫌，以后的路肯定是凶多吉少。于是，赶紧说："纯属借口！单位你说了算，他这是挑拨我们之间的关系，来害我！"

夏江河真诚地笑了，安慰道："看把你吓的，你是什么人，我还不清楚吗?"

晚宴定在滨江很高档的饭店滨江饭店举行。张喜明之所以要请山阳支行班子成员带上信贷科长杨天友、会计科长谢威和计划科长晋大伟等人到高档饭店吃饭，一是要和山阳支行搞好关系，这些人是单位的实权派，关系搞好了，业务人员办事方便。徐科私下给他交代了：你们单位的贷款，要让山阳支行从心里认可，否则，以后要增量的话，也不好办。还有一个原因是，把他做生意对资金如饥似渴的小舅子章立国介绍给山阳支行，这样，他小舅子的资金就有了保障。

山阳支行以夏江河为首的一行人员到达滨江饭店时，张喜明和另外三个人已经到了。吕兵是畜品厂的财务科长，已经认识了，其他俩人，张喜明介绍说一个是自己的内弟章立国，另一位是章立国的同学，滨江市果品市场的经理汪达财。

大家落座攀谈着，这时，酒菜逐渐上来了，最后上来一道，是一层层圆柱式薄片像牛蹄筋质地的东西，大家正猜是啥菜肴时，张喜明说："扒熊掌。"

看到大家惊讶的样子，汪达财说："这是饭店最拿手的菜肴！是用牛蹄筋仿制的！张喜明大哥和你们开玩笑呢！"

杨天友暗暗担心，牛蹄筋能仿制熊掌，以后能仿制的东西太多了。

"我内弟的同学汪达财今年大丰收了，特意请大家的。下面请汪达财主持酒宴吧。"张喜明说。

汪达财中等个子，体态稍胖，不显臃肿，浓眉大眼。他站起来，给大家倒上茅台酒，谦虚地说："今天是个好日子，有幸能接触上财神爷，我很高兴。我做水果生意，今年盈利可以。过年前，水果你们就不用买了，包在我身上。为了我们今天的相识和今后的友谊，我敬大家一杯！"

丰盛的美酒佳肴，让山阳支行人员开了眼界，也羡慕汪达财的财大气粗。席间大家推杯换盏，觥筹交错，很是尽兴。

章立国看到姐夫是处级干部，却和银行的小干部处得这么融洽，心想，这些银行小干部虽然职位低，但是权力大，和他们处好了，以后好处多多啊！于是带头敬酒喝酒，酒席上高潮迭起。

酒宴阑珊时，章立国略带醉意地说："现在时兴歌舞，晚饭后，我请你们到歌舞厅放松一下。"

山阳支行夏江河等人此时被豪华酒宴彻底征服了，听到"歌舞厅"三字，感觉很新奇，也想去见识一下。

张喜明此时也不知道歌舞厅是个什么地方，也有一种好奇的愿望，但不好表态，佯作喝多的样子，眼睛半睁半闭着。

汪达财看样子是歌舞厅的常客，他好心提醒章立国道："去那个地方，你姐姐知道了，能高兴吗？"

看到人们的目光，章立国满脸通红，借着酒劲说："你们不要想得那么龌龊，就是唱歌而已！"

汪达财一看此时的架势，赶紧叫服务员买单。算账后，共花了98元，茅台酒便是12元一瓶。

杨天友暗自思量，自己的月工资43.5元，两个月的工资都不够这顿饭款啊！

众人分别坐上几辆出租车，随着章立国和汪达财到了歌舞厅之后，犹如刘姥姥进了大观园，感到什么都新鲜、新奇……

06. 瞒天过海

通过"仿熊掌宴"和歌舞厅一行，章立国、汪达财与山阳支行有关人员关系更加密切。

一晃就到了年底。

每年的 12 月 31 日，是银行的决算日，这一天也是银行最紧张和忙碌的一天，基本下午就要关门，银行会计人员和其他相关部门人员要结算一年的收支、盈利情况，等等。虽然如此，但也有空余时间，那就是等待同城交换回来的票据入账前，人员闲着。最后一次同城票据交换往往要接近半夜，如果忙不完，还要彻夜加班。上级行的业务人员有时也会到基层行进行指导和督察。

晚饭后，市行两名会计人员来到了山阳支行，夏江河不在，钟照华热情地接待了他们。他俩工作一会儿后，钟照华面带难色地送走了他们。

这时，大家闲着没事，会计人员在聚堆玩扑克。杨天友走到跟前看热闹，一个会计员主动将扑克让给杨天友。杨天友正在兴高采烈地打扑克，夏江河走出办公室，面带怒气地将杨天友叫到自己的办公室。

进了办公室，夏江河关上门，劈头盖脸就骂道："钟照华，这个王八蛋！气死我了！"

"怎么了？"杨天友一头雾水地问。

"咱们单位结余的费用 2 万元被市行拿走了，并且明年将减少咱们的费用指标。"夏江河愤愤地说，"钟照华应该在此之前就将费用转出！他不也认识个体老板汪达财吗？找他要个发票也行呀。或者和市行业务人员做工作，说还有欠款未付，等等呀。"

看着夏江河生气的样子，杨天友说："您不是说过，领导想办成的事有一万条理由，领导不想办的事也有一万条理由吗？"

看着夏江河认可的样子，杨天友继续说："2 万元损失了，太可惜了。现在我涨了工资还不到 100 元，2 万元够我二十年的工资啊！"

杨天友对钟照华是很愤恨的，源于钟照华因为杨天友站在夏江河一边，对他产生了反感、嫉妒，经常在背后拿他说事，拉拢科内人员，挑拨会计科长和他的关系。因此杨天友借机烧火，以解心头之恨。

夏江河脸色越来越难看了，过了一会儿，他严肃地说："元旦后，上级来考核，你就说钟照华这个人喜欢搞小动作！"

"可是传出去，他对我就不好了。"杨天友忧心忡忡地说。

"没关系，有我呢。"夏江河不以为然地说，"反正，他也不能对你好，你们的关系能改善吗？"

杨天友想了一下，点点头。

这时，桌子上的电话铃声响起，夏江河接起电话，杨天友知趣地走了出去。

杨天友出去之后不久，又被夏江河叫回办公室。

夏江河对他说："没有什么事，再挂电话，你不用躲出去。咱俩谁和谁呀，我没有隐瞒你的事。"

"我刚才上厕所了。"杨天友急忙解释，但心里说：你真虚伪，上次来电话，我没有走，你直瞪我，后来看我不走，你还叫对方过一会儿再打来。

夏江河说："刚才市行信贷科长翟志敏来电话了，说全辖还有贷款指标 2000 万元，如果不用上，来年就作废了。他让咱们和畜品厂说一下，入在他们的账户内，然后再开一张银行信汇自带转出。"

"可是——"杨天友犹豫一下问，"过完元旦，我们 3 号上班，2000 万元贷款，每天的利息得上万元，人家能干吗？"

"没事。"夏江河悠闲地说，"现在企业资金紧张，离不开咱们银行。他们是'农林水'类型企业，必须在咱这开户。他们不敢不办。"

末了，夏江河又说："咱们照顾他们的地方多了，他们总体上是不会吃亏的。"

"银行信汇自带转出后，万一落户到对方单位，对方单位给用了怎么办？"杨天友担心地问。

"你还是专科学校毕业的呢。"夏江河嘲讽道，"告诉他们，将收款单位名字写错，银行账号也写错，再通知会计部门将信汇自带的密码编错，这不就结了吗？其实，我们用一个方法就可以，为了保险，多用几个也好。"

"那不是假的吗？"

"就是造假呀！"

"那上级行追究起来怎么办呀？"

"你这个书呆子！"夏江河笑容满面，点拨道，"这是上级让办的。再说，国家贷款没有损失，我们也没有往个人腰包里揣，我都不怕，你怕什么？"

"畜品厂的吕兵要是下班了呢？"杨天友追问道。

杨天友对重要的事，往往要做方案，这是上学时老师教导的。刚开始夏江河不理解他的这种做法，或者说是不满意。有一次，他让杨天友向市行申请贷款指标，杨天友问了要走的程序，夏江河有些不耐烦地说，没有那么多的事。后来到了市行，信贷科一个人也没有。杨天友给夏江河挂电话，夏江河又不在单位，只好无功而返。后来夏江河也就习惯了办重要的事要做方案。

"可以上他家找，也可以通过别人找。"夏江河摆了一下手说，"这点小事，用什么方法，你看着办。必须办成此事。"

07. 礼尚往来

今年的元旦和春节同在一个月里。元旦上班后，杨天友首要工作是收回畜品厂的贷款。贷款指标上缴后，他长长吁了一口气，心里的一块大石头终于落了地。

杨天友闲着没事，信步走到夏江河办公室门前，停顿了一下，然后敲门进去了。

山阳支行除了杨天友之外，没有人敢在闲着没事的时候到夏江河办公室闲扯。夏江河不欢迎他们，也不愿意和他们接触过密。他有很多短处，不想让别人发现。杨天友是他一手提拔起来的，憨厚、大度，不计较个人得失，嘴巴也严，这让夏江河很放心。当然了，他也知道，只有杨天友是忠实于他的。

夏江河在办公室内闲坐着，看到杨天友敲门进来，不见外地说："闲着没有事了?"

"我向您老人家学习来了。"杨天友开玩笑地说。夏江河喜欢在没有外人时，和杨天友讲笑话。杨天友曾经严肃地回答问题，受到夏江河的指责。两人在一起时，俨然一对"忘年交"。

"听到什么反映了没有?"夏江河不经意地问。

"没有什么大事。"杨天友伸了一下懒腰，说，"只是有人关心咱们职工的福利问题。"

"你这几天可累坏了。"夏江河关心地说，然后又兴致勃勃，"以后有机会，再到歌舞厅让你放松一下。"

显然，夏江河对那次到歌舞厅玩，没有尽兴，还惦念着。当时人多，他不可能太放肆，还要装出一副道貌岸然的样子。

杨天友知道他当时就像撒尿，尿了一半，还有一半在膀胱里憋着难受，心想，这么大岁数的人了，还要"老牛吃嫩草"。

"对了，"夏江河像是想起了什么，说，"咱们得向汪达财要一些水果分给职工。"

"这——咱们朝汪达财要东西,以后他求咱们贷款怎么办呢?"杨天友担心地问。心里说,夏江河这是好吃不撂筷子呀!

"求咱就放款呗。"夏江河说,"我早就看出来了,他肯定要找咱们贷款的。"

"你怎么知道的?"杨天友谦虚好学。

"天上不能无缘无故掉馅饼,他为什么请咱们吃大餐,送礼品?一个名人不是说过吗?世上没有无缘无故的爱。商人的本性就是追逐利益,无论他们怎么掩饰,也是如此。"

"可上级现在不支持放款给个体户啊!"

"上级也没有反对呀!再说了,汪达财是集体企业。"

"假的。"杨天友说,"是挂靠的集体企业,其实他就是个体户。"

"真假以工商营业执照为准。"夏江河启发道,"人是感情动物,别人领咱们开荤,给咱们送礼物,咱一点不给别人办事,那还怎么在社会上混?总之,集体福利的事,我们看一下别的单位搞的情况再决定,这样我们就有标准了。总之,职工福利的事,咱们不能搞得太次,也不必搞得太好,居中上游就可以了。"

听了夏江河的一番理论,杨天友既感觉到开阔了视野,又有些不敢赞同。

08.财政职能

春节过后，人们还沉浸在过年的气氛中，懒懒散散的，业务不怎么忙，或者说是年前已经忙得透支了，要在这节日后休养调整一下。农历二月初二，市行召开了信贷工作会议，也是收心会。

信贷工作会议是在高山岭支行召开的。高山岭支行离市行120公里，之所以要在这里召开信贷工作会议，原因是该单位去年贷款任务完成得好，要各行到那儿学习取经。更主要的原因是，在市行开会，一个科室解决参会人员的食宿比较困难，还要受制于市行办公室，同时，在行长眼皮底下开会，也很不方便。

这天下午，各支行的信贷科长陆续来到高山岭支行报到，先进行了自助餐。高山岭支行靠近江水，做了大家平时难以见到的鲟鱼、鳇鱼、鲇鱼、白鱼、怀头鱼等菜肴。自助餐后，有人休息，有人聚拢在一起玩扑克，有人在闲谈交流。

晚餐准备了美酒佳肴。这是高山岭支行领导真诚地欢迎他们。一是市行头一次在此召开信贷工作会议，他们能得到信贷政策的支持；二是来参加此会的人员都是各行的精英、实权在握的人物，也是上通下联的人物。

总之，经费是充足的，花不了要上缴，来年还会被相应地扣发经费指标。如果花超了，也好向上级交代：搞了接待会议嘛。做一些工作后，来年上级在核定经费时，还能多加一些。

丰盛的晚宴是人们互相交流的舞台，是联系感情的媒介。人们互相敬酒，谁也没有少喝，谁也没有因为喝多了出丑。宴会进行了三个多小时。

第二天上午9点，滨江银行信贷工作会议正式召开了。这比人们正常的7点半上班时间，推迟了一个半小时。翟志敏心细，考虑到昨天大家睡得晚，所以推迟了开会时间。好在"天高皇帝远"，翟志敏代表市行，手中又有贷款指标发放、贷款检查等大权，高山岭支行唯翟志敏马首是瞻，行长、主管信贷的副行长等人也夹着笔记本参加了会议。

翟志敏简单地道了开场白之后，就由信贷科副科长赖禄清着重讲解了核资定贷的文件，然后各单位按照会议议程，汇报核资定贷的执行情况。

翟志敏说："我们银行是为企业服务的，今天汇报的顺序不按地域行别排序，而是按企业规模所在的银行排序。畜品厂是我行管辖的大中型企业，下面请畜品厂开户行信贷科长杨天友汇报畜品厂的情况。"

人们的目光聚集到杨天友身上。以往开会人们按地域、行别排序发言，山阳支行排列靠后，杨天友可以将别人的发言思路进行记录、汇总、筛选，然后整理形成自己的发言稿，觉得那样很轻松。现在杨天友感觉到压力了。他稳定了一下情绪，打开笔记本，看了一眼后，说："畜品厂是我辖最大的食品联合加工企业，是我市出口创汇大户，其罐头产品主要出口苏联及一些东欧国家。去年，产值 7000 万元，销售收入 6700 万元，出口创汇 200 万美元。在我行贷款 3800 万元，贷款利率执行基础利率上浮 20%，逾期贷款在此基础上加收 20%……"

翟志敏表情严肃地打断了杨天友的汇报："你们为什么没有执行基础利率？"

杨天友对他打断自己的发言有些不满意，不卑不亢地说："我们行长说，那样做影响我们单位的利润。"

"啪！"翟志敏猛然一拍桌子，大家的心一震。

翟志敏从未这样的失态发火，人们面面相觑。

翟志敏声情并茂地说："你们不要搞独立王国好不好？！国务院办公厅 1984 年颁发的国办发 100 号文件，你们为什么不执行？这个文件是专门为我们银行制定的，让我们参与管理职能，充当一部分财政职能，将企业无偿占用国家资金变成有偿使用。核定定额内流动资金，就是执行国家财政职能。利润？现在银行有盈利也不一定是什么好事，都被财政缴走了，我们盈利太多有什么用？银行亏损能得到国家财政的关注、补贴与照顾，银行盈利和亏损的待遇都是一样的！"

翟志敏喝了一口水，扫视了一下会场，看到杨天友不满的样子，缓和了一下口气说："杨天友，我不是批评你，你们行长太霸道了，对国家政策置若罔闻，我行我素。你可以建议，实在不行，也可以向上级反映呀！"

杨天友心里说，我反映，我告状，我怎么在山阳支行待下去？你们不是有检查组吗？来了那么多次，怎么就没有发现问题？他避开翟志敏的眼神，头转向一旁。

翟志敏接着说："核资定贷的事情，据我们了解还有一部分单位没有执行。现在，我要求你们回去后立即向你们单位一把手传达，并积极工作，在月底前必须完成此项工作，并撰写专题报告，报送市行。"

翟志敏点燃一支香烟，猛吸了一口，继续说："还有一项重要工作，就是关于核销贷款问题。省行分配给我们 5000 万元，如果我们不核销，省行会将核销指标转给其他行！"他停顿了一下，看到下面人员交头接耳，小声议论，便说："大家有什么不明白的，可以提出来。"

滨江市安平支行信贷科长李志军问："翟科长，我们单位没有够条件核销的企业，怎么办？"

"那你们的指标上缴，分配调剂给有需要的单位。"翟志敏眉头一紧，严肃地说。

李志军不满意地瞪了他一眼。

高山岭支行主管信贷的副行长冯天强犹豫了一下，说："我们还真有几户，应该够条件。我们将核销指标占用上，然后用这些收回的贷款改善我们的办公条件，解决我们职工的住房问题，可以吗？"

翟志敏听罢眼睛一亮，往烟灰缸里轻轻弹一下烟灰，若有所思地说道："我们国家正处于改革时期，改革没有现成的经验，只有摸着石头过河。只要我们是为公家，没有私利，没有往个人腰包里揣，任何事情都是可以探索的。以前不是有人提过'人有多大胆，地有多大产'吗？现在流行一句'撑死胆大的，饿死胆小的'。好心办坏事和坏人办好事是不一样的。但是，我可不给你们承担责任！我没有具体要求你们怎么办！具体问题没有成型的经验，你们自己探索去。"

翟志敏的观点引起在座人员的兴趣。大家认为只有改革家，才能有这种想法。有人想利用这一改革成果做文章了，杨天友也是这类人员之一。

三天的信贷工作会议开得很潇洒。上午集体学习，下午分组讨论，晚餐后是唱歌跳舞。三餐换着样。上午集中学习逐渐变成了大家交流工作经验、评论国家大事的舞台；下午的分组讨论刚开始还像个样，后来就流于形式。晚餐成了培训信贷人员酒量的平台。会议期间，高山岭支行又安排与会人员到森林公园踏青，使得整个行程轻松有趣。

会议结束后,晚上高山岭支行安排了隆重的告别宴。

第二天,翟志敏等人应当地政府的邀请,去考察当地的企业生产情况,其他外县区的信贷科长,则由高山岭支行替他们买好了当天的回程车票。

高山岭支行借口到市行领取业务用纸,派车将滨江市区各支行的信贷科长送回。

滨江市区支行的四位信贷科长,有的坐在车内闭目养神,李志军闲着没事,打开会议筹备组发的塑料兜,拿出一件羊毛衫,看了看,嘿嘿一笑说:"质量还行。翟志敏为大家做了好事,领着我们开会旅游,还发了纪念品。真是神仙会。不过,纪念品换成钱就好了。"

杨天友凑趣地说:"我们这么多人,发钱发不起吧?"

09. 市场交易

当天傍中午，汽车就将他们送到市行。中午他们各自回到单位吃饭。杨天友饭后不顾休息，就拿着会议文件材料，到夏江河办公室汇报信贷工作会议情况。

夏江河戴上眼镜，认真翻阅着文件材料。

杨天友说："夏行长，您先看着，下午上班我再来？"

夏江河抬头瞧着他，满面笑容地回答道："急什么？我先浏览一下标题，再看一下主要内容。其实文件材料中有许多是废话，关键的就是几句话。像国办发〔1984〕100号文件，说得很多，什么重要性等，对咱们来说没有什么用处。其实，记住核资定贷的公式就可以了。"

夏江河浏览了文件材料后，站起来，伸了一下懒腰，打了一个哈欠，说："下午，你就到畜品厂落实核资定贷的事，让他们知道是咱们照顾了他们。"

杨天友站了起来，回答道："他们好像已经知道有这事了。"

"肯定是翟志敏通知的。记住，不能让翟志敏讨好人。"夏江河愤愤地说。

杨天友知道，夏江河和翟志敏过去是不同县的信贷科长，同时被市行调入滨江，俩人的关系很好。翟志敏属于外向型性格，争强好胜，夏江河则是深藏不露的内向型人，平时没有利害冲突，也相安无事。后来，畜品厂没有把夏江河放在眼里，夏江河向市行诉苦，翟志敏为畜品厂辩护，两人针尖对上麦芒，一时僵持不下，行长当了和事佬，让他们自行解决。之后，由于夏江河没有给翟志敏面子，"治理"了畜品厂，这样，他们的关系就紧张起来了。

"对于核销贷款的事，我们怎么搞？这可是一次好机会呀！"杨天友关切地问。

"这事先放一下，你不要和别人说。我们再看看，别人是怎么办的。这个政策，我们应该用好。"

"高山岭支行准备用核销贷款来改善办公条件，解决职工住房。"杨天友提示道。

"他们能盖房子，我们也能盖，但我们别着急，太急了容易出事，'枪打出头鸟'呀！"夏江河语重心长地说，"我们要干法不责众的事。"

"那我走了。"杨天友一看没有要说的了，起身就要告辞。

"等一下。"夏江河这时想起了什么，思考片刻后说，"你回去给汪达财挂个电话，明天咱俩上他那里去一趟。他真的要贷款了，我们调查一下。"

"看不看，都得放款吧?"杨天友要考察夏江河的业务水平，摸清夏江河的思想。

"那不行，"夏江河一脸正色地说，"他们和咱们好是好，但感情和工作是两回事。我们调查一下，心中有底。他实在没有偿还能力，我们还真的不能给他贷款呢！"

"我们已经'吃'了人家的饭啦，不给人家办事，心里会安妥吗?"杨天友为了进一步试探夏江河的职业操守底线，有意询问着。

夏江河神情凝重，想了想说："我们这是第一次准备给个体户放款。杨天友，你记住，以后不要随意占个体户的便宜。这次我们是被张喜明逼上架的。如果个体户有原则问题，坚决不能放款。对汪达财也是这样。但仅仅是不够放款条件，那我们还得想办法，间接帮助他。"

听罢夏江河的一番话，杨天友心里说，这个领导还算合格。

下午，杨天友和科内信贷员张军到了畜品厂。核实了财务账目，和吕兵进行沟通，闲扯了一会儿，傍下班时分，回到了单位，就到夏江河办公室汇报情况。

"听到什么活的情况了?"夏江河不但重视企业报表的数据，更重视企业高管人员的思想动态。他经常和杨天友说，下去搞调查要抓住一些活的情况，如领导的思想、打算、和上级行人员的关系以及职工的反映，等等，这才是一个好的信贷人员要做的事情。

"我们按照文件，初步核算是 600 万元，吕兵说，市行告诉他们是 1200 万元。"杨天友委屈地说，"我们被市行给卖了。"

"市行根据什么核定 1200 万元?"夏江河不动声色地问。

"从行业标准以及该企业的实际情况来看，第二年，他们的销售收入能增加10% 就不错了，可翟志敏是按该企业销售收入翻番来计算的，是没有根据的！"

夏江河听罢，脸色气得铁青，他站起来，反剪着手，踱着步，一会儿，平静了心态说："翟志敏和咱们搞小动作了！他说的可能有根据，是因为企业要扩张，没有和咱们说。你通知吕兵，就说，我们研究之后，给他们按 2000 万元标准核定定额内流动资金！"

"那不违反政策了吗？"

"你不会变通吗？"夏江河有些生气地道，"让吕兵报企业扩张计划，我们不就有根据了吗？这个翟志敏处处在贬低、压制我们！咱们反要牵制他！"

第二天一早刚上班，汪达财就亲自开着一辆北京 212 吉普车，来到山阳支行接夏江河和杨天友，这让他们感到十分过意不去。汪达财很霸气地开着车，不长时间，就来到了水果批发市场。

车停妥后，汪达财领着他俩奔向他的储藏场地。一路上见到小老板们对汪达财恭敬地问候，就连工商局市场管理员对他也是客气有加，夏江河和杨天友不禁对他暗生佩服。

他们到了水果批发大厅，放眼一看，整个水果大厅有二层楼高，大门两侧是一间间独门储藏水果库，门前摆放着摊床，在批发零售。空旷的大厅，能装得下一架麦道飞机。

汪达财一边领着他们看库，一边介绍滨江市水果行业的情况。这个水果批发市场负责全市及周边各市县的水果供应，共有二十二个水果储藏库，他自己有三个，另外，又承租了九个，因此，他是全市水果市场最大的供销商。

汪达财好像做了功课似的，不等夏江河和杨天友问询，就将他的资产情况和资金情况和盘说了出来。资产情况：三间储藏库，200 平方米，价值 30 万元；一台北京 212 吉普车，4 万元。去年销售收入近 3000 万元，因为是代销，利润低，但也盈利了近 20 万元。资金来源主要是搞代销，由厂家垫付，自己基本不需要流动资金。由于代销利润低，他准备搞自销，这样利润就能翻番。将搞代销的库出租，这样也能有稳定的收入，不像搞代销那样，有储藏不好、容易变质的风险。所以，他申请银行贷款支持。

夏江河和杨天友对汪达财有针对性的介绍很满意。同时，也迷茫，他为什么对银行的贷款需要情况了解得这么明白？难道他以前贷过款？

他们来到了一个储藏库门前，宽大的铁皮门敞开着，工人们正在里面紧张地搬弄水果箱，摆成有空隙的一堆堆。一个矮胖子看到他们到来，点头哈腰地问候："汪经理，您好！"

"货物装得怎么样？"汪达财面无表情地问。

"还有一车，上午一定码好。"矮胖子满脸堆笑地回答。

"你准备香蕉、苹果、橘子、葡萄各两箱，送到门卫那里。"汪达财命令道。

"好，知道了，我马上去办。"矮胖子说罢，转身疾步如飞地消失在人群中。

随后，汪达财满脸堆笑地对夏江河和杨天友说："走，到办公室看一下。"

汪达财的办公室在水果批发市场院内的平房中，进门偏对着的一张老式办公桌上，整齐地放着一摞材料，一台传真电话机格外耀眼。办公桌对面有两组五斗柜，侧面有两把折叠椅。门的左边摆放着一张简易大沙发，右边放着两张单人沙发，中间有一个茶几，茶几上放着水具。办公室虽然不大，但很利索、干净。

汪达财热情地将两人让进坐好后，亲自沏茶倒水，然后，打开折叠椅坐在他们对面，像小学生一样毕恭毕敬地向他俩汇报经营思路和今后的打算。

听了情况汇报后，夏江河很老到，适当地夸奖了汪达财，并唠了些家常，这让汪达财紧张的情绪放松了，貌似随意地说："现在的人真坏。"

"怎么了？"夏江河问。

"咱们刚熟悉时，章立国领着咱们上歌舞厅玩，回去之后，章立国就让他媳妇给收拾了。"汪达财神秘兮兮地说。

"男人玩的事怎么能和女人说？"夏江河有些不屑地说。

"是小姐太坏了！"汪达财说，"章立国回家后，媳妇发现他衣服领子上有个女人的口红印！"

"啊？以后真得防备些。"夏江河深有感触地说。

杨天友一下子想起了那天在歌舞厅的情景。

"那他是如何摆平媳妇的？"杨天友好奇地问。

"多亏他机灵，"汪达财说，"他貌似无所谓地和媳妇说，是在串门中，主人家的小女孩淘气弄的。"

杨天友暗自想，章立国不愧是商场老油条，应付艰难的事，竟然轻松加愉快！

夏江河感觉过多的闲扯有些不妥，话题一转，问："汪经理，你以前贷过款没有？"

"没有呀。"汪达财脱口道，"以前，也是手头急的时候，从我们这些同行手中串过一些钱，这算贷款不？"

听罢汪达财的回答，夏江河和杨天友明白了：一定是张喜明、吕兵等人指点他了。看到汪达财很实在的样子，夏江河明知故问："为什么不从他们那儿借款呢？"

汪达财一脸难色地说："我们做生意的人资金都很紧张。"

看到夏江河喝了一口水，汪达财急忙又去倒满他的杯子，接着说："临时需要，从他们那儿借款可以，不过，人家缺钱时，你也得借给他。礼尚往来嘛。所以，我主动按民间利率支付给他们利息，这样，他们也不好向我借钱了。若是投入在生意上用来周转的资金，就得找地下黑钱庄，利息高，后患多。"

"民间贷款的利率是多少？"杨天友插嘴问。

"关系好的是银行贷款利率的三倍左右。"汪达财诚实回答，"一般关系或者资金紧张的情况下，五分利，有的可到一角。"

"你需要多少贷款？"夏江河满意地点点头，问道。

"30万元就可以了。"

夏江河满面笑容，和颜悦色地问："用这么多呀？"

"正好是三火车皮的水果。"汪达财兴奋地说，"这样我能挣回来一倍呀！"

"贷款找谁担保？"夏江河问。

"张喜明能为我担保！"

"如果他不帮呢？"杨天友担心地问。

"他小舅子不让呀。我的生意章立国有股份。"汪达财终于说漏嘴了。

杨天友一看，该了解的也了解清楚了，便瞅了一下手表，与夏江河对视了一眼。夏江河会意地一点头，然后起身告辞。

汪达财急忙说："快到中午了，在这里吃饭吧！好不容易来一趟，平时请你们也请不来！"

"时间早着呢，还有一个多小时才到饭点。"夏江河客气地说。

汪达财想了一下，说："这样吧，反正我送你们，捎带着把水果给你们送回家，这样，也就到午餐时间了。"

夏江河看了一眼杨天友，说："给我们送回去，我们就不吃饭了。"

"到了中午在哪里都得吃饭呀！"汪达财力劝道。

"先给我们送回去吧。"夏江河装作无奈的样子说。

"好吧！"汪达财松了一口气。

汪达财还是亲自开车，到门卫那里又亲自装上水果。上车后，汪达财踩下离合器，挂上挡，加上了油门，一松离合器，汽车随即上路了。按两个人的指点，汪达财帮助搬送，将水果分别送到夏江河和杨天友家。

不等两人客气，汪达财开车径直奔向了新开业不久的"四海宴"大酒家。

三个人的酒菜很丰盛。汪达财让服务员退下，亲自为他们敬酒、夹菜。

为了助兴，也为了抬高自己的身价，汪达财特意征求他俩意见，要给一个在法制委当科长的同学挂电话，并介绍此人很讲义气，接触接触，没有坏处。

夏江河和杨天友一听是法制委的人，打心里也愿意接触。但是夏江河装着难为情地说："别找了，我们已经吃上了，再找人家多么不礼貌？"

汪达财无所谓地说："没有关系，我们是哥们儿。"说罢，转身到了吧台，挂电话去了。

时间不长，王佳英风尘仆仆地赶过来了。

王佳英个高，柳肩，长了一个鹰钩鼻子，一对葡萄粒似的大眼睛，似有冷光，让人过目难忘。他的手臂长而细，令人一看便会联想到蜘蛛的长脚。

杨天友和王佳英年龄相仿，经介绍又知道，中学时两人曾在一个学校读书，这样又套上了同学的关系，席间推杯换盏，有唠不完的话。

王佳英很会劝酒，他的到来，把酒席气氛推向了高潮。

夏江河喝到兴头上，高兴地对汪达财说："你明天将贷款申请材料送到银行。"

"好！"汪达财急切地问，"什么时候贷款能下来？"

看到他急切的样子，夏江河面显难色地说："你得排号，等我贷款指标，到时候叫杨天友通知你！"

杨天友此时真正体验到了在学校老师所告诫的，以后工作了，不要"酒杯一端，政策放宽"的道理。

10. 一场风波

暮夏的一天，夏江河将杨天友叫到办公室，嬉皮笑脸地说："杨天友，咱们单位新来了一个人。"

"谁？"杨天友一头雾水地问。

"你的小情人！"夏江河笑道。

看到杨天友呆傻的样子，夏江河又说："李伟萍，徐科的小姨子。"

"她怎么到咱们单位来了？"杨天友惊奇地问。

"说是到基层锻炼一下嘛。"夏江河挤眉弄眼，"我看是奔你来的！"

"领导别拿我开心了。"杨天友一咧嘴，挤出一丝笑容说。

"我看你也不小了，应该找一个伴侣了。眼光也别太高了，她条件不错，还有徐科这个后台。要不，我帮助你串联一下？"夏江河道。

杨天友在找对象这方面近乎是完美主义者，他认为，要找一个有共同语言的人，他相信缘分。以前，也谈过几个别人介绍的对象，因为不对自己脾气而吹了。他认为，结婚是一件大事，不能像买东西那样，不合适就退了或扔了。他不在乎对方的家境如何，他确信，财富是靠自己创造的。靠家境提供，不会长久。他不着急，他一直在等美丽的神话出现。

"谢谢领导的好心，以后看缘分吧。"杨天友搪塞道。

"好了。"夏江河看到杨天友委婉地拒绝了他的好意，心里有些不快，收起笑容说，"不管是出于什么动机，她的到来，对咱们单位有益。你要和她处好关系呀。"

"你想给她安排什么工作？"杨天友关心地问。

"先让她到会计部门。以后干什么，再说。"夏江河不容置疑地说。

"有机会，我请她吃饭，你参加吧？"杨天友邀请道。

"嘿嘿。"夏江河一笑，"我这老头子，就不和你们年轻人掺和了。"

1989 年下半年，国家开展"社会主义教育"活动。社会上对于改革问题产生了思想交锋，一些人对国家的前途和命运产生担心，全国金融系统也自上而下地开展了"教育、清理、整顿"工作。这项工作的开展，对金融职工的思想产生了震动。

按照上级的要求，金融各单位各条线都要自查所作所为，由上级派人进行教育。这天下午，杨天友传阅"教育、清理、整顿"文件后，去了夏江河办公室。

杨天友忧心忡忡地问："夏行长，看这架势，国家要来第二次'文化大革命'？"

夏江河看了他一眼，说："那是不可能的。人们对'文革'的折腾反感厌恶，再说了，现在也没有当时的环境。"

"这次活动看似来势凶猛，好像人人都要过关一样，要检查自己的过失。咱们到企业吃饭、低价购买商品等算不算事？"杨天友担心地问。

看到杨天友害怕的样子，夏江河不禁哑然失笑："'教育、清理、整顿'活动，简称'教清整'，也就是叫你'轻点整'。我们受那点小惠，好比小巫见大巫，不算什么，法不责众。"

杨天友进一步提示道："咱们给畜品厂下属企业核销了贷款，又从畜品厂收回核销贷款，翟志敏和钟照华是知道的。他们会不会——这可是件大事呀！"

"这个他们不敢。"夏江河嘿嘿一笑，自信地说，"这么大的事，我能擅自做主吗？上级行领导是知道的！"

"他们要往上捅呢？"

"你胆子怎么这么小？我国的银行是特殊企业，是垄断行业，是财政的出纳，还兼有给企业核定定额内流动资金的职责，制定了《流动资金十不准》管理办法，拥有参与流动资金管理、现金管理等政府职能。企业的开户必须专业对口。说穿了还不是真正的银行，是国家体系中的一部分，一级对一级负责。上下级有连带责任。这样必然造成相互保护，谁都有责任，谁也都没有责任。到头来，出了事，抓几个倒霉鬼背锅。"

杨天友不置可否地听着。

夏江河进一步分析："咱们核销了贷款，收回贷款核销，都是国家的钱，只是左手放在右手上，我们谁也没有私揣腰包。我们解决办公条件问题、职工住房问题，也是为上级分忧。要不上级怎能默许？全省有许多地市县银行都这么做了，你看处分了谁?"

"我是担心在汪达财那里报的饭费票子,要是汪达财说出来,我们得受批评。"杨天友一副苦相。

"哈哈……"夏江河仰天大笑,这笑声让杨天友迷惑不解,他呆呆地看着夏江河,不知所措。

夏江河收住笑容,正色道:"你要是到企业报饭费票子,不但要受到批评,还要受到处分,甚至要撤职!"

杨天友心中一惊,沮丧极了,暗想,是你让我办的呀!

杨天友委屈加上恐惧,眼泪就在眼眶中打转。

夏江河看到杨天友担惊受怕的样子,暗道,年轻人真是没有经历风雨,应该开导他。他调整了一下情绪,态度和蔼地说:"汪达财傻呀?他如果说出来,那是整人,以后谁还愿意和他这个整人的人办事?再说了,我们已经帮助他解决了贷款问题,他不能整你。退一万步讲,报票子的事,也就是你俩知道,你也没有留下字据。"

夏江河看到杨天友还是有些担心害怕的样子,咽了一口水,又自信地说:"此事万一被发现了,也没有你的责任,毕竟这些钱,是我同意你去化缘,用来补充单位招待费的,是单位行为。如果上级来检查,我就让办公室将款项下到职工食堂账簿上,就和你没有关系了。"

听罢夏江河的教导,杨天友长吁了一口气。

最后,夏江河嘱咐说:"以后,我们办事要小心了。现在风声很紧,尽量不要到企业'吃拿卡要报'了。别让他们抓住把柄,让我们成为倒霉鬼!"

杨天友心里说,我受你指使,到企业报了一回票子,还让你吓得够呛。

第二章　上下求索

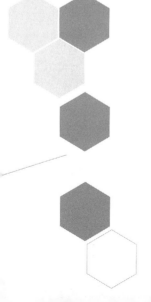

01. 东风徐来

一晃三年过去了。在这几年中，杨天友忍气吞声，拥护支持夏江河，但是夏江河没有提拔他的意思。杨天友这时翅膀有点硬了，也有了一些人脉关系，就联系赖禄清，想调到市行信贷科。夏江河为了留住他，和市行胡搅蛮缠地说："你们要提拔他，我马上放人，如果不提拔，我还要重用他呢。"

这样，杨天友才扶正了，被任命为山阳支行信贷科长。

1992 年春，邓小平的南方谈话在全党传达后，广大干部群众的思想又进行了一次新的解放。《人民日报》发表的《东方风来满眼春》的文章，在全国引起了震动，大搞经济建设的激情高涨，各行各业如何服务于经济，成为人们思考、探索的主题，人们放弃了空洞的争论，不同地区、不同的人们都在实践着。

这天，杨天友去市行信贷科办事，翟志敏突然问他："夏江河现在正忙什么呢？"

"好像在研究盖办公楼。"杨天友如实回答道。

翟志敏听罢，若有所思地问："天友，你对现在的形势怎么看？"

杨天友一时不知道他葫芦里卖的是什么药，便应付道："我们就是干实事的，一切听从领导的！"

翟志敏满意地点点头："今年的信贷会议在你们那里召开，可以吗？"

"欢迎呀！"杨天友知道他和夏江河关系不融洽，怕夏江河不支持，便打预防针似的说，"我们单位条件不一定有别的单位好呀！"

"没有关系。"翟志敏一脸严肃的样子，"你回去之后，和夏江河说，我们不占你们的便宜，我们收大家出差补助来填补中午的伙食。中午也不喝酒。"

杨天友心想，翟志敏不让我为难，也廉洁。

回到了单位，杨天友如实向夏江河传达了翟志敏的话。夏江河听罢，脸色大变，暴跳如雷地骂道："屁话！如果翟志敏自己来，我可以这么办！可这是全辖的信贷工作会议，安排不好，我怎么向上级交代？怎么向全辖各单位的领导交代?！这小子真不是个东西！"

杨天友这时才明白，翟志敏和夏江河打起了"太极"。

为了避免和翟志敏正面冲突，夏江河不得不授权给副行长钟照华，让他负责接待工作，同时，暗中嘱咐杨天友要招待好，该花的钱，要大胆地花。安排得当后，借口老家有事，躲开了。

有了夏江河的支持，杨天友将与会人员安排在附近一家宾馆内，特意包租了宾馆的小餐厅，租用了小会议室，主动请厨师和翟志敏等人定菜谱。钟照华一看，杨天友和这些人关系十分融洽，也不好阻拦，顺水推舟地就转授权了。

翟志敏心里满意，嘴上却道："天友，不要这么浪费嘛！"

"应该的。有什么不足请指出。"杨天友嘴里这样说着，心里却想，如果不好好安排，夏江河不高兴呀！

三天的信贷工作会议，很快就结束了。这次会议最大的收获就是：信贷人员的思想彻底解放了。充分认识到，银行不但要支持大中型国营经济，还要理直气壮地支持非公有制企业。打破了人们头脑里固有的僵化观念，树立了新的理念，清除了信贷人员脑中为非国营经济放款的顾忌。

杨天友到畜品厂化缘了一些肉罐头作为会议的纪念品下发，大家很满意。

初夏的阳光，十分明媚，照在人身上，暖洋洋的。

会议开得成功，结束宴会定在宾馆的小餐厅。因为这几天开会议题较多，各位科长也没敢多喝酒，翟志敏特意安排上午结束会议，中午请大家好好喝酒。

这次午宴，大家推杯换盏，喝得很尽兴，有说有笑一直吃到傍晚。

宴会结束后，人们都是满脸醉意，摇摇晃晃地向公共汽车站走去。

傍晚的空气特别清新，走在林荫土路上，十分惬意。

三九支行信贷科长裴明志，搂着杨天友脖子说："听说，你们这有一条莲花江很出名，能领我们见识一下吗？"

"没有关系，我这就安排。"杨天友爽快地说。

突然，一阵轻风拂面而来，像给杨天友敲了一下警钟，他清醒过来，心里说，这事得让翟志敏知道。

于是他踉踉跄跄赶到翟志敏身边，说："翟科长，他们要到江边看一下。"

翟志敏回头看了看，无所谓地说："你就安排吧！"

不一会儿，他们走到公共汽车的终点站。只见几辆公共汽车和私人承包的小中巴车在排号等候。

杨天友跑上前去，要上刚停下的中巴车。售票员赶紧伸出手拦住说："我们是按顺序来的。"

"你们真教条！"裴明志醉醺醺地说，"现在是什么时候了，还和钱过意不去？这趟车我们包了，谁能管？"

售票员马上放下手，满脸堆笑地说："包车可以。"

于是，他们包租了一台小中巴车，去了莲花江边。

凭栏远眺，夕阳照耀下，江水荡漾，几只江鸥在低空盘旋着，像是留恋江水而找不到归家之途。低头近看，江堤下，游人有的在岸边戏水，有的登上了游船。江风拂面，让人感到清凉惬意。

江堤上，人们有的散步，有的坐在树荫下乘凉。江堤下，旅游船船主招揽生意的吆喝声吸引住了裴明志，他不好意思要求上旅游船，便头一歪："杨科长，我要到江里游泳去！"

杨天友看着裴明志的醉态，一下子想到了责任，他搂着裴明志的胳膊，亲近地说："大哥，我们去吃冰糕！"

裴明志挣脱了杨天友，一下子冲下江堤，奔向旅游船。检票员急忙拦住他，问："同志，你的票呢？"

"在后面呢。"说着裴明志冲破检票员的拦阻，强行登上了旅游船。

船主过来和他理论。喝酒过多、失去了理智的裴明志，还拿出在家乡权倾一方的架势，蛮横地对船主说："我下去游泳，收什么票？"

船主怎么能让他在这里下水？出了事，自己有责任啊！于是，撵他下船。在推推搡搡中，裴明志和船主动了手。这时，采风的记者拿出照相机，摁下了快门……

记者愤怒写下了《信贷科长聚会喝酒，打人不讲理》的文章，投寄到当地的报社。正好编辑张宇是翟志敏的同学，他赶紧派人找到了翟志敏。和记者沟通，经商量，总算事情没有搞大。

从此之后，翟志敏吸取教训，收敛多了，规定开会和以后的工作期间，不准喝酒。

02. 好事快办

改革的春风吹遍了神州大地。1989 年那场风波后，市委、市政府决定在全市进行改革试点，要求给各个企业配备党委书记，加强党务工作，减少参与生产经营管理职能。

畜品厂作为本市的大中型企业，理所当然地成为改革试点单位。为了开阔视野，拓宽改革思路，张喜明到南方考察取经。回来之后，他为了加强核算管理，采用外地的先进经验，下放了企业自主权，将各车间划成独立核算的经济实体的分厂。厂部统管贷款。应银行的要求，贷款也分别落实到各分厂，由总厂统一担保。

这些分厂在流动资金管理等方面由银行把控，理所当然地要和银行搞好关系，对银行基本上是言听计从。随着畜品厂的扩大再生产，贷款需求量激增，山阳支行的贷款规模、相应提取的贷款损失准备金也增加了。夏江河指示信贷部门，名义上再给畜品厂分厂核销贷款，在分厂的配合支持下，实际收回相应的贷款，这样，山阳支行就有了数额巨大的账外账——小金库。

如何处理这一数额巨大的小金库，的确让夏江河头痛了几天。上缴，他不认可，发给职工，数额大到不敢。最后，他参照其他单位的做法，决定先改善单位的办公条件。他和市行领导沟通之后，向上级正式提交了一份关于山阳支行改善办公条件的报告，内容主要是：业务扩大了，办公条件不适应发展的需求，我们自筹资金改善办公条件和职工住房。市行知道办公条件是银行的脸面，是与他行竞争的要件，又无需市行掏钱，遂同意了。

其实，夏江河早就想盖楼了。当时，支行成立时新建办公平房，他就有异议，想要一步到位，盖楼房。苦于当时的历史环境，上级又不给资金，他只能放弃。那年徐科处长来检查时，他更认识到改善办公条件的重要性了。只是上级不放权，不给政策，让他一筹莫展。特别是 1989 年之后，金融界开展了"教育、清理、整顿"工作，夏江河像冬眠的蛇一样蛰伏着，没有敢张罗盖楼。现在好了，人们的思想又进行了一次新的解放，上级下放了自主经营权、中层干部的任免权、核销贷款的处置权，让他如鱼得水，要大干一场。

夏江河性子急，但不鲁莽。他办大事时，事先会充分研究论证，一旦确定下来，就立即执行。这也是他常说的"好事快办"。

听说夏江河要盖楼，各式各样的人找来。选来选去，夏江河选中了张喜明推荐的、由其小舅子章立国承包的工程队，施工监理赵小东是张喜明的表叔。夏江河之所以选中张喜明在幕后操纵的工程队，是因为他知道施工建设利润高，有很多人眼红，也有人在拿枪瞄着。张喜明是本市大企业的领导，有人脉，和市政府有千丝万缕的联系，和地方各部门也关系密切，又和省行、市行关系不一般。张喜明参与了工程，就成为他夏江河的一块挡箭牌，对工程的进度掌控和质量把控也有好处。

新楼的选址，在离原办公地点较远的出城口要道。夏江河与相关部门达成协议，工程采用边施工、边设计、边补办手续的方式。由于资金充足，且及时拨付到位，一千多平方米的三层办公大楼只用了三个月，就拔地而起。

新建的办公大楼，让人羡慕不已。外看堂皇气魄，内感宽广大气。三百平方米的一楼作为营业室，超高的举架，宽阔的大厅，与胸齐高的柜台；二楼每个科室分配两个房间，其中科长自己一个办公室；三楼除了工会、人事科等非业务科室之外，其他房间空闲着，一个大会议室对着走廊，注视着人们。

这座大楼的建成，让职工高兴、领导满意，夏江河成了风云人物。夏江河和张喜明协商之后，主动邀请检察院进行检查，没有发现以权谋私的情况，形成报告，封了案。人们羡慕嫉妒恨了几天，就过去了。

通过盖楼的事，夏江河和张喜明的关系更加密切，单位之间的联系也更加紧密。章立国挣了个盆满钵满，不久就挂靠畜品厂，成立了一家集体企业性质的章立国贸易有限公司。汪达财也和滨江果品公司达成协议，每年缴纳一定的管理费，挂靠在滨江果品公司，成立了集体企业性质的水果公司。汪达财还和山阳支行达成协议，银行需要职工福利，汪达财积极主动去筹办，汪达财缺少资金，山阳支行基本上是敞口供应。汪达财逐渐垄断了本市水果批发市场的主营业务。

此时，夏江河已是踌躇满志，做事有些刹不住车。

接着，山阳支行借接送储蓄所款项的名义，买了一台桑塔纳轿车作为领导上下

班及公务用车，购买了职工通勤车，又给中层干部配备了 BP 机，这让其他单位的
职工很是羡慕。

夏江河看到别的单位为了省事，直接给职工发放住房金 2.5 万元，他就给本单
位职工发放了 3 万元，这对每年平均收入一千多元的职工来说，无异于一笔巨款。
职工的满足感、凝聚力大增。虽然山阳支行离市区较远，但职工福利待遇好，一时
成了人人向往之处。

03. 命悬一线

因为山阳支行口碑好，李伟萍被分配到山阳支行来。刚开始有人乱点鸳鸯谱，杨天友不太上心。他不知道从什么时候开始，偏激地认为：大干部的亲戚，属于纨绔子弟类，是趾高气扬、盛气凌人的那类，找这样的女子成为伴侣，以后自己受气不说，她也不会对自己的父母好。所以，他总是躲避她火热的目光，从不主动示好，也对她的暗示装聋作哑，这让李伟萍又爱又恨。

高老师出公差来到滨江时，杨天友和李伟萍特意举行宴会接待她。高老师看着他俩，意味深长地说："同学能成一家，也是一种幸福！"

高老师的话，让杨天友有点动心。

他对李伟萍好感上升，来源于一次偶然事件。

钟照华和夏江河的关系日趋紧张，属于在"台上握手，台下踹脚"的那类人。钟照华向市行行长曲天桥反映夏江河"大权独揽，小权不放"，利用贷款谋私的情况。这事传出来之后，夏江河愤恨至极，处处为难钟照华。因为杨天友站在夏江河一边，钟照华遂把对夏江河的愤恨转嫁到杨天友身上。他到处说杨天友是夏江河的儿子。在他管辖的范围内，处处对付杨天友，并挑拨会计科长和杨天友的关系。

一天刚上班，保卫人员临时有事请假，夏江河当众安排钟照华去给储蓄所送款，钟照华瞪了夏江河一眼，悻悻地去了。

李伟萍上楼给信贷科报送信贷项目电报，杨天友正好出来后和她相遇。他接过信贷项目电报正在审核，只听到"咚咚"的脚步声传上来。杨天友抬眼一看，是钟照华手拿着"五四"式手枪上来了。他讪讪一笑，钟照华随即用枪指着杨天友。

杨天友平时最反感别人用枪或刀指向自己，此时气冲脑门，他迅速推开钟照华的胳膊，顺势夺下了钟照华的手枪，学着电影里的镜头，弯腰，将枪朝大腿上一蹭，"咔嚓"一声，子弹上了膛，又立即挺起身来，手枪直指钟照华的胸膛大声喝道："你再敢和我耍威风，我立即毙了你！"

这时钟照华吓得脸色土灰，双腿发抖，连连摆手，结结巴巴地说："别，别，往别的地方打！"

看着钟照华可怜的样子，杨天友内心得到了极大的满足。他潇洒地"哼"了一声，一侧身，手枪指向墙角处一个沙袋——那是施工方留下的准备善后工程用的——扣动扳机。

"叭"的一声巨响，随着枪口冒出的清淡白烟，子弹钻入了沙袋中。

钟照华和李伟萍都惊呆了，木木地站在那里。

同事们陆续上楼了。

"怎么回事？"夏江河走过来问。

"枪走火了。"杨天友异常镇静，淡然地说。

"不是！"钟照华声嘶力竭地喊，"他要拿枪杀害我！"

钟照华向夏江河摊牌，要求处分杨天友。

夏江河说："先了解情况，然后开会商讨。"

夏江河把杨天友叫到办公室，说："你谈一下事情的经过。"

杨天友兴高采烈地说："当时看到他吓得尿裤子，我兴奋极了。"

夏江河脸一沉："你好好想想怎么说话，再正式和我讲。"

这时，杨天友才认识到事情的严重性，他说："是他先拿枪朝我比画的，我抢过枪也比画着他。我们开玩笑呢，他让我往沙袋中打，我不知道就怎么听了他的话。"

夏江河眼睛紧紧盯着他，问："子弹怎么上膛了？"

杨天友明白了夏江河的用意，说："我也不知道，可能是钟照华押运后，没有退出吧？"

问完了杨天友，夏江河又将李伟萍叫到办公室，一板一眼地说："你的证言很重要，关系到杨天友的前途。你说实话，没有关系，徐科、市行行长都让你三分呢。"

李伟萍想了一下，说："钟照华先拿枪比画杨天友，后来杨天友又比画他。枪走火了。"

"子弹是怎么上膛的？这个细节很重要，你记得当时的情况吗？这关系如何处理杨天友的问题。"夏江河看出李伟萍的证词对杨天友有利，一颗悬着的心慢慢落下来，继续问道。

"我不清楚。"李伟萍寻思了一下，摇了摇头，肯定地说。

"好。"夏江河嘱咐道，"咱们的谈话，不能改悔了！"

夏江河召开了中层干部会议，李伟萍列席参加。中层干部看夏江河的脸色，都在和稀泥，加之李伟萍对杨天友有利的证言，结论成了双方开玩笑，枪走火了。双方都有责任。会议决定：扣发钟照华一个月的综合奖金，扣发杨天友三个月的综合奖金。

看到会议纪要，钟照华鼻子都气歪了。从此，他的威信一落千丈。

钟照华的综合奖金在办公室发工资时直接扣发了。办公室要扣杨天友的综合奖金，杨天友说："我家中有事，急用钱，过后我补交。"办公室同意他缓交。后来办公室主任向杨天友索要扣款，杨天友就找借口推托不给，扣款之事，就不了了之。

通过这次枪击事件，杨天友对李伟萍的好感加深了一步，特意给她买了一枝玫瑰，让她开心不已。

04. 曲线贷款

邓小平南方谈话后，全国又一次掀起思想解放的高潮。各行各业以经济建设为中心，不断探索经济的增长点。办企业劳动服务公司，安排单位富余人员，创造经济效益，成为一种新时尚。

银行也加入"经商"这个潮流之中去了。为了限制钟照华，夏江河"委任"钟照华当山阳支行劳动服务公司经理，身边只有一个挂名临时帮忙的工作人员，就是于仲龙。于仲龙平时在信贷科工作，劳服公司有事就参与。其实劳服公司基本没有什么事，于仲龙主营业务还在信贷科。这样，夏江河就把钟照华给"挂"起来了。

为了表示重视和对上面有所交代，夏江河动员单位职工，每人集资 2000 元，加上单位出资一部分，凑成 10 万元，交给钟照华，让他去经商，为职工谋福利。钟照华深感苦恼，但他不敢和夏江河发生正面冲突，就向对他印象较好的市行副行长薄平高诉苦。

薄平高善意提示他："你必须去，否则，他说你不服从领导，对你以后前途不好。不要怕亏损，如果亏损了，还有山阳支行补贴。再说了，银行经营也亏不了。夏江河也不能让你亏损的，亏损对他也不利。你选择一家贷款户，将钱投给他们，就一劳永逸了。"

得到薄平高的指点后，钟照华为了顾及影响和证明自己的能力，还是尽量想办法去挣钱，为大家谋福利。

经过考察论证，钟照华选择了山阳农场作为合作伙伴。这山阳农场生产资金贷款主要靠银行供应，场长对山阳支行唯命是从。山阳农场为了和山阳支行搞好关系，签订了颇有些委屈的合作条约，给山阳支行"借租"了 100 垧地，供其使用 20 年。"借"就是长年使用，"租"就是象征性交一点钱。钟照华将集资加单位投入的 10 万元，交给山阳农场代为经营管理。买种子，雇人种地，收获庄稼，都是山阳农场的事，银行只管到时收"租子"。钟照华没事时去地头看一下，或到山阳农场转一圈，根本不参与管理。

夏江河要的就是这样的结果。钟照华想要调走，夏江河就是不放。钟照华记恨在心中，但一时也没有办法。

钟照华被下派到劳动服务公司当经理后不久，市行下派信贷科副科长赖禄清到山阳支行任副行长，挂职锻炼，协助夏江河管理信贷工作。

赖禄清三十出头，年轻，资历浅，也了解到钟照华和夏江河搞僵是因为贷款的权力之争。他知道，夏江河资历深，阅历广，属于树大根深、枝繁叶茂那类人。他有明确的目标，清楚自己来基层是为了积累基层工作经验。为了和夏江河处好关系，他采取韬光养晦的策略，事事谦让着夏江河，两人一时相安无事。他原先和杨天友也熟悉，互相印象很好，对于他的到来，杨天友感到无比高兴。

与此同时，杨天友和李伟萍的关系也进一步发展了。这天休息日，一早杨天友就约李伟萍看电影。因为杨天友工作忙、应酬多，多日没和她在一起了，有些愧意，今天要好好补偿一下。他俩手拉手亲密地看着电影，随着电影情节的起伏，也进入了角色当中。这时，杨天友的 BP 机响了。

"真扫兴，这时来呼我。"杨天友看了一眼 BP 机，责怪地说。

"谁呀？"李伟萍娇声地问。

"是王佳英。"杨天友无奈地说。

"去回一个电话吧！说不定有什么事呢。这样的人，说不定以后能用着。"杨天友在此前也将王佳英介绍给李伟萍，她了解王佳英的底细。

杨天友牵着她的手走到电影院的休息厅，拿起公用电话。

"谁打传呼了？"

"是杨天友吧？你忙什么呢？"

"没有忙什么。"

"中午我请你吃饭。"

"这个——"杨天友手捂着话筒，看着李伟萍犹豫着。

这时，李伟萍赶紧向他摆手，小声说："去！"

杨天友朗声问道："在哪儿？"

……

挂毕电话，杨天友歉意地看着李伟萍，说："你也和我一同去吧！"

"我不去了。"

"你不去，我怎么好意思呢？"

"他找你肯定有事，你们男人谈事，我在场，不方便。"李伟萍淡然一笑，掩盖着她的失意。

此时，杨天友真的感到了她的体贴和可爱，禁不住上前亲了她一口。这让她呆呆地望着他，眼睛里流出幸福的泪水。他们恋爱这么久，他还从没有亲吻过她呢。

杨天友打车将李伟萍送回家，恋恋不舍地看着她上楼之后，才坐上车走了。坐在车子里，他回头一看，她站在楼梯上朝车子摆手。

杨天友下车到了一家风味独特的朝鲜族饭店。

这家名叫春花狗肉店的饭馆虽然不大，并且位于离市区较远的一个平民胡同内，可由于卫生好，风味独特，经济实惠，是一些工薪族常来光顾的地方。杨天友进了饭店一看，王佳英已经在那里等候呢。看到他进来，王佳英急忙站起来，上前和他握手。

"不好意思，来晚了。"杨天友客气道。

"没有关系，不晚。坐。"王佳英说，"服务员上菜！"

"今天怎么这么有雅兴？"杨天友坐下后问。

"哥们儿很长时间不见，想你了呗。"王佳英虚头巴脑地说。

"我也是呀。真是心有灵犀一点通呀！怎么，汪达财呢？"杨天友也是虚情假意地说，心里道，你这鬼，没事肯定不会找我吃饭的。

"今天就咱们哥儿俩，谁也不找。"

这时，服务员端上菜来，四样，新炸的狗肉排骨、狗皮炒尖椒、鱼丝拌豆芽和一盘花生米。

"两位喝什么酒？"服务员问道。

"普通'北方佳宾'就可以。"杨天友赶紧接话。

酒菜上毕，王佳英抢过酒瓶，给杨天友的酒杯倒满了酒，自己也斟满后，举起酒杯说："哥们儿，今天是一个好日子，我俩都没有什么事，我们喝一大口。"

"好！"杨天友笑着举杯和他碰了一下，喝了一大口。心里说，我正在热恋中呢，你有什么事在电话中说一下，不就可以了吗？唉，既来之则安之吧。

"你现在忙什么呢？"杨天友放下酒杯，夹了一口菜。

"嗨！"王佳英咽下口中的狗肉，"我们一天到头没有什么事，成天看报纸，喝茶水，在那里打发时间呢。"

看着杨天友讶异的样子，王佳英又补充道："其实，基层没有事，我们也没有事。我们就是文件和民情传达的中转站，上级有文件我们贯彻执行，下边有民情我们安抚，处理不了向上级反映。"

"呵呵，国家养了一批闲人，你们真是享受啊！"杨天友开玩笑地说。

王佳英端着酒杯和杨天友碰了碰，再次喝下一大口酒，苦笑道："哥们儿，你说我们清闲，多没意思。不行，我们换一下工作？"

杨天友听罢一愣，心里说，他找我不可能是调换工作的事，正式事情上是不能开玩笑的。自己也听说过，现实中，真有互相调换工作这事儿。这个茬不能接，否则容易伤感情。他笑吟吟地举杯和王佳英碰了一下，说："这个问题别开玩笑，为了我们今后的友谊，干了！"

"古今多少事，都在谈笑中。现实中有许多事，也是在闲谈中促成的嘛！"王佳英文绉绉地说。

杨天友听罢，将杯中酒一饮而尽。看到王佳英也喝了进去，他拿起酒瓶，给他满上，然后自己也满上，说："我们都年轻，应该多研究点工作上的事。"

"工作上的事你研究有什么用？有领导呢。领导发话，我们执行就可以了。"王佳英一派看破红尘的样子说，"还是多研究研究自己的事吧！"

"怎么讲？"杨天友身体前倾了一下。

"我和爱人在华联商厦租了一节柜台，准备卖花。想请你帮助我贷款。"王佳英终于说出了请客的目的。

"这个——我们还没有开办个人贷款，你要是有集体的营业执照就好办了。"杨天友为难地说。

"我就贷5000元，临时周转，一两个月就还上。"王佳英有一种不达目的誓不罢休的态度。

杨天友一想，现在和他纠缠业务的问题没有必要，他和夏江河也认识，夏江河也愿意和这类公检法人员接触。自己要说不行，他找夏江河，夏江河要是给办了，不就把自己出卖了吗？

　　于是，他推托道："回去之后，我和夏江河研究一下。看看用什么办法解决更好。"

　　王佳英看到了希望，兴致也来了。两人一边喝酒，一边畅谈理想，谈论坊间逸事，讨论人生价值。

05. 封闭贷款

第二天上班，忙完日常工作后，杨天友到夏江河办公室汇报了王佳英要贷款的情况。夏江河听罢，寻思了一会儿，说："王佳英有事我们应该帮助他。可是你知道，放个人贷款，太刺眼，所以我不主张放。你看看他能否借一个集体企业的营业执照，我们帮助办理一下？"

"可是，"杨天友面呈苦色地说，"他只要 5000 元，再办理一个营业执照，成本也太高了。"

"那先让他想一下别的办法，从别人那里串一下吧！"夏江河貌似无奈地说。其实，他是在挑王佳英的理，你要贷款，为什么不直接和我说？我是单位一把手呢。

下班后，杨天友约了王佳英吃饭，地点还是昨天的春花狗肉馆。一是昨天下午王佳英请客，今天要给王佳英还回去。他办事从不想欠别人的。二是，他要将夏江河的意见告诉他。

王佳英如约而至。通过昨天的酒桌交流，他们颇有些相互欣赏的感觉。见面后简单寒暄几句，然后落座，很快就进入了喝酒的气氛中。席间，杨天友向他谈了夏江河让他"从别人那儿串一下"的意见。

王佳英灵光一闪，说道："对。从汪达财那里先串一下。"

"太好了。"杨天友举起酒杯说，"来，干一杯！这样，我就省事了。"说罢，将杯中酒一饮而尽。

王佳英喝了之后，一抹嘴，态度诚恳地说："你寻思你逃出干系了？"

"怎么了？"杨天友讶异地问。

王佳英又倒上酒，说："我找他把握不大。虽然我们是同学，可他以前帮助我办了不少的事，我不好意思再张嘴了。还是咱俩去，他一定能给你面子。"

"他能给我什么面子？"杨天友略想了一下说，"老人，成人，小孩；总统，幕僚，职员。多么大的人，什么样层次的人，都有相应面子。人都有爷爷和孙子的角色。我一介草民，为什么还要强求和自己地位实力不相当的所谓面子？我没有贷款决策权，他不一定能买我的账。"

"在世界上，人们往往认为不可能的事，却偏偏发生了。虽然看似偶然，其实有其必然性。"王佳英仍然坚持道，"你试一下吧，成了更好，不成也算你尽力了。"

原来，王佳英以前也向汪达财借过 10000 元钱做买卖，因经营不好，一直没有还上。汪达财也不开口要，王佳英提及借款的事，他总是宽容大度地说，不着急，啥时有，啥时还，但从未吐口说钱不要了。汪达财认为借给王佳英钱是"交下了他"，如果催着要钱，那就等于白"借款"了，还不如不借。本着宁可瞎了钱的精神，坦然处之。王佳英知道，他肯定不能再张口朝汪达财借钱了，于是，想到了杨天友。

杨天友是一个热心的人，迟疑了一下，还是答应了。

第二天上午，杨天友和王佳英到汪达财那里顺利地借到了钱，这让王佳英感动不已，说："我大舅哥都不借钱给我！你真是我的亲哥们儿呀！以后用得着我的地方，尽管说话。"

此时，我国正处于社会主义初级阶段，经济改革正处于"摸着石头过河"的探索时期，为了"精兵简政"，国家首先在政府公务员系列中提倡"下海"经商，后来，又在各行各业广泛铺开，"遍地开花"，形成了全民经商热潮。

我国经济呈现泡沫状态，市场管理处于混乱时期，企业间相互拖欠货款成为普遍现象。很多人非但不以失信为耻，反以此为荣地认为，拖欠别人的货款，比在银行贷款合算，不费周折，也不用拿利息，不用白不用。国有企业也被迫加入这个循环中，一时间，甲欠乙的款、乙欠丙的款、丙再欠甲的款，这样的"三角债""连环债"比比皆是。

针对这种情况，国家出台了解决"三角债"的办法，向国有企业注入专门贷款，在企业内循环，最终收回贷款。办法是好的，可事实上，贷款往往被吞噬。

杨天友按照规定给畜品厂发放了解决"三角债"的贷款之后，畜品厂背上了沉重的利息包袱。更主要的是管理跟不上去，全厂十三个分厂有十一个亏损，总体亏损额达到了贷款额 5000 万元的 15%，连偿还贷款利息都得靠银行放贷。厂子从此走了下坡路，其作为国有大中型企业的光环逐渐暗淡了。

如何启动、挽救畜品厂？市委、市政府这时也格外重视起来。为此，市委、市政府首先搞了一个座谈会，给该厂"诊疗"，请银行的翟志敏作"中心发言"，商议贷款的可能性。翟志敏表示：国家的利益高于一切，我们银行是国家的重要组成部分，当然听从国家的调遣。现行信贷资金仍是"大锅饭"，"叫饿的孩子有奶吃"，"谁有资金谁发展"，并说有的地方直接将贷款按照"招商引资"办法管理。对畜品厂可以实施"封闭贷款"。市政府对翟志敏的"观点建议"非常感兴趣。随后，市委、市政府软硬兼施，让滨江大田银行行长曲天桥放款。曲天桥自己不敢拍板，遂和省行有关部门沟通，决定在山阳支行召开现场会。

这回山阳支行的三楼会议室，真正起了作用。开会的前一天，山阳支行特意以业务学习为理由，下午关门停业，动员职工打扫卫生，做准备。

为了救活市立国有企业，政府副市长夏哲屈身来到了山阳支行参加会诊畜品厂现场会。参加会议的还有省行信贷处长徐科、畜品厂厂长张喜明、市行行长曲天桥以及翟志敏等人。山阳支行夏江河、杨天友，还有下派挂职锻炼、徒有虚名的副行长赖禄清等人也参加。赖禄清参加完这次现场会后也就完成了基层锻炼，返回市分行另有重用，这是后话。

会议由曲天桥主持。大家寒暄一阵后，曲天桥例行了会议开场白，宣布会议有两项内容：一是找出畜品厂的亏损原因；二是如何解救该厂。之后，张喜明做了企业亏损原因及挽救措施报告。报告中说，畜品厂认真按照国家规定支付了"三角债"怪圈中所欠的别人货款，可是别的单位却以种种理由拒绝支付畜品厂的货款，因此造成了今天的亏损。

张喜明信誓旦旦地表示，现在缺少启动资金2000万元。如果给厂子注入资金，他就会回报一个美好的明天。看到与会者都愣愣看着他的样子，张喜明直白地发泄说："现在，谁听话，按游戏规则办，谁就是傻子，谁就吃亏。"

此话一出，犹如在热油中放了水，一时引起强烈的反应。好在与会人员有一定素养，加上有副市长夏哲把握方向，大家最终形成一致意见，认为：畜品厂的亏损是由企业规模扩大过快、市场变幻无常、社会经济环境不好、社会诚信差所致。

会议进入第二项内容，如何解救该厂。徐科让翟志敏谈具体观点。翟志敏老到地说："贷款由山阳支行具体实施，还是由山阳支行先谈一下意见吧！"说罢，眼睛直盯着夏江河。

夏江河诡计多端，他想，自己发言，一旦不合领导口味，就失了进退，如果让杨天友来发言，那既给了他亮相机会，也给了徐科一个交代，并且，还为自己设立了"防弹墙"。于是，他将球踢给了杨天友："杨天友同志是科班出身，在一线工作，最有发言权。请他谈一下观点，我作补充。"

杨天友初生牛犊不怕虎，心想，这纯属是认认真真走形式，这样的事以前经历多了。但又一想，在这高端的场合亮相，能显示出自己的才能。再者，说对了，证明自己有水平，说错了，有徐科在那兜着呢。有了依仗，杨天友便说："畜品厂是我市的大型企业，也是关系国计民生的企业，应该支持。但它现在的资产负债率达到100%……"

没等杨天友说下去，一直观察领导脸色的翟志敏，看到领导们眉头紧锁，便插嘴问："给畜品厂发放封闭贷款，可否？"

"封闭贷款就是银行看准了项目而发放的专用贷款。在专人监督管理下是可行的。"杨天友说，"但厂子的担保手续如何去做？畜品厂已经没有资产可抵押了，又没有有实力的企业为其担保。"

张喜明说："我们请市政府财政担保，可以吗？"

"这个，"杨天友犹豫了一下，吞吞吐吐地说，"政府是国家机构，银行再大也是企业，到时贷款不能按期偿还，我们还能扣政府的钱？"

他的担忧，使得会场一时寂静。人们表情各异。

这时，夏哲态度和蔼、不失威严地看着杨天友，意味深长地问："这么说，银行不是国家的组成部分了？"

杨天友不知他话中的含义，站在那里，不知所措。

曲天桥看出了夏哲的不满，犀利的目光盯着杨天友，接过话题说："有担保总比没有担保强。贷款倘若还不上，由政府出面负责。"

"政府财政担保确实可行。"夏江河一看不好，马上表态，"我们同意给畜品厂增加贷款。"

"我服从。"杨天友像从梦中醒来一样，低声说。他心中不服，你们已经同意了，还让我说什么？

这时，主要领导脸上露出亲切的笑容，大家松了一口气。会议气氛轻松多了，于是就具体问题进行议论。夏哲也和大家谈起改革的形势和方向。由于他站位高，视野开阔，谈论的问题让大家感到新鲜，会场逐渐形成了以他为中心的氛围。

最后会议达成两项决定：第一，滨江银行给畜品厂发放"封闭贷款"2000万元用于购买原材料，畜品厂销售货款回笼后，由山阳支行负责收回贷款；第二，畜品厂为国家解决"三角债"承担的贷款，利息在银行表外科目核算。由于贷款的核销和停息挂账的权力在国务院，采取了表外科目核算的变通手法，实际上就给畜品厂的"三角债"贷款免息了。

06. 锦上添花

市长和省行领导的现场办公会开得很成功。除了杨天友有些失落，大家都很高兴。夏哲今天破例参加了午餐会，主要因为徐科是代表省行而来，他要陪同徐科。

餐会中，气氛融洽，夏江河讨好地介绍杨天友说："他的对象有高层亲属管理贷款。"

人们的目光聚集到杨天友这里，杨天友红着脸说："我们俩还不一定谈成呢。"

徐科心想，自己小姨子结婚，早晚得让这些人知道，夏江河这是变相通知我呢。他看着杨天友，笑眯眯地说："怎么，我小姨子不配你呀？"

得知徐科的小姨子对象是杨天友，夏哲态度大变，赞许道："年轻有为啊！举行婚礼时，一定通知我呀！"

张喜明也客套地说："以后我们有贷款需求，就要找你了！"

"您抬举了。"杨天友说，"我哪有那么大的能力呀？"

人们都对杨天友投来友好加羡慕的目光，这让杨天友感到十分惬意。

送走众人后，杨天友随夏江河一同回到办公室。夏江河笑盈盈地提醒道："杨天友，你有大后台了，但做事也一定要谨慎呀。"

"谢谢领导的提醒。"杨天友担心地说，"'三角债'贷款，这样停息挂账了，上级知道了怎么办？"

"这是权限问题。"夏江河淡淡地说，"咱们放 5 万元贷款收不回来，就要通报批评；市行发放 100 万元收不回来，才给通报批评；省行的权限就更大了。解决'三角债'贷款，是国家指令性质的，效果不理想，问题十分突出，这一部分利息本不应该由企业承担。"

"要这么说，企业的定额内流动资金贷款，也是执行国家的政策，放瞎了，咱们也没有责任了吗？"杨天友仗着和夏江河多年的关系，直言不讳地问。

"道理应该是这样。不过，银行以后怎样改革都很难说。"夏江河叹了一口气，

"唉，咱们别管那么多了，走一步看一步吧！只要别把贷款放瞎了就行。"

"放瞎了？"杨天友惊异地摇了摇头，理直气壮地说，"我们放的贷款，都是给了国有企业，就是集体企业的贷款，也有其上级主管部门。咱没有个体贷款，最多有几户农户贷款，也是由国营农场担保的。这样的贷款主体，和我们一样，都属于国家的，国家能让企业办黄了？"

"唉！"夏江河又叹了一口气，"你没有听说，现在有些人吵嚷着要砸'铁饭碗'吗？无风不起浪呀！"

"咱们国有银行会怎么改革？"杨天友好奇地问，"怎么砸咱们的'铁饭碗'？"

"国家的事咱们别瞎操心了。银行怎么改革，其实我也不清楚，一些学者正在摸索论证。我们要干好本职工作，看好贷款，别让贷款损失了。管理好职工，单位别出什么案件，对得住国家，就安心了。"

"咱们的贷款在全辖是管理得最好的，没有乱放款。"杨天友沾沾自喜地说。

"干工作像处人一样，不求所有人理解，但求无愧我心。"夏江河略想了一下，"过些日子，市分行抽调你到省行参加信贷培训班，结束时要考试，希望你能取得好成绩。"

"我一定给你长脸。"杨天友信誓旦旦地说。

"我相信你能考取好成绩！"夏江河满意地点了点头。

全省银行信贷员培训班临近结束，为了考核信贷人员的理论水平和学习效果，进行了首次闭卷摸底考试。考试成绩按个人名次和单位名次进行排列，然后，以文件的形式下发全辖。杨天友个人考试成绩名列全辖第一，信贷员按单位排名，列全辖第二，为山阳支行增了光，为滨江分行添了彩。翟志敏很高兴，特意找机会请杨天友吃了一顿饭。夏江河也很兴奋，不甘落后，为此拨专款奖励信贷科。李伟萍更为杨天友高兴，晚上下班后约他吃饭。

星期六，银行上午营业，下午放假。中午下班之后，杨天友约李伟萍一起看电影。为了和她共度美好时光，杨天友关闭了 BP 机。

中午他俩到小饭馆简单地吃了一碗面条后，手牵手去了电影院。她依偎着他，满脸幸福，看着电影。散场后，两人在江边散步。

北国冬日的下午，雪花漫天飞舞，江边游人寥寥，显得十分空旷。虽然天气寒冷，可他们却没有感觉到。杨天友牵着李伟萍的手，一边走一边轻言细语着。

那样走着，杨天友忽然看到，江岸边的小亭子角落里有一堆黑乎乎的东西，似乎在活动。他拉着李伟萍疾步走上前去，定睛一看，原来是一个披着油渍斑驳、破旧不堪的棉衣的蓬头垢面的老者，蜷缩在那里。老者面前，放着一个脏兮兮的铁皮缸子，缸子里盛放着一些分分角角的纸币和硬币。

杨天友犹豫了片刻，从兜里掏出一张两元的钞票，蹲下身，将其放入铁皮缸里。老者看着杨天友，目光中含有感激，弱弱地说了一声："谢谢！"

"两元钱是你一天的工资啊，你怎么就这样给了他？"李伟萍牵着杨天友的手走远后，对他进行了委婉的批评，"这样的流浪乞讨者太多了，你一个人的能力有限，根本就可怜不过来。他们这种情况，应该由民政部门统筹解决。"

"国家暂时也管不过来，"杨天友停下脚步，紧握着李伟萍的手，看着她说，"的确，全国这样的人太多，不过，只要被我看见了，我总是尽力帮助帮助他们。咱们工作稳定，有相对可观的收入，帮助那些生活有困难的人，也是理所当然的。每次我这样帮助之后，心情总是会敞亮一些，轻松一些，感觉实现了自己的微弱价值。"

"这是为什么呢？"李伟萍不理解道。

"这是一种境界，你不懂。"杨天友解释道，"当我们有了一定的经济基础后，帮助他人，就是我们的责任了。人类追求的最高境界是一种精神，一种奉献的精神！小奉献是救助一个困难的人，大奉献是捐款做慈善、搞大型的公益活动，等等。"

"你说，人生的意义是什么？"李伟萍歪着脑袋萌萌地问。

"人赤裸裸来，赤条条去。"杨天友略想了片刻说，"貌似也没有什么意义。"

"你的答案没有说服力呀。"李伟萍用火辣辣的眼神望着杨天友，想看看他的水平和见地。

"人生是一个从生到死的过程，而意义，是一个哲学问题。你文化水平不高，不会懂的。"杨天友先戏谑了李伟萍几句，然后思索了一下，"人生所谓的意义，是自己给自己设立一个目标，用一生的努力去追求它的实现。"

他见她像小学生对待老师一样注视着自己，心里得到了满足，不由得开始夸夸其谈："人和野兽的区别除去会制造工具外，还在于有独立的思维。人生的目标大概可分三类，一是生存需要，二是在此基础上的精神物质享受需要，三是有'渡人于苦海'的奉献精神并实现的需要。有了奉献精神的人，思想才算达到了超凡脱俗的境界。"

"哼哼，就你知道奉献。有太多比你条件好的人，都不做好事呢。"李伟萍轻声细语、十分温柔地道。

"这你就不懂了。"杨天友耐心解惑，"人和人追求不一样，为什么许多慈善家热衷于捐赠，做善事？那就是一种奉献精神。咱们党号召为人民服务，那也是提倡奉献精神。"

"哼！你都没入党，可看起来，你比有的党员思想还先进。"李伟萍眼含着笑，挖苦道。

"入党是我的追求。"杨天友说，"我家里，从爷爷奶奶到父亲母亲，都是党员呢。"

两个人正那样牵着手走着，像小儿女那般斗着嘴，杨天友猛地抽回手来。李伟萍吃了一惊，抬头看去，只见一个人迎面慢慢走来。那人也看到了他俩，猛然转头，向一边走开了。

李伟萍看着杨天友问道："怎么了？"

杨天友讪讪一笑："刚才的人应该是汪达财。他怕咱俩不好意思，更怕我领着外人，传出去，我会恨他，所以就转身躲开了。"

"怎么了，你害怕了？咱们是正大光明谈恋爱呀！"李伟萍一噘嘴，有些生气。

"对不起。"杨天友赶紧打圆场，"我这是第一次谈恋爱，有些不好意思。"

"那我也不是第二次。"李伟萍眼含着泪水，委屈地说，"难道你还有别的想法？如果你不想和我好，直接提出来，我不会死皮赖脸地纠缠你。"

李伟萍的话给了杨天友当头一击。女人的眼泪对男人来说，也是有力的杀伤性武器，杨天友重新抓住李伟萍的手，紧紧地攥着，生怕她跑了似的。

他轻轻为她擦去眼角的泪水，信誓旦旦地说："请原谅，我再也不伤害你了。今后你说得对，我听你的。"看到她诧异的样子，他又强调一下，"今后小事上听你的；大事上，我们协商！看我的表现吧！"

看着她用讶异的目光瞅着自己，杨天友知道，她还在"梦"中。于是，他紧紧攥着她的手说："人都有犯错误的时候。今天我知道你的感受了。"他不讲理地说道，"难道你不相信我？让我死给你看？"

她一下子捂住他的嘴："以后不兴说'死'这个字！"

"是。"杨天友马上打了一个滑稽的立正，回答道。这个出乎意料的动作，让她不禁破涕为笑。

"好了，为了表示我的诚意，晚上你想吃什么？我请你。"杨天友拉起她的手说。

"现在不知道吃什么好。"她略想了一下子说。

"要不上我家吃，我妈妈做菜可好吃了。"杨天友邀请道。

"那上我家去吧，家中有现成的食材，你品尝一下我的手艺。"李伟萍兴冲冲地说。

"到你家，我感到受拘束。"杨天友说。他以前也去过她家，虽然她父母很热情，但他还是感到有一种气势像在压制着他一样。到她家，他举止言行小心翼翼，真的感到很累。

"你不是说小事上听我的吗？"李伟萍得理不让人地说。

"好吧。"杨天友抬头看看天，天色茫茫，看看手表，3点刚过，"我们做好了饭菜，等你父母一同进餐，也很快乐。"

李伟萍听罢，脸一红，拉着他的手就走。

此时的杨天友，心思完全用在了李伟萍身上，或者说爱的激情让他忘记了一切。一路上，他俩手牵手，边走边唠，全然不顾道路上有熟人看到。今天好像有说不完的话。虽然路程较远，要是往常杨天友早就张罗打的了，可今天他感觉走路比坐车好。感觉时间过得很快，半个小时的路程，不一会儿就到了她家。

进了屋子，杨天友换好鞋，挂好衣服，坐在小方厅的沙发里，低头想晚上做什么菜。这时，随着窸窸窣窣的脚步声，他抬头一看，李伟萍换了衣服，从卧室里向他走来。一身粉红色的睡衣和睡裤，十分合体，轻盈的脚步，曼妙的身姿，使得李伟萍更加楚楚动人，让他热血上涌。他忍着冲动，眼睛直盯着李伟萍，恨不得要把她吃掉一般。

"你干吗这样看着我?"李伟萍哝声细语,莞尔一笑,更是让杨天友灵魂出壳。

杨天友神情激动地站起来,一把拉过李伟萍,李伟萍顺势倒在他的怀中。他疯狂地吻着她,抚摸着她的全身。她轻不可闻的呻吟声,更加刺激着他,他抱着她,冲进了卧室。

把她放到床上,扒掉她的睡衣,只见她紧闭着眼睛,前胸不停地起伏着,嘴里的呻吟声渐渐大了起来。杨天友迅速脱掉自己的衣物,像一只猛虎一样,扑了上去……

07. 人生转折

现在，杨天友和李伟萍的恋人关系不似以前那样遮遮掩掩、羞羞答答了。约会逛街看电影时，李伟萍直接挽着杨天友的胳膊，这在相对封闭的滨江市，成了人们的谈资。他俩也不在乎，我行我素。时间长了，大家也就不再议论了，不少恋人还仿照他们，相互挽着胳膊走路。

春节期间，看到他们的关系瓜熟蒂落了，双方的父母便开始为他们的婚事着急，在会亲家的聚餐中，就他们的婚期日程达成一致意见："五一"结婚。为此，双方的家长进行了充分的准备。夏江河还作为他们的代言人，积极向市行申请分配职工住房。市行答应给夏江河政策，让他自己解决。夏江河给了李伟萍3万元钱，这样，两人就买到了一套80平方米的住房。

徐科对他们的婚事也很重视，特意借出差的理由来到了滨江市。他想用自己的权力和气势征服杨天友，以便为自己的小姨子以后取得家庭优势奠定基础。

徐科在下榻的宾馆接待了杨天友和李伟萍。

看到杨天友的不卑不亢和李伟萍对杨天友亲昵有加、言听计从、处处为他着想的样子，徐科感到自己失策了。本来想借自己的权势打压一下杨天友，这样，他对李伟萍会更好。谁知一看，李伟萍的心早已被杨天友俘虏了。于是，他放下架子，给杨天友倒了一杯水，拉近两人的距离，和颜悦色地教导他们：双方在一起是缘分，生活中肯定有矛盾，要互相理解，互相谦让，互相帮助，等等，等等。

关于婚姻的话题谈完之后，徐科就和杨天友探讨起一些贷款收不回来的问题。

杨天友担心地问："现在许多企业的贷款都逾期了，按文件规定，应该列入呆滞、呆账贷款。特别是畜品厂的贷款，数额巨大，现有余额7000万元了，该怎么办呢？"

"这个问题我也考虑过。"徐科一筹莫展地说，"许多银行机构的不良贷款上升，这是全国性的问题。我们银行是寄生于企业的金融资本，按照普遍的讲法是鱼水关系。企业效益不好，必然还不上银行的贷款本息。现在银行是国家垄断行业，正在探索由专业银行向商业银行过渡。现在，上面提出实施了中央银行不包专业银行的资金，专业银行也不包企业的资金。以后怎么办？还得看改革情况。我想，我们和畜品厂都是国家的企业，这应该由国家财政付出'学费'。"

"我知道，这是肉烂在锅里的道理。"杨天友说出自己的忧虑，"可到时候追究起来，我也有责任，因为我毕竟参与了贷款。夏江河他们年纪大了，给一个处分没有关系。我还年轻，摊上责任，就麻烦了。"

"参与了贷款，不等于有责任。只要你认真履行了贷款程序，该提出的建议提出了，该预警的及时办了，你就没有责任。如果按照你的理论，凡是有贷款收不回的银行机构，所有经办员都要处理的话，那么国家的银行就要倒闭。国家也不能这么办呀。"徐科喝了一口水，分析道，"这也是国家正在搞经济改革、城市改革出现的问题，个人不应该负责任。《银行员工处罚条例》中规定，只有失职造成的贷款损失，个人要相应受到经济处罚。贷款损失，要撤职。关键是贷款是谁同意发放的，不都按照长官意志发放的吗？这类情况全国多不胜数，相信国家应该是知道的！"

听了徐科的一番话，杨天友一直担心贷款收不回来而受牵连的悬着的心，终于放下了。和徐科的交谈，使他感觉心里透亮了，对徐科的敬仰之情也油然而生，心里说，他不愧是全省的信贷管家啊！

他赶紧给徐科的杯倒上了水，然后态度虔诚地继续问："银行改革的目标是什么？"

看到杨天友对自己的仰慕之情溢于言表，徐科内心得到了满足。他说："现在国家正在探索阶段。这种粗放经营的现象，不会允许长期存在。怎么变？我想，银行也是企业，那就得在保证资金安全的前提下，大胆追求利润。改革就像是打开窗户，在进来新鲜空气的同时，也会进来苍蝇。社会上有了歌舞厅、洗浴房等，也有了嫖娼卖淫等活动。你们要加强自己的修养，做到常在河边走，就是不湿鞋，或者只湿鞋底，不湿鞋边！"

"谢谢您的指点！"杨天友深有感触地说，"有您这棵大树罩着，我一定能走好。"

"嗨——"徐科长吁了一口气,"靠谁都是暂时的,最终还要靠自己。现在,我们即将实行旨在提高人员素质的'二、五、八'政策,即科级领导五十二岁退二线,处级干部五十五岁退二线,司局级干部五十八岁退二线。按照这个规定,我和夏江河没有几年可干了,就快退休了。干工作要靠路线,靠人是次要的。要看准,看准了事业一帆风顺,否则,前途会充满坎坷。工作上尽量少得罪人,与人方便,与己方便。不要把别人逼上绝路,狗急还要跳墙呢!"

"我们单位的钟照华不是个东西,总在计算着杨天友。"这时,一直在洗耳恭听的李伟萍插言道。

"这个你们要首先检讨自己的所作所为,找出原因。如果没有根本的利害冲突,本着'冤家宜解不宜结'的原则,就以'得饶人处且饶人'的方式处理吧。"徐科老到地说。

李伟萍点点头。通过这次与徐科的谈话,她明白了许多道理。

杨天友也感觉自己像是登上了山的高峰,视野开阔了,有一览众山小的感觉;又好似登上了一艘大船,有了抗击大风巨浪的勇气。

"五一"国际劳动节,杨天友和李伟萍的婚礼如期举行。婚礼过程简朴,低调进行,参加婚宴的人员也是单位同事和亲朋好友。婚宴桌子数也是一般水平,这和他们的实力相比,很不协调。人们不禁纳闷:为什么这么简朴?

原来,这是接受了徐科的建议。徐科是一个做事低调的人,他说太张扬没有什么好处,容易遭到人们嫉妒。杨天友也认为,低调是最好的炫耀。李伟萍当然积极响应支持,双方家长也就认同了。

虽然婚礼过程简朴,但参加人员也不少。

在婚礼前一周的每天晚上,徐科分批邀请了政府副市长夏哲、市银行行长等当地的达官显贵以及工商界的朋友。由于徐科的出面,另一些低级别人员由夏江河帮助通知,来的人也不少,就连外市县相关的人员也参加了。

08. 探索交流

章立国、汪达财被邀请参加杨天友和李伟萍婚礼的正日子婚宴。婚宴后，他俩感觉喝酒未尽兴，章立国提议再找一家饭店纵酒交流，汪达财举双手赞成。汪达财对章立国十分尊敬，主要是因为章立国帮助他引见了夏江河、杨天友等银行人员，而章立国的姐夫张喜明也帮助他办了许多实事。他有雄才大志，还想借这个关系网大发展，所以章立国提议的事，他都积极响应，处处围着章立国转。

他俩打的，很快到了春天海鲜大酒店。汪达财和这家酒店上上下下的人很熟悉，一路在服务员的问候声中，进了包房。章立国一屁股坐下后，就有些嗔怪地说："就咱哥儿俩，搞这么浪费干吗？"

"咱们哥儿俩也得对得起肚子呀！"汪达财突发奇想，"将陆承馨找来助兴吧！"

"对。"章立国的兴致也来了，"男女喝酒有激情，让她再带一位女生。"

"好吧。"汪达财说罢，掏出手机给陆承馨挂了一个传呼。

这时，站在门前的服务员赶紧给他俩倒上茶水，娇声打招呼："汪达财大哥，你们想上点什么？"

汪达财是这里的常客，给服务员小费很大方，颇得服务员喜欢，他想了一下说："先上一盘生拌海参，一盘大马哈鱼子，一盘蜇皮土豆丝，一盘基围虾。"

"要什么酒？"服务员甜甜地问。

"来一瓶五粮液。"汪达财说，"对了，让你上菜时再上菜。"

"好嘞。"服务员甜甜地一笑，一扭一扭出去了。

这时，汪达财的手机响了。他接起电话："是陆承馨吗？怎么才回话？"

"哟——俺没有手机，这才找到电话。"陆承馨娇滴滴地回道。

"我和你章立国大哥在春天海鲜酒楼，你过来助助兴吧。对了，你再带一位漂亮的妹妹来。"

在和山阳支行的交往中，汪达财主动帮人办事，他出手大方，颇有人缘。陆承馨作为他账户的记账员，也是他拉拢的主要对象，他对她有求必应。陆承馨的父亲生病时，他帮助联系医院、找大夫，后来还帮她报销了一部分药费，这样，他们的关系逐渐走得很近，说话也很随便，闲暇之时也常在一起吃饭。

"你真行！"章立国不无羡慕地说。

"咱们不行。咱是穷显。"汪达财岔开话题说，"杨天友那类人才真行呢，有钱不露。你看，今天的宴会，饭菜也就一般，那是藏富呀！"

"去他的！"章立国骂道，"三条大灰狼！"

"怎么讲？"汪达财一时没有反应过来，问。

"你没听人们说，'税务、工商、银行，三条大灰狼'吗？"章立国解释道。

"现在税务局和工商局对咱们的用处没有银行大。银行是给咱们钱的！"汪达财说。

"那是借钱，以后咱们要还的。"章立国说。

"你的观念有误呀！"汪达财喝了一口水，"你看现在发家的人，哪有几个是自己劳动所得？劳动所得，能得多少？许多人是靠贷款发了家的！贷款户有几家还贷款的？现在，能从银行贷出款来，就是能力。"

"可是，山阳支行的夏江河和杨天友等人胆子小。再说他们什么也不缺。人没有需求就不好办了。"章立国无奈地说。

"钱多了还咬手吗？谁和钱有仇？他们胆小是因为我们投入的感情不到位，也是对他们的诱惑力不够。"汪达财自信地说，"只要我们抓住他们的软肋，我们就能得到贷款。"

"那我们应该怎么办？"章立国讨教道。

"舍不得孩子套不住狼。"汪达财狠狠地说，"我们要大投入，高产出。这样，他们就怕咱们了，他们就被咱们牵着鼻子走了。你没有听说，腐败是改革的润滑剂，也是我们发展的动力吗？"

章立国睁大眼睛，惊讶地问："你是听谁说的？"

"我是在南方进货时听客户说的。"汪达财说，"我们要把握时机，机会是给有准备的人的！"

"好像有道理。"章立国点头称赞道。

"不是有道理，而是真理。"汪达财反问道，"你姐夫的畜品厂，贷款近7000万元，现在还上了吗？还过一笔吗？"

这时，敲门声响起，打断了他们的对话。没有等他们喊"请进"，门开了，进来了两个女人。一个体态丰腴、小巧玲珑、面容细嫩，正是陆承馨。另一个扎着羊角辫，穿着细格子红衬衫，身材苗条，一双大眼睛，分外灵动。

陆承馨指着陌生女子介绍道："这位是季晓春，和李伟萍是同学，现在山阳支行从事会计记账员工作。和我是一个单位的同事。"

"记账员了不起啊！是我们的管家。我叫章立国。"章立国站起来，伸出手和季晓春握了一下，恭维地说。

"他是大老板。那位是汪达财大哥，也是大老板。"陆承馨向季晓春介绍道。

"我只是为大家服务。"季晓春边和两人握手边谦逊地说。

"快坐。我们只顾唠嗑了。"汪达财风度十足地将两位让进座位。

大家落座之后，章立国摁了一下桌子边上的叫铃。女服务员快步走进来："大哥，有什么吩咐？"

"上菜！"汪达财和章立国异口同声地说。

酒菜很快就上齐了。服务员为每人斟了酒，章立国举起杯开玩笑地说："汪达财，我真佩服你，能找到银行两位靓丽的小妹妹陪我们吃酒。"

章立国说完，看了一眼陆承馨和季晓春，哈哈大笑。

汪达财也斜瞅了她俩一眼，说："这没有什么，我们是真诚的友谊。"

陆承馨略带羞涩地说："汪大哥为人仗义，处事讲究。"

季晓春也忍不住赞许道："我听陆承馨说过，两位大哥很优秀。今天一看，果然名不虚传。"

章立国再次举起酒杯说："今天是一个好日子，我结识了季晓春小妹妹。以后希望我们常来往，家有什么事，通知我们一声。来，我们一起干一杯！"

四人举杯，无不一饮而尽。

汪达财让服务员退下，自己亲自把盏，为每人斟酒。他举起酒杯说："各位别嫉妒，我先敬新认识的小妹一杯。"

这时，章立国也说："那我就和陆承馨单独喝一杯吧。"

汪达财要和季晓春碰杯，季晓春赶紧手捂酒杯说："我的酒量不行，少喝一点吧。"

"怎么了小妹，怕我以后求你呀？"汪达财将军道。

"您求我，是看得起我呀。"季晓春莞尔一笑说。

听了她的话，汪达财的灵感上来了，说："小妹，我们探讨一个问题。我听说，如果账户没有钱，可又要急用钱的话，你们记账员能串出钱来？"

季晓春警惕地看了他一眼，笑吟吟地说："这个我办不到。如果你欠别人的钱，法院来询问或者准备封你们的账户，我可以通知你们一声，或者将钱转出。这个我能办得到！"

其实季晓春对他们了解不透，有戒心，不愿意说出实话。

"我不是让你办，我只是探讨探讨。"汪达财一副无所谓的样子说。

"探讨什么？"陆承馨这时插嘴问。

"汪大哥问，咱们记账员能不能串出钱来。"季晓春带着点讥笑的味道。

陆承馨"嘿嘿"一笑，吊着汪达财的胃口说："其实也不难。一般关系、信不着的不敢办而已。"

章立国插话说："小妹，我们在一起就是高兴，探讨业务，也不会让你们犯错误。我们多了解一些金融知识，也没有什么坏处。"

他这么一激励，还真管用，陆承馨好为人师地说："这种办法风险极大，就是银行记账员利用往来账单作弊。比如，章立国大哥和汪达财大哥同在一个银行开立账户，章立国大哥进款 100 万元，记账员将这 100 万元直接记在汪达财大哥的账户上，过几天再冲回来。这种所谓的'失误'，很容易被发现。"

听了陆承馨的解释，章立国和汪达财在感到震惊的同时，也看到了希望。

"其实，不光是记账员能帮助串用临时资金，银行的联行员能量更大。"季晓春为了突出自己的业务水平而显摆道。

"他们用什么办法？"章立国不耻下问。

"和陆承馨的说法性质相同。但能占用资金时间更长，且不易被发现。"季晓春神秘地说。

汪达财看到季晓春拿捏的样子，想细问，又怕"打草惊蛇"，便佯作无所谓的样子，举起酒杯，说："犯错误的事，咱们不能干。来，为了我们今后的友谊，干一杯！"

包房里的气氛温馨而热烈。

"谢谢二位大哥的款待。"醉意浓浓的陆承馨笑道，"以后你们有什么事，需要我们的，我们尽力而为。"说完，端起酒杯，又是一饮而尽。

这时汪达财和季晓春的情绪也跟上来了，迷迷糊糊也喝尽了。

汪达财从兜中掏出一把面值十元的钱数着准备买单，陆承馨和季晓春眼睛立即放出贪婪的目光。陆承馨情不自禁地说："大哥真有钱，我们要是有你们这么多钱就好了。"

章立国跟话道："钱这东西，看你想不想要，你们动脑筋来钱的路子有的是！"

"希望大哥指点。"季晓春溜缝道。

"服务员，算账。"汪达财喊毕，又自言自语道，"如果国家发行百元钞票就好了，省得这么麻烦。"

"听说已经印出来了。"

"为什么还未发行？"

"哪有印出来就发行的？"

……

买完单后，汪达财将啤酒瓶中剩余的酒给大家分下去，睁着惺忪的眼睛说："天下没有不散的宴席，我们喝完这杯结束酒后，玩一会儿麻将吧？"言毕，一饮而尽。

陆承馨摇摇头说："我们喝多了。再说了，也不会玩。"

章立国将酒饮进后，有些责怪地说："你们不是想让大哥指条发财的路吗？可请你们玩麻将都不去。"

"你们是不给面子，还是和我们相处缺乏诚心？"汪达财虽然迷糊，但话语中不失威严。

"不是嘛！"陆承馨看到汪达财发话了，急忙将话拉过来，娇声说，"我们不会玩麻将嘛。"

其实，陆承馨现在非常在意汪达财，这和她家境及经历有关。她家原在滨江边的高山农场，家境清贫，姊妹仨，她是老大。高中毕业后，父亲没有同意她参加梦寐以求的高考，而让她去小集体企业上班。为了发泄不满，她经常和一些无正业的姐妹在一起玩。

陆承馨生性不安稳，闲着无聊，晚上和这帮姐妹到歌舞厅陪人唱歌跳舞，挣点零用钱。由于她面容姣好，很会曲意逢迎，颇得客人的青睐，小费挣得也比别人多一些。一次，滨江市公安局的车管所科长孙代春到农场检查工作，晚餐后被领到歌舞厅，结识了陆承馨。陆承馨使出浑身解数，迷倒了孙代春。为了讨她欢心，孙代春资助她读函授大学，调入银行。她则充当了他的情人。谁知后来，孙代春在车祸中丧生，她便顺势找个人嫁了。

"走吧。"汪达财起身说，"只是制造多待一会儿的机会，我们不搞非礼活动。"

他们出了酒店，打车走了。

09. 企业易主

章立国和汪达财的贷款金额分别达到了300万元和210万元。逾期后，杨天友等人去催收，他们总是热情招待，然后找各种理由推托，就是不还款。

杨天友向夏江河汇报他们的无赖行为，夏江河一屁股坐在章立国和汪达财一边的板凳上，说："让他们用着吧，收回来之后，再也贷不出来了。有畜品厂担保的贷款，我们有抓头，瞎不了。"

有一次，汪达财单位账户进款12万元，杨天友给扣收了，夏江河很生气，碍于徐科的面子，他忍下了。从此两人便生芥蒂了。

从此之后，章立国和汪达财通过关系，又偷偷在别的银行开立存款账户，山阳支行的账户上再也不进款了。

这期间，正是我国刚刚走向市场经济的时期，诚信理念、经济环境、管理措施等没有跟上配套，加上供求矛盾突出，社会经济失序，犹如地震初期，一片混乱，资金掮客和物资的拼缝者应运而生。一些企业以拖欠货款为取得资金的手段之一，骗子式的皮包公司横行。

随着国家屠宰市场的放开，原先以屠宰生猪为主的畜品厂，主产品逐渐改为非国计民生的罐头。刚开始由外贸包销到苏联，效益不错，就进行了扩大再生产，上了新的罐头生产线。后来国家放开外贸垄断，给企业自主经营出口权，苏联也解体了，俄罗斯总统叶利钦采取"休克"疗法，一时间社会经济秩序甚是混乱。罐头产品发过去了，货款收不回来，畜品厂只好中止外贸出口，改为内销。由于他们做的罐头是俄罗斯风味，国内不适应，加上价格相对过高，市场销售不好，占压了大量资金。为了资金回笼，畜品厂急于销售，采用了赊销的方式，造成大量的应收款收不回来，加上要支付银行的高额利息，厂子效益每况愈下，工资都难以发出。市政府更换了厂长，张喜明被调到外贸公司任经理，新来的厂长叫金辉，原是政府企业办一位年轻的处长。

借畜品厂更换厂长的时机，杨天友主张扣收该厂为章立国和汪达财担保的贷款。夏江河脑袋摇成拨浪鼓，说："现在畜品厂处于困难时期，我们不能乘人之危，将他们逼上绝路。"

原来，张喜明借助权力偷偷为章立国、汪达财的企业担保，他在临走时特意和夏江河打招呼，让夏江河对他提供的担保网开一面，延缓扣收。

"如果现在不扣收贷款，章立国、汪达财的贷款就成呆账了。"杨天友坚持着。

"那你和企业协商一下吧。"夏江河说。

"这不是与虎谋皮吗？他们肯定不同意。"杨天友此时因为有徐科的关系，说话也有了底气。

"不同意就先不扣。"夏江河坚定地说。

看着杨天友呆呆的样子，夏江河貌似语重心长地教导起来："我们和企业的关系不能搞僵了。我们和企业是相互依存的关系，这件事处理不好，上级不满意，企业不满意，我们就成了'猪八戒照镜子——里外不是人'了。你还年轻，今后的路还长，何苦有两只眼睛的不交，交四只眼睛的？"

他的说法，起了作用，杨天友嗫嚅地说："他们账面有钱，没有扣收贷款，如果上级追问起来，我是有责任的。"

"看你胆小的样子。"夏江河一拍胸脯子说，"出了事，上级得先找我！错了我负责！"

杨天友听罢惊愕了，一时无语。他好像对夏江河有了一种新的认识，对他不满的情绪油然而生。这时，他想起了徐科的教导："不要因为我的关系，就觉着有依仗了，要更低调，要摆正自己的位置。"他忍住了心头之火，苦笑了一下，无奈地摇了摇头，话锋一转，和夏江河谈起别的闲事了。

畜品厂得知杨天友想要扣收贷款之事，虽然被夏江河拦下了，可他们害怕以后有机会杨天友还要扣收贷款，便又偷偷在别的银行建立了账户。

10. 流氓心机

一晃五年过去了。企业、银行和社会都发生了巨大的变革。

畜品厂换了四任厂长，平均一年多换一个，但也没有起死回生，工资都是靠变卖家底来发。开工生产亏损，停产亏损更大，畜品厂成为让市政府头痛的企业。

畜品厂财务科长吕兵仍像是不倒翁一样，稳坐财务科长的位置。

畜品厂的贷款，一直靠以新贷还旧贷，从没真正收回过。企业贷款年年增加，企业完全靠贷款维持，形成了边生产，产品边积压，然后采取降价或赊销的恶性循环方式经营。山阳支行的"两呆贷款"也逐年增加。

银行的核算分类贷款主要依据期限管理，分为正常贷款、逾期贷款、两呆贷款。正常贷款就是企业的贷款在约定期限内，逾期贷款就是企业贷款到了约期之后没有偿还，逾期贷款超过一年，原则上算为"呆滞贷款"，两年以上没有偿还，按"呆账贷款"核算，简称"一逾两呆"。

畜品厂的贷款余额，从开始的 600 万元，经过十年的累积，高达 7000 万元。由于改革步伐加快，国家的"工、农、中、建"四大专业银行向商业银行转型，银行从自身的核算利益出发，逐步取消了代替国家行使财政职能的"核定定额内流动资金贷款"工作，也就是取消了流动资金的循环优惠使用政策。企业的贷款是做了长期使用的准备，贷款已融入企业的经济血脉中，没有后援资金投入，贷款也抽不出来。也由于市场经济的冲击，企业内功不实，一些企业经济效益不好，也没有钱偿还银行贷款。

徐科已年满五十五周岁，平稳着陆，退居二线后，又被省行返聘回来，当了正处级信贷员，对贷款仍有重要的话语权，他的威望也仍然存在。翟志敏也脚跟脚地退居二线了，但未被返聘。

夏江河已五十岁了，还有两年也要退居二线，但他和钟照华的矛盾却与日俱增。原先钟照华联系好了单位要调走，可夏江河就是不放他，冠冕堂皇曰，自己退休之后，要培养他接班。

钟照华一时也感到纳闷，同时心里对夏江河产生了一丝好感。

一天，夏江河、钟照华陪同上级两位副科长吃晚饭。席间，酒意正浓时，夏江河醉醺醺地说："这个行长我不干了。你们谁愿意干，谁和市行做工作。谁来，我都支持。"

仨人对夏江河突然提出的问题没有思想准备，一时间面面相觑，不知道夏江河葫芦里卖的什么药。沉默了片刻之后，钟照华不由自主地问："为什么？"

"工作压力太大了。你要是想干，你就去市行做工作。"夏江河忽悠他。

钟照华将信将疑，进一步试探："夏行长，你真能开玩笑。什么地方都有压力呀。"

夏江河一脸正色道："信不信由你，争不争取靠自己。你不干，还有人干呢！反正我不干了。"

一位副科长也劝说起来："钟照华，你干最合适。你要是不干，你推荐我。这是一个机会呀。"

钟照华信以为真，他很高兴，感到机会来了。

第二天一上班，钟照华就找了市行副行长薄平高，向他说起情况来。

薄平高原先是钟照华的科长，对他印象很好，也有意培养他。钟照华下派时，出于锻炼他的目的，薄平高同意他下派。在夏江河和钟照华玩"太极拳"时，他就站在钟照华一边。虽然此期间，他由科长提升为副行长，但由于夏江河的后台是曲天桥，市行的一把手，且曲天桥作风霸道，薄平高一时也没有办法治理夏江河，只能等待机会。

薄平高听罢钟照华的话，思考了一会儿，狐疑地问："夏江河视权力如生命，他怎么能轻而易举放弃权力？"

"这事我也想过。"钟照华说，"他既然这样说了，对我来说，也是一次机会。如果我不争取，要后悔一生的呀！"

"好吧！"薄平高说，"我向曲天桥行长建议一下，看看事情的发展。另外，你也和人事部门做一下工作。"

曲天桥知道夏江河要提前退休的情况后，感到十分不理解，于是指示人事部门进行了解。

人事科长杨建华马不停蹄地进行情况调查，夏江河耍无赖地反咬一口说："我凭什么提前退休？那是我们在喝酒兴奋时，我随口说的。钟照华想往上爬，已经到了疯狂的地步！钟照华作风不正，品德不好，我看他想当一把手想疯了！"

钟照华听到反馈后，鼻子都气歪了。这件事一时成了滨江分行流传的笑话，人们都知道钟照华为了当上一把手，不择手段。

钟照华愤恨地骂夏江河："流氓！"

11. 祸起萧墙

钟照华被夏江河戏耍了之后，十分气愤。他给薄平高挂了电话，说要见他。

薄平高问："有什么事？电话里不能说吗？"

钟照华神秘地说："有件事很重要，在电话里说不清楚。再说了，很长时间未见老领导了，也想看望看望您。"

薄平高略想了一下，说："今天上级来人，明天下午吧。"

第二天下午，钟照华走进了薄平高的办公室。薄平高正在等候他呢。因为没有帮助钟照华办成事，薄平高心中有一丝愧疚，他热情地接待了钟照华。双方寒暄一阵后，薄平高问："什么事，在电话里不能说，非要见我？"

钟照华挑拨起夏江河和薄平高的关系："夏江河戏耍我可以，但不能拿你也不当一回事。"

薄平高一下子明白了，知道他的气还没有缓过来，便安慰说："别和他一样，他马上就要回家了。"

钟照华无中生有地说："更可气的是，他还和别人说，副行长就是不好使。"

听罢他的话，薄平高的自尊心受到了伤害，脸色一阵红一阵白。这种似是而非的话，怎么能找夏江河核实？宁可信其有，不可信其无。

薄平高站起来："骑驴看唱本，咱们走着瞧！"他踱着步说，"现在咱们方寸别乱。工作是需要忍耐的，也是需要计策的。过一段时间，行里准备竞聘上岗，凡不到一个聘期的，没有资格上岗。"

"那我们现在怎么办？"钟照华追问起来。

"要做舆论工作，注意不要将自己牵连进去。"薄平高老到地点拨道。

"听说夏江河在贷款中得到了很多好处！"钟照华愤恨地说。

"这可是原则的事，没有根据别瞎说，有了根据也别到处说。"

钟照华从薄平高办公室出来，心情好多了。

过了几天，行里搞竞聘上岗，夏江河马上就要回家的流言在山阳支行内流传开来了。杨天友听到之后，马上向他反馈，并想让他兑现在退休之前"重用"自己的诺言。

"看你急的样子，听见风就是雨。"夏江河一脸无所谓地说，"你的事，我已经和曲天桥谈了，徐科也和他谈了，他有他的打算。他对我对你都得有一个交代呀。曲天桥是一棵大树，树根不动，树枝、树叶乱动是成不了气候的！"

"可是，"杨天友忧心忡忡地说，"现在单位人心浮动，一些人向钟照华身边靠拢。"

"这时才是真正分清真假、看大节的时候。"夏江河说，"别看钟照华瞎咋呼，他成不了气候。树根不动，树枝白摇曳，我不会让他接班的！"

走出夏江河的办公室，杨天友心中似乎有了底。

山阳支行的人不了解实际内幕情况，听信了钟照华散布的流言蜚语，开始对夏江河产生了信任危机。一些人开始寻找退路，有的悄悄向钟照华靠拢，形势向着有利于钟照华的方向发展。

与此同时，夏江河的上进心却没有了，他也准备安排退休后的事情，主要的事情是筹划杨天友当副行长，阻止钟照华在他退休之后当上行长。工作上的事没有了动力，能过去就过去，他集中精力要求杨天友补办好贷款手续和担保手续，防止贷款出现风险后造成银行被动。对职工的事，也只做面子上的文章，行使好"维持会长"的职能。

钟照华却反其道而行之，工作上的事，暗中向薄平高反映，提建议。薄平高告诉他，现在别着急，别有越位的地方，不能让夏江河抓住把柄，要团结群众，打好基础。听了薄平高的告诫，他心中有了目标。

他主动帮助有困难的职工解决问题，职工家庭发生婚丧嫁娶等事，他都及时出现，积极组织张罗，赢得职工好感。他也积极拉拢于仲龙，和于仲龙成了"好朋友"。

汪达财贷款 210 万元，让杨天友收回 12 万元之后，一直耿耿于怀，多次找他要贷款。杨天友动了恻隐之心，向夏江河建议放回去，夏江河说："先不放，以后再说。别说是我说的。"

这主要是夏江河记仇。杨天友收贷款时没有和他说，汪达财想贷款又没有直接找他。杨天友对夏江河也不满，但不敢和他公开叫板，他还等夏江河帮自己提职呢。所以，杨天友忍住对夏江河的愤恨，也不敢说夏江河不同意，只告诉汪达财，现在没有贷款指标。

汪达财多次来山阳支行，让钟照华感到疑惑。一天，杨天友和夏江河下乡之后，他见汪达财又来了，就热情地将他让进办公室，了解到他需要贷款之事，也从他的话里话外听出他对杨天友的不满。钟照华甚为高兴，立即指示于仲龙帮助办理贷款手续。这让汪达财大为感动。

夏江河回来之后听说此事，大为不满，指示停止办理。

钟照华为此和夏江河顶起牛来了。之后，钟照华找薄平高告状。薄平高此时正在为了接任曲天桥的行长职务忙碌着，不想给自己找麻烦，说让他回去找夏江河商量，并让钟照华传口信，就说是薄平高说的，请夏江河办理。

夏江河知道自己的职场生涯快要到点了，再则薄平高也没有亲自和自己说，于是较真地对钟照华说："薄平高不可能说，他也没有和我说。"就是顶着不办，这样汪达财的贷款就泡汤了。

钟照华也玩了手段，对汪达财说他的贷款夏江河不同意办。汪达财对夏江河十分不满，可一时也没有办法。

钟照华又向薄平高挑拨道："我已经向夏江河说了，你同意贷款，他不听，只听一把手曲天桥的。"

薄平高对夏江河更加有意见了。

信贷员于仲龙到企业检查贷款时，发现汪达财企业的现金账上有山阳支行借款5000元的借条，借款人是杨天友。于仲龙如获至宝，立刻中止了检查，回到单位报告给了钟照华。

钟照华听罢，欣喜若狂，却又不动声色地问："是真的吗？"

"是，绝对是。"于仲龙坚决地说。

钟照华说:"这个问题很大。检察院一介入,夏江河马上就退了,你要想当科长,这是一个机会。"

钟照华唆使于仲龙到检察院告状。于仲龙出于对夏江河和杨天友的不满和对自己前途的希望,给检察院写了封举报信。为了扰乱视线,写了本单位六个人的名字,其中也有他自己的名字,目的是检察院来核实情况时,他有话语权。

原来,省行组织接待外省兄弟单位的考察观光团,在到滨江的途中,车抛锚了,要修车。因为山阳支行管理省行的重点企业畜品厂,和省行联系密切,相互熟悉,就和夏江河联系,想借点钱修车。事情凑巧,杨天友正在汪达财企业检查工作,而抛锚的车,也正停在汪达财的门前。夏江河指示杨天友先从汪达财那里借一些,等省行偿还后再还给汪达财,如果省行不还,再由单位帮助处理核销。

省行办事员陪同考察观光团回到省行之后,就病倒了。他认为,这是公家的事,就没有放在心上。杨天友和夏江河也不好追要,这事就一直拖着了。

检察院接到举报,立即派人调查、初审。到了汪达财企业查账一看,借条是杨天友写的,金额 5000 元。因为借条上没有写用途,检方立刻按照"挪用公款超过三个月,按贪污论处"的律条来处理。他们身着正装,表情严肃,来到了山阳支行,将杨天友带走审问。当晚就将杨天友扣押在办公室,让杨天友交代其他经济问题,并要求杨天友举报其他人。并利诱道,这样能减轻问题的严重性。

这时,杨天友想起了王佳英说过的公检法人员办案的方法和应对的措施,他采取"态度好、少说话、不承认、不咬"的策略,一时让检方没有办法。检方准备第二天上班后办理拘留手续。

李伟萍知道杨天友被检察院留置后,很着急,给夏江河挂电话,请他救杨天友。夏江河害怕杨天友举报自己,对李伟萍说:"你先给徐科挂电话,他和市里领导很熟悉。我再想办法同时做工作。"

李伟萍随即给徐科挂电话求救。徐科对这件事很着急,知道如果杨天友被羁押,后遗症太大了。他放下电话后,马上给夏哲挂电话。在夏哲的干预下,检方给杨天友办了取保候审手续,第二天一早就放出来了。这时夏江河才真正感到杨天友是一个硬汉子,没有乱咬,一种愧疚心情涌上心头。钟照华感觉出了一口恶气,遗憾的是杨天友什么也没有交代,暂时也没有什么事。

杨天友被检察院查处，虽然是单位行为，可由于钟照华是检察院的联络员，加之他很会来事，暗中给杨天友"配药"，检方也对夏江河不满意，便难为杨天友，使他错过了当副行长的机遇。

12. 瞬息万变

一晃两年又过去了，夏江河也到了退居二线的年龄。在此期间，还有半年到点的曲天桥，被省行突然宣布提前退居二线，这让曲天桥惆怅不已，自己的事没有安排完毕，就靠边站了。薄平高顺利接任了滨江分行的一把手。

薄平高对夏江河耿耿于怀。一个星期五的下午，薄平高带领人事科长杨建华、人事科干事王旭东，怒气冲冲地来到山阳支行考核领导班子情况。

在此之前，夏江河向曲天桥反映：山阳支行很乱，原因在于钟照华。钟照华整杨天友的目的是整他夏江河。钟照华背后搞小动作，拉帮结伙，不适合当一把手。曲天桥听罢，对钟照华的行为很不满意，准备往山阳支行派一位正科长任第一副行长，很显然，是为接班做准备的。薄平高知道后，立即通过关系向省行反映：曲天桥退休前想大捞一把。省行一看全省地市级行长即将到点的很多，为了防止行长下任前做一些超常规的事情，于是下发文件：冻结全省干部人员。曲天桥的希望落空，薄平高暗自长吁了一口气，

薄平高来到山阳支行，就是要提拔钟照华接任夏江河。

山阳支行偌大的会议室显得空旷、冷清。薄平高、杨建华和王旭东坐在对门的会议桌子一边，夏江河背门对着他们。没有多余的话，薄平高开门见山地说："夏行长，你即将卸任，我们准备提拔钟照华为行长接任你。你有什么想法？"

夏江河知道，他们是来履行程序的，本着"打不过你也要甩你一身大鼻涕"的想法，他心一横，愤然地问："你们知道山阳支行这两年这么混乱的原因吗？"

大家没有思想准备，被他突如其来的问题惊住了，一时无言以对。

"都是钟照华捣的鬼！"夏江河狠狠地说。

薄平高的心跳加快，脸色一白又一红，十分难看。人事科长杨建华、人事科干事王旭东，也感到很吃惊。因为，以往领导卸任，组织找谈话，都是顺着说同意领导决定之类的话，从未见到这样的领导。看样子，他们积怨太深了。

夏江河拿出一副"死猪不怕开水烫"的架势说:"钟照华是白脸曹操,他为了向上爬,不择手段。他拉拢一些不明真相的人,散布流言蜚语,挑拨银行和企业之间的关系。"

"夏行长,"薄平高不悦地打断了他的话,"我们要用事实说话,不能凭主观猜测!"

"自从他来了之后,山阳支行逐渐人心不稳。杨天友被检察院查处,就是钟照华指使人告的状!"夏江河愤愤地说,"原先信贷科是团结的,钟照华不分管信贷业务,却极力和杨天友的对立面于仲龙搞得火热。现在信贷科成了一盘散沙。"

薄平高越听脸越难看,再谈下去,对钟照华更加不利了,于是冠冕堂皇地说:"我们不能只听你一面之词,我们还要找其他的人了解情况。"不等夏江河反应过来,就说,"散会!"

之后,薄平高让钟照华找了几个人进行谈话,显然谈话是对钟照华有利的。晚上,分行开党委会通过,任命钟照华为山阳支行行长,接任夏江河。

钟照华高兴得手舞足蹈,立即通知亲朋好友,就等星期一上班接任。

第二天,夏江河知道钟照华接任自己的消息后,十分不满。他仔细思考了半晌,立即将杨天友叫到家,支走了老伴,关上门。他告诉杨天友,钟照华接任了自己。杨天友听罢,惊呆了,自己科长的位置,不保了。

夏江河说:"我们必须阻止钟照华当行长!"

"可是,现在党委会上已经通过了这件事呀!我们怎么办?"杨天友一副无奈的样子说。

"组织原则是下级服从上级。只要我们迅速将钟照华的种种劣迹向省行反映,现在还赶趟阻止他上任。"夏江河坚定地说。

"现在党委会上已经通过了,"杨天友强调说,"我们反映已经来不及了。"

"只要没有公布,我们就还有机会。"夏江河说,"我们不能用正常的手段反映!"

"那怎么办?"杨天友急问道。

"你立即给徐科挂电话,就说钟照华对徐科有看法,散布谣言,诬蔑说贷款中徐科得了很多好处,他准备上台后,进行调查。"夏江河大声道。

杨天友十分憎恨钟照华，因为钟照华怂恿于仲龙到检察院告状，自己没有当上副行长，也因为钟照华当上行长，自己的科长位置就一定被撤换。他同意了夏江河的提议。

夏江河随即让杨天友在他家给徐科挂电话。杨天友先汇报了情况后，对徐科说："钟照华若是当上了行长，不光我的科长当不了，他还要查所放贷款的情况。他散布谣言说，你在畜品厂的贷款过程中很不干净，准备寻找证据搞你。"

徐科听罢，十分气愤，他的确在畜品厂有过不干不净的事，占用畜品厂的资源，虽然是为单位搞福利，可自己也得到了实惠。如果被揭发出来，对自己的影响也不好。

于是，徐科拜见了省行行长牛树林，向他反映山阳支行拟任行长的副行长钟照华，要查处省、市银行在给畜品厂发放贷款中存在的以贷谋私的问题等。

牛树林听罢，紧锁眉头。虽然畜品厂贷款是政府牵线搭桥，但是，省行起的作用是巨大的。省行和畜品厂的关系是千丝万缕的，省行的办公大楼，是从畜品厂"借款"建造的。省行的职工福利是畜品厂赠送的。虽然银行从贷款企业"借款"改善办公环境的事情，在全国许多地方都存在，接受企业"赞助"职工福利，也是见惯不怪的事情，属于公开的秘密。不被揭露，也就是"民不举，官不究"，但如果这些事被揭露出来，那对省行是不利的，他牛树林也脱不了干系。

星期天的早上，薄平高还没有起床，就被电话铃声惊醒。抬头看了一下墙上的挂表，刚过6点半。"谁这么早就来电话？"他边骂边不情愿地起床下地，接起电话。一听是牛树林的声音，他立即精神起来了，毕恭毕敬地问候："您好！牛行长，有什么指示？"

电话里传来牛树林严肃的声音："山阳支行的副行长钟照华，作风不正，品德不好，不适合当一把手。"

"可是，我们党委会已经考察合格，立会通过了。"薄平高嗫嚅着争辩说。

"不行！"牛树林厉声坚决地说，"组织原则，下级服从上级，你不知道吗？"说罢，挂断了电话。

薄平高惊呆了。电话挂断的"嘟嘟"声音响了好久，他才醒过来。他无奈地摇摇头，懊丧地叹了一口气。

星期一上班不久，人事科长杨建华、人事科干事王旭东和吴苟良组成的工作组，来到了山阳支行，和夏江河简单沟通之后，召开全体员工大会。杨建华和夏江河并排坐在主席台正中，两边分坐着市行工作组成员和钟照华。会议由夏江河主持，简单的开场白之后，由杨建华宣布市行党委会的任命。

　　杨建华郑重宣布：经市行党委研究决定，任命吴苟良同志为山阳支行行长。这时，会场一片寂静，在场的人无不感到惊讶和意外，怀疑是否听错了，因为早已经传出钟照华接任夏江河，那是铁板钉钉的事了，怎么变了？坐在主席台上的钟照华好像听到了晴天霹雳一般，呆若木鸡。夏江河、杨天友则欣喜若狂，带头热烈鼓掌，随即掌声一片。

　　吴苟良原来是滨江分行营业部的副行长，正处级，和市行行长是平级。他原先在边防预备役团当团长，好酒，好色，曾给部队造成不好的影响，被转业到银行工作。如何安排他，市行曾向省行请示，省行答复：按一般干部使用。原来部队向省行有交代：此人生活作风不好，思想品德不行，不能重用。滨江分行就安排吴苟良到营业部当了副行长，连降三级使用。吴苟良知道自己是怎么回事，心满意足地上任了。工作中，他看似兢兢业业，任劳任怨，对上级巴结，对同事关心，赢得了不少好评。任命他当行长，普遍能让人们接受。

第三章　初次治理

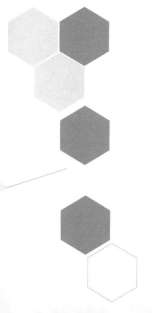

01. 应对挑战

大会结束后，送走了工作组，夏江河与吴苟良交谈话别。吴苟良邀请夏江河介绍情况，并亲自给他沏茶倒水。夏江河也就当仁不让，就坡下驴，坐在沙发上。吴苟良离开办公桌，拿着椅子，坐在他对面，洗耳恭听。

在此期间，人们很知趣，没人来打扰。夏江河很负责地对山阳支行的每一个人进行了介绍，重点详细介绍了钟照华、杨天友和于仲龙，顺便也介绍了企业情况。夏江河苦口婆心地揭示："山阳支行原先是团结的队伍、人人向往的单位。可钟照华来到山阳支行后，耍阴谋，使手段，整得人心涣散。"他提醒吴苟良，要警惕钟照华，"这个人是不能重用的，他诡计多端，是小人，为了自身的利益，他都能出卖他爸爸。他很会做表面文章，是咬人不露齿的'狗'……"

谈到杨天友，夏江河内疚地说："杨天友是一位难得的好同志，科班出身，有很高的素质，精通业务，对人忠诚、实在，可信任，希望留意。"又说："本来杨天友在这次班子调整中，应该任命副行长，因为钟照华唆使于仲龙告状，杨天友被检方查处，耽误了。其实这是单位的行为，他是受害者。他的缺点是不修边幅，性子急，遇事压不住火。他大节是好的，办事可靠，有一种'士为知己者死'的风范，慢慢调教，是一个可遇不可求的人才……"

"信贷科是银行的重要科室。"夏江河叹息道，"在某种程度上，一个信贷员的作用，比一般科长作用都大。于仲龙这个人，也是科班出身，他个人英雄主义极强，是个说虎不虎、说奸不奸的人，典型的墙头草。这一点和钟照华极为相似，只是他没有钟照华那样有韬略。这个人，用好了，能为单位办事。但属于不能重用之类的……"

……

夏江河的肺腑之言，让吴苟良十分感动，情况介绍完毕后，他留夏江河吃了午餐，然后派车送走了夏江河。

与夏江河交接谈话后的次日，吴苟良召开了全行职工大会。履行了亮相程序之后，他讲："我能来到山阳支行和各位共事，是一种缘分，希望我们共同珍惜。我是有主见的人，有观点的人，不管谁说什么，反映什么，我只相信自己的眼力。我和大家的关系是一张白纸，没有恩怨。我要求大家努力工作，不要出差错。现在人员不调整，请大家按部就班工作，这也是考验每一个人的过程。大家不要'人心浮动'，要经得起组织的考验。现在，我不管以前你干什么事，只要对新班子负责，就是我们的同志，我们就重用……"

杨天友被他的讲话打动了，看到了希望，决心一如既往地好好工作。一些人开始探风钻营，向吴苟良靠拢。受到夏江河压制的人，说夏江河的不是，吴苟良未置可否。但是原来受到夏江河重视的人，逐渐失势。

吴苟良也思考了夏江河的诤言，但他是一个实际的人，看到山阳支行这样人心涣散的局面，他知道必须扭转过来。他要有别于夏江河，这样才能显示他的高明。另外，历史的经验告诉他，要想干好工作，有两种方式方法：一是打着前任的旗帜；二是颠覆前任的所作所为。他要按照自己的愿望开辟出第三条道路来，即先"无为"再"有为"。他认为：工作上要有起色，必须首先依靠钟照华，他毕竟是副行长，在这里根深叶茂，而且自己对这里的情况不熟悉。

钟照华深知，自己以前被夏江河弄得声名狼藉，要想改变这种状况，必须依靠吴苟良。虽然薄平高是自己的大后台，可现在，为了自身的利益，薄平高抛弃了自己，现在只有抓住吴苟良这根救命稻草了。

由于两人的利益一致，他们一拍即合。

一天下午，吴苟良走进了钟照华的办公室，钟照华赶紧起身，让座倒水。

"不用客气，咱们谁和谁呀！"吴苟良说着，一屁股坐在沙发上。钟照华搬了个椅子坐在他对面。

"你说，怎样能改变山阳支行这种局面？"吴苟良直接发问。

他这一问，钟照华心里一惊，他不知道吴苟良的动机是什么。是夏江河攻击自己起作用了？他是来找碴儿的吗？他站了起来，略想了一下说："山阳支行这种混乱的局面不是我造成的！"

"我不是追究责任。"吴苟良曲意安慰道，"一个班子不团结，在于班长；一个队伍纪律涣散，和领导有关系。"

"谢谢你深明大义。"钟照华不无感激地说，"夏江河散布我的坏话，把我害苦了。"

吴苟良心里说，你俩都有毛病，是属于"狗咬狗———一嘴毛"之类。他也站起来，倚着办公桌子，安抚钟照华说："我说过，我不看过去，只看现在。"

钟照华心里说，没有过去，哪有现在？他嘴上却说："山阳支行的局面，是'冰冻三尺，非一日之寒'，要想彻底改变这种'各自为政'的现象，必须有所牺牲。"

"怎么讲？"吴苟良饶有兴趣地问。

"人们说，新领导上任要想干好，就必须踩着前任的肩膀，也就是说'否定'前任工作，反其道而行之。"钟照华直言不讳地说。

吴苟良沉默了。

看到吴苟良不语，钟照华知道自己的话起作用了，进谗言道："杨天友不能在重要位置上了，他的作用力很大，他是犯了错误的人。"

"先考验他一个时期再说吧。"吴苟良搪塞说，其实他不愿意得罪人，再说他来了之后，看到杨天友对工作是很负责的，也给自己提出过很好的建议。

"杨天友的错误很严重！他是在检察院挂号的人，你要不撤换他，大家也会对你有意见，认为你收了他的好处！"钟照华赤裸裸地道。

"这我得和市行沟通一下。"

"这是你的权限，为什么和市行沟通？"

"哪个信贷科长不通天？重要位置要慎重，否则上级挑咱们的理，工作就不好干了。"吴苟良顾虑重重，老到地说。

"咚咚"的敲门声，打断了他俩的谈话。随着"请进"声音，一丝清香飘起，走进了一个女人。

"吴行长，这里有一个文件请你签字。"陆承馨娇声说。

吴苟良抬眼一看是陆承馨，接过文件边走边说："到我办公室去。"

钟照华看着吴苟良的背影，轻轻地关上了门。

02. 拟要换马

这天，薄雾笼罩着天空。

吴苟良推开了杨天友办公室的门，走进来说："走，跟我到畜品厂现场看一下。"

杨天友边跟着他出来，边问："是否先和他们联系一下？"

吴苟良一愣，问："为什么？"

"如果厂长不在家，我们不是白去了吗？"杨天友善意提醒道。

"没有关系，我们有车。"

杨天友心里说，吴苟良是一个摆谱的人。单位离畜品厂这么近还坐车。一路上无语，不一会儿，就到了畜品厂。真如杨天友所担心的那样，厂长不在家。他们和财务科长吕兵简单寒暄了一会儿，就走了。

吴苟良看一下手表："时间赶趟，我们再走一个企业。"

"好。"杨天友问，"上哪儿去？"

"去章立国贸易有限公司。"吴苟良脱口而出。啊？杨天友顿悟，吴苟良不是一个摆谱的人，而是有准备的人，是到企业了解情况的呀。于是他产生了一丝敌意。没有办法，人在屋檐下，不得不低头，他不作声了。

在杨天友的引导下，他们很快就到了章立国贸易有限公司。敲门进去，见章立国正在和几个人谈话。

"你好，什么风把你吹过来了？"章立国起身欢迎着。

"我陪我们行长来看你了。"杨天友边说边将吴苟良介绍给他。

章立国热情地拉着吴苟良的手说："幸会，幸会。"然后对在座的人略表歉意地说："先客让后客。咱们的生意等明天再谈，今天来了两位重要的客人。明天我宴请你们。"

看到几位悻悻而走的客人，吴苟良有些愧意地说："我们一来，就打扰你的正事了。"

"哪里。快请坐。"章立国言毕，喊来一个人撤下水杯，然后取出一套精美的茶具，打开后，重新放茶，并亲自倒水。

杨天友无语，只听他俩的谈话。他们谈得很投机，从公司的发展，到未来的设想；从自身的经历，到个人的成长。两人有一种相见恨晚的感觉。

当听到章立国也是当兵出身时，吴苟良兴致盎然地问："你在哪儿当的兵？"

"边防预备役团。"

吴苟良眼睛一亮，又问："你什么时候转业的？"

"我是 1986 年转业的。"

"啊！"吴苟良兴奋地说，"我们是战友呀！"

"您也在边防预备役团？"章立国诧异地问。

"是呀。1986 年，我在边防预备役团当营教导员。难怪我看着你，感觉眼熟呢。"吴苟良说。

"我也觉得我们好像在哪见过。"章立国自嘲地说，"但您那时是大官，我们是小兵。"

"英雄不问出处。"吴苟良羡慕地说，"你现在干得多好。风生水起，百花盛开。"

"徒有虚名。"章立国说，"还不是靠你们银行的支持吗？如果没有你们的支持，我这个企业早就倒闭了。"

"没有关系。"吴苟良一拍胸脯，"以后需要贷款，直接找我。"

章立国得到了意外收获，情不自禁地说："这样我就不害怕你们扣收我的贷款了。"

杨天友听罢，感到十分别扭，心里说，你在告状吗？

吴苟良霸道地说："我不发话，谁敢扣收你的贷款？！"

看着章立国得意的样子，杨天友受到了伤害，他不冷不热地接话说："人在江湖，身不由己。如果上级来了一个命令，让我们压缩贷款指标，这样，谁贷款账户上有钱，就得扣收谁的了。"

吴苟良一听，脸色一沉，心里说，你这小子太不知趣了，和我唱对台戏，等着瞧。章立国看到此情景，急忙打圆场："你们没少帮助我。处朋友不看结果，只看过程。你们对我尽了心，我就满意了。"他看了一下手表，说，"走，我们吃饭去，边吃边唠。"

吴苟良也看了一下手表："才10点半。"

"庄稼饭，10点半。"章立国说罢，站起来。

吴苟良也站起来，坚持地说："今天不去了。过几天你约几位战友到我单位，咱们共同欢乐一下。"

"今天是预请，试吃。"章立国诚挚邀请道。

"不了。听我的。"吴苟良白了杨天友一眼，话中带话地说，"今天心情不好。"

"好。恭敬不如从命。"章立国说，"这个星期天，我约几个战友去看望您。"

在回单位途中的汽车里，看到吴苟良闷闷不乐的样子，杨天友感到有些后悔了，他讪讪地说："吴行长，我有时控制不了自己的情绪，总是说错话。"

"没有关系。"吴苟良曲意地说，"年轻人都这样，经过几次磨炼就好了。"

听了吴苟良的话，杨天友的心绪稳定下来，心里说，吴苟良真有气量，以后得好好工作，维护他。

回到单位后，吴苟良直奔钟照华的办公室。

进门他就说："杨天友给脸不要脸，没有撤换他，他不领情不说，还不支持我的工作。"

"他只听夏江河的，他就是夏江河的一条狗。"钟照华挑拨道。

"我现在就请示信贷科，让杨天友挪位。"吴苟良气势汹汹地说。

"信贷科肯定向着他。他和科长赖禄清关系很好，要不为什么敢和你叫板呢？"钟照华火上浇油。

"我不信，我手下的人，我就动不了！不行，我找行长去！"吴苟良气囔囔地说。

回到自己的办公室，吴苟良操起电话，给接任翟志敏的赖禄清谈了要撤换杨天友的想法。

赖禄清问："你还有好的人选吗？业务上，杨天友曾在全省考试中成绩名列个人第一，人家没有什么错，你凭什么撤换人家？"

"他被检察院查处过。"吴苟良强调着。

"事实上已经清楚了，那是单位行为，是有人陷害。现在检方正在履行撤案程序。你现在需要的是人才，管理国家的贷款。希望你三思而行。"赖禄清善意提醒道，也掩饰不了对他的意见。

放下电话，吴苟良思考着，杨天友为什么威信这么高？

吴苟良是一个不达目的誓不罢休的人，信贷科不同意，他决定下午到行长薄平高那里。

下午一上班，吴苟良就来到了薄平高办公室。简单地实施了问候礼节之后，薄平高问："山阳支行现在情况怎么样？"

"我来了之后，首先注重班子的团结，带好队伍的建设。现在人心稳定，精神面貌焕然一新，工作热情高涨。总之有了新的起色。"

"很好。"薄平高面带笑容，满意地点点头，"你现在还有什么困难？"

"是这样，"吴苟良看着薄平高的脸色说，"杨天友作为信贷科长，已经多年了，他也曾经犯过错误，大家对他有反映，我想动一动他。"

"都是谁反映了？"薄平高面无表情地问。

吴苟良心一惊，这点小事行长还要过问，杨天友真是通天呀！他心想，不说实话很难过关，略想了片刻之后，说："主要是钟照华副行长。"

"钟照华对杨天友的不满意主要来源于夏江河。"薄平高轻松地说。

"可是，"吴苟良坚持地说，"不动杨天友，钟照华不满意呀，我的工作也不好干。"

"这事，你和信贷科赖禄清协商一下。"薄平高搪塞道。

"我和赖禄清商量了，他不同意，所以我来找你了。"吴苟良说。

薄平高神情凝重地看着吴苟良，心里五味杂陈。对于杨天友他是了解的，知道他业务精通，能力强，是个难得的人才，也知道他是徐科的连桥。徐科余威尚在，他不想找麻烦。

"信贷科是一个重要科室，杨天友的工作不要轻易变动。"薄平高严肃地说。

吴苟良听罢目瞪口呆。他本来是个对上级能够言听计从的人，今天不知道搭错了哪根神经，疑惑地问："为什么有很多人向着杨天友呢？"他没有敢说，你为什么也向着杨天友呢？

薄平高笑了一下，说："于公，杨天友的能力摆在那里，有口皆碑；于私，省行处长徐科你听说过了吧？他是杨天友的连桥。你能当上山阳支行一把手，和他们有关。"看到吴苟良惊愕的样子，他感觉到自己走嘴了，又严肃地说："你知道就行了，绝对不能传出去！否则，出了问题，你负责！"

听完薄平高的话，吴苟良吓出了一身冷汗，心里说，多亏向薄平高请示，否则自己就大祸临头了。暗骂道：钟照华，你真像夏江河所说的，为了达到目的，不择手段！为了自身的利益，都能出卖你爸爸。

03. 其乐融融

吴苟良从向薄平高的告状中，了解了行长的底线，也知道了杨天友的根基。回到自己办公室刚坐稳，钟照华跟着就走了进来，问："杨天友的问题怎么办？"

吴苟良抬头看了他一眼，没有好气地说："多亏了我了解情况，杨天友和徐科是亲属关系。如果盲目行动，我自己就要吃亏了。"他不满地瞅着钟照华问，"杨天友有这一层关系，你怎么不告诉我？"

"这是咱们的权限。"钟照华耍无赖地说，"县官不如现管。他徐科的手也不能伸到咱们单位来。再说徐科他已经退休了。"

吴苟良面无表情地听完，气上心头，心里说，你这个无赖，差点坏了我的事。他强压怒火："行了，今后，不要再提撤换杨天友这件事情了。"

此后一段时间，他俩再也不敢打杨天友的主意了。

吴苟良对杨天友的态度大有好转，有时也和他开开玩笑。杨天友感觉吴苟良真大度，也就一心一意地努力工作了。

受吴苟良的邀请，一个休息日的上午，章立国领着三位精英战友，由汪达财开车，来到了山阳支行。汪达财对章立国尊重有加，也由于合作的关系，他们走得很近，虽然他也是当兵出身，不是一个部队的，但按吴苟良的话讲：只要是参军的，都是战友。这样，借开车当司机的缘由，顺理成章地进入了战友的圈子里。

对于他们的到来，吴苟良做了精心准备，一是对战友的重视；二是显示自己的成就和实力。他在附近宾馆开了两个高档带套间的客房。山阳支行和宾馆是关系单位，他们的贷款由山阳支行提供。宾馆经理特意吩咐有关人员："满足他们的一切要求。"安排了充足的酒源。吴苟良还特意安排会计科副科长陆承馨、信贷科长杨天友、会计科长谢威和办公室管理员赵佳，还有正在加班的季晓春等，充当服务员兼陪酒员的角色。

章立国几人在吴苟良亲切热情的引导下，走进了他的办公室。进屋之后，他们叹为观止：宽阔大气，装修让人赏心悦目，大班桌子横卧办公室的一端，后面有一排书柜，书柜里放满了各类书籍，旁边有旗杆，挂着国旗。大班桌子两边摆放着两排真皮沙发，沙发前是实木茶几，茶几上摆放着各类水果、香烟和矿泉水。对面的左角处摆放着一盆高大的万年青。

他们和政府官员接触比较多，也到过副市长办公室，此时，他们内心由衷地发出感叹：这比副市长的办公条件还要好，不由自主地产生了一种敬畏的感觉。

看到他们惊讶的样子，吴苟良内心充满了满足感。

自从吴苟良上任后，他坐在夏江河的位置上总有一种憋屈的感觉，后来经人指点，将原来由两个房间打通的办公室，扩展为四个房间相通的办公室。其中，专门隔出一个房间为休息室。休息室内有床、沙发、冰箱、电视等生活用具，俨然就是一个温馨的家。

吴苟良殷勤让座，章立国一一给吴苟良介绍。每当介绍一个人时，这个人就立即站起来打立正，敬礼回答，吴苟良又找到了久违的在部队当团长的感觉。经过介绍，吴苟良似乎有了模糊记忆。田在兴原在团部当卫生员，现在市立医院当主任大夫；赵小东当时在团部食堂当班长，现在在政府办公厅当食堂管理员；厉可明原在部队当通讯员，现在移动公司当业务科长。汪达财以前在业务交往中见过，那只是官场上的客套，今天在这种场合见面，感到格外亲切。

吴苟良搬起椅子来到大班桌子前，坐在他们中间，他左顾右盼地和他们交谈，问寒问暖，唠家常，谈工作。办公室里，一派其乐融融的气氛。

汪达财感谢吴苟良在贷款上给予的帮助，吴苟良举重若轻地说："没有什么，你们条件够，我们贷款正好没有好企业投放呢。"

听了他的话，大家感觉很舒服，特别是汪达财，感触最深。当初找夏江河贷款成功后，夏江河讲了一大套难处，让人领情，好像人们不知道贷款的艰难度，没有难度谁找你？他不由得感慨，当过大领导，见过世面，和小市民出身的领导办事是不一样的，对吴苟良的敬仰之心油然而生。

之后，吴苟良陪同他们来到后院。宽广的大院，让人心旷神怡。和办公楼对着的是一栋小平房，那是食堂兼仓库，两边有一人多高的砖墙设置围栏。

吴苟良站在院子中间，拿出部队首长的架势，比比画画，畅谈今后的发展和思路，颇有指点江山的味道。他们曾是他的下属，又是有求于他的，所以都毕恭毕敬，连连点头称赞。

午宴刚开始，大家很拘谨，放不开。后来在吴苟良的激励下，大家放开酒量。

这顿宴会大家很尽兴，每个人脸上都是红扑扑的，说话也没有平时的那种顾虑重重。战友们感觉吴苟良很够意思，下属们感觉吴苟良很亲切，平易近人。

宴会结束后，已近傍晚时分，章立国张罗玩麻将。

这时，谢威接到了传呼，回话之后知道家中管道漏水了。吴苟良只好放了他。杨天友也借故要走，吴苟良不悦道："你走了，她俩怎么办？"杨天友只好呆呆站着，一时不知所措。

季晓春一看吴苟良的态度，也不敢提出回家了，她低头不语。从她不情愿的神态来看，吴苟良知道她不愿在这里，正好也嫌她碍事，便顺水推舟地说："季晓春，你家有事就回去吧！"

季晓春听罢，像一只出笼的小鸟，欢快地飞走了。

汪达财突发奇想："吴行长，我去市里办一点事，用不了一会儿就回来，正好把他们捎到市里。"

看着汽车绝尘而去的背影，杨天友也有了办法："吴行长，我喝多了，头痛。我在宾馆找一间房子休息一下，有事呼我！"

"好吧！"吴苟良点头认可。

他们到了房间，支起了麻将桌子。吴苟良很客气又不失威严地说："你们是客人，你们先玩，我和陆承馨给你们服务。"

田在兴不识时务地说："吴行长，你先来。"

章立国狠狠瞪了他一眼，意味深长地说："听吴行长的。咱们是客人。"

吴苟良满意地点头称赞。田在兴似乎大梦初醒，马上一边码牌一边说道："今天，我要赢你们个心服口服。"

吴苟良、陆承馨殷勤为他们递烟、倒水。他们似乎有一种心灵感应，尽情玩麻将。他们玩得正酣畅淋漓时，吴苟良接到一个电话，给陆承馨递了个眼色，他俩先后离开了房间。没多久，吴苟良先回到了麻将间，很快陆承馨悄然而归，依靠在章立国身后观牌。

"你们战果如何？谁输了？"吴苟良打破了局场的沉静。

"这帮狼！"田在兴笑嘻嘻地骂道，"八圈，我只和了两把！"

"我来！"吴苟良说罢，替下了田在兴。他脱下外套，只穿了个背心，赤膊上阵。牌也真长脸，他第一个上听。他是单"钩"一的牌。他翻开后尾牌看了一下"宝"，是七万。看了一下手中的牌，有一个七万，牌局中也有两张七万，也就是说，他没有搂"宝"的可能了。陆承馨不禁惋惜地发出"呀"的一声。吴苟良下意识回头看了她一眼，站起来，哼着流行电影《追捕》中的小调，身体摇晃摆动，轮到他抓牌时，他猛地搂起一张牌，迅速放入牌中，串换出七万拿在手中，一下子推倒手中的牌，亮出手中的七万，大喝一声："搂宝！和了！"

人们一时愣住了，面面相觑。

片刻之后，章立国扯着脖子喊道："这不算，你玩赖！"

大家这时才醒过劲来，但谁也不好吱声。

"我真的是搂宝啦。"吴苟良狡辩地说，"不信问陆承馨！"

陆承馨挤出一丝笑容，妩媚地说："我没有看清，再说是多少钱的事呀？"

她的话，触发了章立国的心绪。他站起来，顺水推舟地说："算你赢了。我饿了，咱们吃夜宵去。"

"你们真赖！"吴苟良边穿上外套边说，"我去给你们准备！"然后手舞足蹈地走出房间。忽然，看到走廊一头的楼梯上有人影上来，他的神态立即恢复了正常，倒剪着手，款步前行。

"吴行长好！"上来的服务员向他热情打招呼。

"嗯。好。"他用鼻子哼了一声，头不抬、眼不睁地下楼了。

04. 为人作嫁

此时，正值专业银行向商业银行转型初期，银行将政策业务划转到国家新成立的政策银行，银行与信用社脱离行政隶属关系的"行社脱钩"时期。这主要是省、市行的事，和行、社合署办公的基层行有关，他们忙得不可开交，与业务相对单一的山阳支行没有什么关系，这里相对风平浪静。

在杨天友兢兢业业的打理下，山阳支行的信贷业务风生水起，顺风顺水。生活中有陆承馨照应，吴苟良过得有声有色，一派踌躇满志的样子。

吴苟良因为工作忙，事情多，没有心思管理儿子吴龙，从小学到高中，他没有参加过一次孩子的家长会。为了安抚吴龙，吴苟良在金钱上全部满足吴龙的要求。吴龙不愿意学习，经常逃学和不三不四的人鬼混。老师多次找吴苟良交涉，他总是笑脸相赔，礼上有加，拜托老师代管。后来老师也没辙了，对吴苟良说，我尽力而为吧。然而，吴龙对老师很反感，放出话来，要收拾老师，吓得老师放弃对吴龙的管理了。

一天上午，吴苟良正在召开行务会，手机响了，他接听了电话之后，脸色大变，立即指示钟照华代理，自己和司机走了。

原来，刚才是一个学生家长来的电话，告诉他，他儿子和吴龙因在一家商店偷东西被警方收押了。

吴苟良风风火火地赶到了派出所，证实了学生家长打来的电话所说为事实。他想和警方沟通，谈条件放出儿子，但被警方严词拒绝了。

吴苟良此时心急火燎，急忙找熟人，托关系。从反馈的情况来看效果不好，警方就是不吐口。

这时，司机提醒道："找杨天友看看，他有同学能帮上忙。"

"他不行。"吴苟良脱口而出。他认为，我找了这么多关系都无果而终，杨天友这个小人物怎么能办成这么大的事？

已接近中午，吴苟良一块手机电池都打得没有电了，他换了一块电池继续找人联系。可人家都说，现在是中午，不好办，等下午上班吧。

吴苟良痛苦地拿着电话思考着。一个激灵，想到了杨天友，心里说，死马当活马医吧。于是给杨天友打了个传呼。不一会儿，杨天友回话了。

"你好！"吴苟良第一次礼贤下士地问候下属。然后问杨天友有没有在警方的关系。得知他有同学在法制委之后，吴苟良犹如在水中看到了稻草一般，态度和蔼地说："你约你同学到最好的饭店吃饭，你定在哪里告诉我，我也去。你告诉他，我有一个问题想要咨询一下。你和你同学同时打车，这样快点。出租费我负责。我就不派车接你们了，因为时间来不及了。"

接到吴苟良的电话，见他语气那么友好，杨天友感到十分意外。一想到与人方便，与己方便，他便愉快地应许了。

王佳英很给杨天友面子，中午推掉了别人的宴请，同意接受杨天友的邀请。

经协商，定在滨江最高档的海鲜酒楼。杨天友赶紧通知吴苟良，然后坐上了出租车直奔酒楼。不长时间到了酒楼，杨天友付款下车后，一看王佳英已经站在海鲜酒楼等候。他俩相互寒暄着走进了酒楼。刚进酒楼大厅，就见吴苟良满面笑容，热情迎上前来。

杨天友赶紧介绍。吴苟良紧紧握着王佳英的手："幸会、幸会！"说着带领着他俩进了一个小包间。进了包间，王佳英一看，一张能坐六人的长条桌，摆满了丰盛的海鲜。滨江处于内地，海鲜显得格外珍贵。

王佳英眼前一亮，惊讶地说："大哥，怎么这么客气？"

"请坐！"吴苟良颇为恭敬地说，"初次见面，有不周的地方，请多包涵。"

双方落座之后，寒暄了一会儿，吴苟良给他俩倒上酒，说："两位兄弟先吃几口菜，压一下底。"言毕给王佳英夹菜。杨天友赶紧自己夹菜。

看到他俩吃了几口菜之后，吴苟良举起酒盅说："今天没有外人，司机我让他回去了。我提议三盅酒，第一盅，我们有缘幸会；第二盅酒，是好事成双酒；第三盅，是业务咨询酒。"说罢带头连干三盅。三盅下肚，大家热血上涌，情绪上来了。

王佳英给吴苟良、杨天友倒上酒，说："谢谢大哥盛情招待，有什么要咨询的，我会毫无保留地讲出来。"说罢一饮而尽。

放下酒杯，王佳英口喷酒气地问："大哥，有什么事要咨询的？让您这么破费。"

"我也是馋了。"吴苟良轻松地说，"你在法制委工作。你说公检法办事程序如何？假如，有了事，谁是最恰当的人？"

王佳英一听，心里说，这是小儿科的事，你还摆这么大的场子！于是放松了警惕，好为人师地说："你在检察院犯了事，就找检察长好使；你在法院打官司，庭长最直接；若是在公安局有案子，办案的警察最好用。"

吴苟良听罢，点点头，给他俩倒上酒，又连干三盅后问："兄弟，你在公安局有熟悉的人吗？"

"法制委，就是管着公检法的。"杨天友说。

"一般小事，我差不多能帮上忙。大事上，我能给你指路，不让你走冤枉路。"王佳英低调地说。

"我有一个朋友的孩子，因为偷东西，被派出所押着呢，你看怎么办好？"吴苟良撒谎说。

"这个事很难呀！"王佳英为难地说。

"没事，花多少钱，他们家认了。"吴苟良一副满不在乎的样子说。

"现在钱是次要的，有时候钱也是不好使的。"王佳英叹了一口气说。

"怎么讲？"吴苟良一脸困惑地问。

"现在主要是打通关系，否则，你有钱花不出去呀。大哥，要不是你的事，你就别管了，否则容易费力不讨好。"王佳英点拨道。

"兄弟，"吴苟良一副无奈的样子，"实话对你说吧，是你侄儿的事，这小子不好好上学，给我惹出这么大的事！"

王佳英和杨天友听罢大吃一惊，明白了他今天为什么这么大方。

王佳英的情绪很快稳定下来，脑子里飞速盘算到，如果这事给他搞定了，以后我有什么事情要找他，就都不是事了。想罢，他把胸脯一拍："大哥放心，您的事就是我的事，不管怎么费劲，这个忙我都帮定了！"

吴苟良正眼巴巴地盯着他呢，一听这话，大喜过望，马上举起酒盅："兄弟，太感谢啦！你帮大哥做成了这件事，以后有什么困难，只管来找我。大哥能办到的，一定帮你搞定！"

王佳英见好就收，赶紧举盅："咱们就这么定了。"

吴苟良突然想起什么，有些吞吞吐吐，有些慢慢吞吞地说："这事——两位还是替我保密的好——"说着，眼睛瞟了瞟杨天友。

王佳英、杨天友的头瞬间点得跟鸡啄米似的："一定一定。谁家的傻小子不淘出一点事来呀——"

05. 关系贷款

在王佳英的点拨下，吴苟良用足了劲，终于将吴龙捞了出来，没有留下案底。后来在宴请王佳英吃饭时，王佳英感慨万千地说："大哥真有能量，逢凶化吉，化险为夷呀！"吴苟良说："我是没事不找事，有事不怕事。如果没有这件事，我还不能相识这么多的哥们儿。"这番话，让人们想起《三国演义》中的曹操，遇险得救后，还说风凉话。

过了不久，吴苟良介绍一个经营汽车修理的个体户给杨天友，说是他要申请贷款 30 万元。杨天友经过调查了解，发现这个叫张玉平的个体户根本就没有偿还能力，怀疑他贷款的动机不纯，表示不同意。吴苟良碍于杨天友帮助过吴龙，没有说"必须办，错了我负责"之类的官话。他要了一个手腕，安排杨天友出差，指示于仲龙给予办理。

杨天友回来之后经过了解，才知道这笔贷款是王佳英介绍的，张玉平是他上中学时同一届的同学。杨天友心里有些别扭，王佳英介绍人贷款，为什么要绕过我？吴苟良你为什么又不说清楚呢？

一晃三年过去了。由于徐科完全退休，省行行长牛树林也调走了，吴苟良在钟照华的挑拨、怂恿下，将杨天友和下属分理处主任彭全德互换。为了安抚好杨天友，也算给各方一个交代，吴苟良给分理处信贷特别授权：分理处有 5 万元的贷款审批权。这在市区十余个分理处中，是唯一的一份殊荣。谁知杨天友虽然生了一肚子气，却走哪里干到哪里，生生把分理处的业务搞得风生水起。这一分理处职工的福利也连跳三级，让其他分理处羡慕不已，更让吴苟良说好也不是说歹也不是。这是后话。

本来钟照华向吴苟良建议，挪动杨天友后，让于仲龙当副科长，主持工作，可是吴苟良这回对他的建议进行了缜密的考虑和判断：如果于仲龙主持了工作，他们关系好，他俩合作，就能把自己架空！于是他采取了平级互调的方式，打破了钟照华的美梦，同时将会计科副科长陆承馨调任信贷科副科长，也压制了于仲龙。

夏江河得知吴苟良的安排之后，感慨地说："他真是一个权术高手！"

彭全德到了信贷科后，满怀信心地工作，有大展宏图之志。在和陆承馨交手了几个回合之后，他才知道，自己是一个傀儡。他知道，如果和她闹僵了，自己连傀儡也当不上了，索性就不太管理业务了。在吴苟良的强力支持下，陆承馨实际上成为把持信贷科工作的人。

此时，银行进入国有商业银行运行时期。在 20 世纪 90 年代中后期，全国银行行长会议提出，全行上下都要牢固树立"效益兴行"观念，以业务经营为中心，以扭亏为盈为目标，促进财务状况改善，形成行行抓经营、讲效益、创利润的新局面。

省行召开会议贯彻执行，滨江银行也召开工作会议，传达总行、省行行长会议精神之后，要求各路行长"诸侯"对总行、省行行长会议精神进行讨论发言。

在参加会议之前，吴苟良做了充分的功课准备。他到市行会议组，先行要回一份会议材料，回来后认真品读。然后，让办公室秘书写了一份发言稿，最后将杨天友调到山阳支行，对发言材料进行把关修改润色。这样，一份有血有肉的发言材料形成了。之后，他细心揣摩，认真背诵。

轮到吴苟良发言了，他身体前倾，表情沉稳，脱稿道："参加这次会议很受启发，可以说这是一次有划时代意义的会议。我们已经从政策性的专业银行进入了经营性的国有商业银行时期。商业银行就是企业，我们的目标，就是为国家创造利润，为国家建设积累财富。如何实现这个目标呢？我认为：我们要以市场为导向，紧跟国家的政治、经济政策，为经济服务。现在，国家提倡支持非国有经济企业，我们应该在保证贷款安全的前提下，大力支持非国有经济企业。这也是我们银行盈利的一个支撑点。现在我们对非国有经济企业如一些个体户，采取'犹抱琵琶半遮面'的扭捏态度，让他们花成本挂靠在一个国有企业名下，才可以放款，这是自欺欺人。只要是企业，不论什么身份，合法经营，有可靠的收入来源，有担保手续，我们就应该大张旗鼓地给予信贷支持。在市区内，有好的企业，我们可以搞公平竞争，这样才能提高我们的综合信贷水平。在我们内部也可以探索竞争，因为，我们之间不竞争，其他银行也会参与竞争……"

吴苟良的发言，有创意，也敢于挑明事实，和前几位"诸侯"的应付式发言相比，显得更加有冲击力。人们对他颇为刮目相看，对他工作几年，就有如此见解表示钦佩。吴苟良暗地里沾沾自喜，他的发言摘要上了会议简报，一个新型的业务干部形象展现在全行员工面前。

吴苟良借"效益兴行"观念，大量发放个人、集体、国有、股份制等企业性质的贷款，山阳支行的放款业务蓬勃发展，在市区遍地开花。章立国、汪达财所经营的企业也大受其益。

吴苟良指示陆承馨对这两个企业的贷款，以进行补充担保手续为名，进行先放款后按比例收回的办法，使之逐渐累积成了贷款大户。

这天下午，吴苟良闲着没事，在走廊信步溜达，不由自主地走进了陆承馨的办公室。"这办公室收拾得和你一样干净、漂亮。"吴苟良赞赏道。

"吴大哥，你太客气了。"陆承馨脸一红，羞涩地说。因为没有外人，她称吴苟良"大哥"。

吴苟良一阵哈哈大笑，感觉到在办公室调情有些不妥，他便话锋一转，沾沾自喜地说："今年，我们放款在全辖是最多的。我们能甩掉亏损的帽子了，我们能盈利了，日子好过了。其中，你也做了很大的贡献呀！"

"是呀。能盈利就是成绩。"陆承馨说，"不过有人说，咱们搞关系贷款。上级是不让放关系贷款的。"

"嫉妒！"吴苟良一摆手，耍无赖地说，"别听他们的！没有关系怎么能贷款？哪笔贷款没有关系？主要是我们手续要全，贷款能收回来就没事。"

"虽然我们放了很多贷款，但稀释不了多少逾期贷款。逾期贷款过多，他们又会说咱们管理水平不行了。"陆承馨自进入了信贷科之后，按照吴苟良的劝导努力学习信贷业务，加上会议、学习和谈话的耳濡目染，业务水平有了很大的提高。

"现在全辖逾期贷款在 70%，我们的逾期率低于平均水平。"吴苟良说，"逾期贷款怎么看？如果采用收回贷款再放出去的话，我们的逾期率还能降下来。但是，我们不能这样做了。原先的贷款是历史形成的，我们应该保持原貌，这样也分清了责任。相反，有逾期贷款是有好处的！"

"怎么讲？"陆承馨睁大眼睛，吃惊地望着他。

"你脑袋想什么呢？"吴苟良和颜悦色，亲切地责怪道，"有了逾期贷款的存在，我们就能合理合法，多收20%的利息。这是一部分重要的收入来源。"

"吴行长，"陆承馨谦虚地问，"如果企业账户有资金，他还欠我们的贷款，你说，我们是先收贷款本金，还是先收贷款利息？"

"当然是先收利息啦。咱们就像地主，得先收租子。"吴苟良不假思索地说。

陆承馨接着问："那贷款收不回来，怎么办呀？"

吴苟良回答道："这是全国性的问题。咱们走一步看一步，法不责众。如果真的收不回来，我们可以扣收担保单位的款，也可到法院起诉。当然，还是以协商收贷款为好。关系别搞僵了。"

"畜品厂这样类型的企业很多，所谓的担保是虚的，且已经资不抵债了。我们怎么收回贷款？就是把这个企业卖了，也不够偿还我们的贷款。何况有谁来买呢？"陆承馨继续问。

"这类贷款是政府极力主张发放的，当然由国家承担，和我们没有关系，"吴苟良无所谓地说，"当然，也有学者探讨，以贷款入股的方式来化解不良贷款。我们等着就行了。"

"银行管理这么多、这么乱的贷款，国家知道吗？"陆承馨问。

"知道也管不过来。大领导怎么能管得这么细？也只好睁一只眼闭一只眼了。"吴苟良肯定地说。

"你说，为什么有的单位贷款之后，还几个月的利息，就不还款了？有的甚至一分利息也不还了？"陆承馨追问起来。

吴苟良端详了她一会儿，似笑非笑地回答："贷款时，或许银行就收取了高额的回扣。要是我的话，我也不归还贷款。反正，你也不敢要！"

陆承馨听罢，若有所思地点点头，自言自语地说："贷款真复杂呀。"

"你还听到了什么情况？"吴苟良问。

"听说杨天友找人准备调走？"陆承馨说。

吴苟良寻思了一会儿，有些惋惜，推脱责任地说："我是没有办法才将他调出信贷科的，因为钟照华总在耳边吹风，我得维护班子的团结呀。"

"从他的话里话外中，我感觉到，他对你有想法。"陆承馨脸一红，羞涩地汇报着。

"我对得起他的。你打听一下，在咱们地区，哪有给分理处发放款权的？"吴苟良突然想到，徐科一定有接班人，如果处理不好，恐怕有后遗症，便说，"在你们以后的工作接触中，你帮助我做一下杨天友的思想工作。他调出对他有好处，远离了钟照华，也是锻炼他独立工作的过程。"

末了，吴苟良似笑非笑地说："要恨，就让他恨钟照华。"

06. 资金掮客

时下，正值社会上资金供求矛盾显现的时期，取得资金才能加快发展，是已被实践证明的事实，而资金来源的主要渠道，便是银行。在求过于供的情况下，一般人想从银行贷出款来，除了繁杂的手续之外，没有一定的关系是很难办成的。这样，社会上便涌现了一些人利用权力、关系搞副业，帮助企业运作贷款，新兴的地下"资金掮客"应运而生了。

王佳英从给张玉平联系贷款的过程中尝到了甜头，又仗着给吴苟良办过事，客观上充当了"资金掮客"的角色，进而时常引荐一些贷款户到银行办理贷款。

这天下午，张玉平请王佳英约吴苟良晚上出来吃饭。原来，张玉平在找王佳英联系贷款成功之后，也曾找吴苟良吃饭，可吴苟良考虑他和自己身份不对等，也就委婉拒绝了。王佳英知道，张玉平找吴苟良吃饭是想进一步联系贷款，考虑到张玉平做事很到位，又是同学关系，知道他事后不会亏待自己，也就答应了。

张玉平和王佳英是初中同学，虽然关系不太近，但每年同学家有事时，也能见到面。通过贷款，他们的关系走得很近了。张玉平原是一家小集体企业——农机配件厂的采购员。家庭贫寒，他对钱的需求特别大。由于采购员经常跑外，接触人员相对多，他对经济发展走向，就有了前瞻性的认识。

他借用姐姐的名义，开了一家农机修理厂。他人脉广，关系多，有经营头脑，经营方式灵活，促销搞得好，原始积累加大后，便想扩大投资领域。正好北郊有一块土地准备出让，他知道消息之后，立即用很便宜的价格买了下来，准备开办一家搞休闲娱乐的度假村。由于缺少资金，他想到了银行贷款。考虑到已经求过王佳英，这次要是不用点对他更刺激的方法，王佳英是不会同意的，于是，他答应给王佳英10%的干股和一部分活动资金。王佳英欣然应许，帮助他运作贷款。

晚宴在豪华的海鲜酒楼举行。虽然张玉平目前的资金异常紧张，各方面需要钱的地方很多，但为了让吴苟良等人不小瞧自己，也为了显示实力，他还是咬紧牙关，安排在这里。

吴苟良如约来到了海鲜酒楼。早已等候的王佳英、张玉平立即起身迎接，热情迎上前来嘘寒问暖。双方落座，张玉平吩咐服务生走菜后，从随身的挎包中取出一个精致的礼品盒，微笑着双手递给吴苟良说："这是我在南方出差中请的一尊玉佛，送给你，保佑你们全家平安幸福。"然后看着王佳英，开玩笑地说："好事先是大哥的，咱们是同学，以后我发达了，不会忘记你的。"

王佳英也不计较，更知道现在和他计较，得不偿失。

吴苟良打开礼品盒，从中取出一尊玉雕佛像，拿在手中仔细观赏，只见晶莹剔透的玉观音像，润莹无暇。观音立体圆雕，眠目，直鼻，小嘴，高髻，并饰头披。袒胸，身着长衣、长裙、宽肥袖，左手指搭于右腕，右手持念珠。裙角露双足，呈直立形。神情怡然。

王佳英从他手中拿过礼品，仔细端详着。看到王佳英爱不释手的样子，张玉平说："俗语说'男戴观音女戴佛'，观音心性柔和，仪态端庄，佩戴者可消弭暴戾，远离是非，世事洞明，永保平安，消灾解难，远离祸害。保佑平安如意。"

王佳英不由自主地说："黄金有价玉无价。我代表大哥谢谢你的一片诚心。"

此时，吴苟良对张玉平的好感迅速上升，掩饰不住内心的喜悦，说："真是好东西。这尊佛很贵吧？"

"没有多少钱，只要大哥你喜欢就好。"张玉平故作平淡地说。

"那我就笑纳了。"吴苟良虚情假意地说。

这时，敲门声响起，服务员上菜来了。不一会儿，四菜一汤上来了。

"兄弟，你太客气了。"吴苟良看到丰盛佳肴，由衷地客气道。

"没有什么。"张玉平让服务员退下去之后，给他和王佳英斟上酒，把盏道，"很长时间没有见到大哥了，感谢大哥给予的贷款帮助。希望我们友谊天长地久。我先饮为敬。"然后一饮而尽。

放下酒杯，吴苟良夹了一口菜问："兄弟，你现在生意如何？"

"托大哥的福，现在可以说是买卖兴隆。我一年的利润能达到10万元。"张玉平回答说。

"呀，太厉害了。"吴苟良惊讶地说。

王佳英这时拿起酒瓶，边给他们倒酒边说，"张玉平现在买卖干大了，准备再开办一个休闲娱乐的度假村。"

"度假村有发展前途吗？"吴苟良饶有兴趣地问。

"这是一个新兴的产业。"张玉平说，"这是我到南方考察取经体会到的。现在有钱的人多了，但我们的业余文化生活单调，南方的度假村就是这样应运而生的。"

"现在饭店酒楼很多，度假村能有效益吗？"吴苟良忧心忡忡地问道。

"没问题。"王佳英代张玉平说，"这确实是一个新兴的产业，有超强的生命力。度假村成立后，大哥来个亲朋好友，也有一个落脚点呀！"

"我能为你们干点什么？"吴苟良问。

张玉平看了一眼王佳英，会意一笑，说："大哥，你再帮助支持我 30 万元，我的度假村用不了三个月就能开业。"

"不行。"吴苟良摇摇头说。

"大哥，"王佳英帮腔道，"贷款放给谁不是放？帮哥们儿的忙，哥们儿也不能忘记你呀。"

"不是这么一回事。"吴苟良无奈地说，"我们的放款主要是流动资金贷款，就是支持'短、平、快'项目，你这是固定资产投资。国家政策不许可的。"

"大哥，"张玉平给他们倒上酒后，说，"我们再喝一杯，然后，我把在南方的感悟说一说。"说罢，和他俩碰一下杯，然后饮尽。

"你有什么新观点？说出来让我们分享。"王佳英问。

张玉平看了一眼吴苟良，吴苟良点头认可。

"我的感悟很多，但不一定对。"张玉平卖着关子说，"在南方，万元户，不算数，十万元才起步，百万元不算富，千万元刚算富。"

"这个说法，我们也听说过。"吴苟良不以为然地说。

"还有呢。大哥，我说出来，你别生气。"张玉平铺垫之后说，"你们银行所说的支持'短、平、快'项目是一种理想。现在哪有'短、平、快'项目呀？就是走私、贩毒品、倒军火，也需要资金呀。现在南方，包括我知道的银行，凡是发展好的，哪一个不是挪用流动资金搞基本建设的？"

吴苟良听罢，沉思了一会儿，心无底气地说："这个贷款我办不了。"

张玉平一听，面呈难色。

王佳英凝神看着吴苟良，好像生人一样。

"大哥，"王佳英声音有些异样，话中有话地说，"在中国什么事情都可以变通。现在杀人都不一定判死刑，盗窃也不一定蹲监狱。"

吴苟良一听，想起自己儿子盗窃的事，心中的底线动摇了。

"铁打的衙门流水的官。国家出台了干部交流制度，有权不用，过期作废。"张玉平接着说，"放款你也没有往兜里揣！"

"国家早就出台了干部交流政策，只是执行不到位。"吴苟良说。

"政策是好的，应该说是监督不到位的问题。"王佳英诠释道。

"大哥，帮助变通一下吧！有饭大家吃，买卖不是一个人能干的。"张玉平利诱道。

"怎么个帮助法？"吴苟良说，"你们不能让我犯错误吧？"

"用流动资金名义贷款！"王佳英出谋划策道。

吴苟良眼前一亮，张玉平心里一动。

07. 联行挪用

王佳英看到张玉平贷款挣钱了，眼睛红了，他知道帮助别人串联，从中得到的好处不大，就想干点实体生意。于是，他租了一间门市，以他父亲的名义，开起了鲜花店。他没有资金，首先想到银行贷款。他不好意思再找吴苟良——虽然他出谋划策帮助吴苟良解决了儿子的问题，但吴苟良也没有亏着他，给了他5000元，这是他两年的工资，已经远超他的期望值了。此外，还帮助张玉平串联贷款。经过多方联系，王佳英要开店的资金仍无着落，他不甘心，决定以"请教""探讨"的名义找吴苟良帮忙。

一天下午，他厚着脸皮，找到吴苟良，探讨自己要开花店贷款之事。

吴苟良心想，这样的人，贷款前好说话，要是给他办理了贷款，还款就难了，到时候难受的是自己。不如现在就不答应，以后还是朋友。于是他装出一副为难的样子，说："现在贷款手续严格了，你的自有资金达不到30%，账务也不全，我要是硬办了，后遗症大了。弄不好，我的工作就没有了。你还是想一想其他办法吧。或者和谁串用一下。"

吴苟良一看快要到下班时间了，也是为了让王佳英心理平衡，便挽留他吃饭。王佳英脸皮也厚，爽快答应了。

看到进屋送报表的陆承馨，王佳英眼睛一亮。吴苟良脑子转得快，马上要求陆承馨晚上一起陪同，陆承馨说下班后和会计员季晓春约好了吃饭。他俩顺势邀请季晓春一起来。这样，王佳英和季晓春就认识了。

席间，季晓春看到吴苟良十分重视王佳英，也了解到他是在公检法系统有实权的人，想到老公刘秋波是一名小警察，以后指不定能找他帮忙，于是向他献殷勤。

当看到王佳英有些愁眉不展的样子，季晓春问怎么回事。王佳英苦笑了一下说："你解决不了。"

"这可不一定。"吴苟良说，"王佳英开了一家花店，现在贷款没有指标，暂时解决不了，能从别的地方串用一下吗？"

"鸡有鸡道，狗有狗的方法，"陆承馨自信地说，"说不定季晓春就有方法帮你忙呢！"

王佳英无奈的眼神碰到了季晓春富有暗示的目光后，感觉有了希望。

季晓春意味深长地说："条条大路通罗马。"

王佳英立刻像打鸡血一样兴奋起来了，主动频频敬酒，开始侃大山。由于他所处的位置颇为重要，经历的事情也多，善于表演，很快调动了席间的气氛。

当得知季晓春的爱人在边远的城郊接合部派出所当一名警察时，王佳英夸海口说："以后公安口有什么事需要我的，尽管吱声。"

这本来是一套客气话，却让一直焦虑的季晓春看到了曙光。原来，她老公工作地偏僻，经常值班，想调回到市内工作，却没有找到"庙门"。

季晓春向王佳英示好，并问："我老公想换一下工作，到市里来，你能办吗？"

"没有问题。"王佳英爽快地说。

此时，王佳英并没有把季晓春当作一回事，纯属应酬。他认为，一个银行的小会计员能有什么能量？不过，异性相吸，王佳英仍然对季晓春表现出很高的热情。

席间，觥筹交错，推杯换盏。季晓春借敬酒之际悄悄问："需要多少钱？"

"20万元。"

"别吱声，让我想一下办法。"季晓春低声嘱咐道。

王佳英点头示意后，给大家倒上酒，举起杯，说："今天谢谢吴行长的款待。我现在邀请你们，没事时到我们的花店做客。"说罢，给大家发了名片。

季晓春双手接过名片，认真看后惊呼："这是你的工作电话，不是花店的电话。"

"傻子。"吴苟良嘿嘿一笑说，"找着他不就找到花店了吗？"

"也没有开花店呀！"季晓春自言自语地说。

"小妹，"王佳英说，"我能说是我开的花店吗？现在不许国家干部经商。是我父亲替我开的。"

季晓春恍然大悟地点点头。

第二天，王佳英迫不及待地将季晓春约到了花店，提出想用20万元，保证半月内还上，并吹嘘道："这房子是我自己家的。"

季晓春一看宽阔的门市房，便想：如果帮助他，自己老公的工作就有着落了。于是她说："你昨天答应我爱人换工作的事如何？"

王佳英了解到季晓春老公的情况后，忽悠道："这得需要时间，也要有机会。我会办好的。现在我着急呀，小妹，这个生意多好，附近有医院，每天能卖上万元。用不上二十天就能还上款。你要是能办，就尽快办。挣了钱，我也忘不了你。"

于是，季晓春采用"错下账"的方法，将企业资金"串"给王佳英用。

后来企业多次到银行来查账，看存款怎么还没有入账，季晓春害怕了，于是向王佳英催还款。

王佳英说："我一时也抽不出资金，你先想办法吧。"

无奈，季晓春采用"拆东墙补西墙"的办法，暂时过了关。

一个月过去了，还款期限也到了，季晓春便再次催王佳英还款。

王佳英好不容易将款弄到手，就想"麻烦"她一个人。他也想到，她能过了第一关，也就能过第二关，再说了，手中的资金已被压死，一时也抽不出来。于是，用耍无赖的架势，生气地说："帮人帮到底，你再想办法串一下，我有了钱还能不偿还你?!"

季晓春暗暗叫苦，后悔了，也怕搞僵了，得哄着让他抓紧还款。

季晓春没有办法，只好主动和会计科长说，前台太板身子，要求换岗位。本来她俩关系很好，加上有王佳英的面子，季晓春如愿以偿地当上了联行员。于是，她从联行资金盗用 20 万元，补上了窟窿。

挪用联行资金后，季晓春担惊受怕，看到别人的眼光都感觉是不友好的。经过一个星期煎熬，一看上级没有发现，心中稍有安稳。从这件事情之后，季晓春感触极深，决定将王佳英的款哄回之后，再不干此类事情。此时，让她略有些欣慰的是，老公刘秋波在王佳英的运作下，已经回到市区的派出所工作了。

王佳英意识到，银行的人员，不愧是管理钱的，他们的来钱路数真多，从他们手上"借款"比贷款手续简单，成本低，必须善用这些人。心里说，过一阵子，有了钱，真的要还上借款，以便今后继续"用"季晓春。

08. 担惊受怕

通过给王佳英办理"借款"，季晓春和他的关系又进了一步。虽然季晓春对于王佳英赖账不满意，但也不敢得罪他，更不敢到处宣扬。王佳英也感到亏欠了季晓春，所以对季晓春"毕恭毕敬"，一些小事上尽量满足她，这让季晓春心中也有了一丝平衡。

这些年，银行出现的案件居高不下：外部，一些暴力抢劫案发案率不断上升；内部，银行职工频频作案，花样翻新，层出不穷，让银行的管理者甚是头痛。国家也认识到了金融界的银行是腐败重灾区，对银行的监控、治理力度不断加强，对犯罪始终保持高压打击的态势。银行界，也经常开展案件教育。每次教育的形式大体相同，收效不大。

今年的教育活动格外新颖，分行组织职工到监狱参观，让服刑人员现身说法来教育银行职工。看到高墙深院、电网密布的囹圄，服刑人员失去自由的痛苦，参观的人感慨万分，在灵魂上烙下深刻的记忆。季晓春的心灵受到了极大的触动。

参观教育之后，季晓春像做噩梦一般，整日里担惊受怕，跟得了一场重病一样。她在单位强打精神，回到家之后，一头栽在床上。刘秋波问她怎么了，她心烦意乱地拒绝他的安慰。

她经常有一股无名的火发向刘秋波。考虑到季晓春帮助自己调动了工作，刘秋波忍着怒火，宽容她。刘秋波感到，她可能受到了什么伤害。但他又不好直接询问。他知道，那样是徒劳的，弄不好，又会让她损一顿。他也清楚，如果她想让他知道，她会主动告诉他。夫妻之间，虽然战争不断，但也有平和的时候，从她的言行中分析，她遇到了难事。

由于经常处于恐惧之中，季晓春的精神高度戒备，时常头痛，有时感到天旋地转。她开始后悔了，自己虚荣心太强，致使"感情用事"，到了犯罪边缘。现在自己属于"挪用公款"，如果超过三个月，性质就变了，构成贪污罪了。王佳英难道不懂这个道理吗？她像变了一个人似的。工作上强打精神，戴着一副假面孔，不让别人看出"蛛丝马迹"。生活上，食不甘味，好似一个苦行僧。在家里，萎靡不振，经常对刘秋波发无名火，好在刘秋波让着她。这时，她感到生活真累呀！

今天，陆承馨精心打扮了一番，特意穿上桃红色的连衣裙，戴上镀金项链。她深深吸了一口气，拿起一份文件，挺起腰板，敲门之后，吐气如兰地走进了吴苟良的办公室。看到正在找吴苟良签字的杨天友，她主动地叫了声："杨天友，你好。"

杨天友微笑着点了一下头："你好。"

吴苟良看了她一眼，指着椅子说："请坐。"

杨天友马上拿起签字后的文件，走出了吴苟良的办公室，并顺手带上门。

"你真漂亮。"吴苟良笑嘻嘻地说。

"臭美！"陆承馨嫣然一笑，走到大班桌子对面，倾身将文件递放在桌子上，说，"这份文件，请签字。"

"你今天真是秀色可餐。"吴苟良直言不讳地说着，来掩盖心中的空虚。

"以前我就不好看了？"她追问。

"我不是这个意思，"看到她有些不悦的神态，吴苟良说，"你坐下，我给你讲一个故事。"

"你肯定要讲段子，"陆承馨装着生气地说，"我不听扯淡的故事！"

"咱们在一起，能说点什么？说世界形势也不是我们的职责范围。"吴苟良自找台阶。

"唠点正事呀！"她娇滴滴地说。

"什么叫正事？"吴苟良讥笑道，"你给咱俩定性是伟人呀？"

"你啥意思呀？"陆承馨一脸的迷茫。

"伟人的志向是为人类做贡献，以天下为己任，用迷信讲，不是谪仙也是上天派到人间来的使者。咱们草民百姓自食其力，能养活家人，不给社会增加负担，不让国家操心，在一起唠点流氓嗑，放松一下，有什么不好？"吴苟良一副看破红尘的口气，"其实，对平民百姓来说，一生就是一口饭，男女之间就那点事罢了！"

看到陆承馨若有所思的神态，吴苟良又道："对了，这一阵子，你要和群众搞好关系，以后竞聘要有人气。"

　　"冰冻三尺，非一日之寒。人际关系也不是一天搞成的。"陆承馨噘嘴说，"人们不是说嘛，领导想给你办事，有一万条理由，反之亦然。"

　　"达不到水到渠成的境界，那也得差不多呀。"吴苟良耐心地说，"如果让你干一件事，大家总告状，也不好办呀。"

09. 疖子出头

季晓春担心的事终于发生了。一天，滨江分行的会计督导人员，来到了山阳支行对其账目往来进行检查。

原来，他们上下级之间的联行往来账，在月底报表对账时相差 20 万元，滨江分行的会计部门责成山阳支行进行自查。当时的会计科长谢强有病住院，遂让陆承馨代管会计科，陆承馨借着和吴苟良的关系好，没有把市分行责成自查当作一回事，让季晓春自行检查。季晓春知道这回摊上事了，一方面采取拖延、搪塞、遮掩的方式，一方面赶紧找到王佳英，让他想办法还款。王佳英也感到"借款"时间太长，应该偿还了，于是赶紧筹集资金。

没有等季晓春"自查"完毕，分行就来了一个"突然袭击"，季晓春挪用联行资金的问题终于被发现了。好在王佳英知道"暴露"后，立即将钱还上了，这让季晓春有了一丝安慰。

这天，滨江分行会议室内，党委扩大会议正在召开，监察室和山阳支行的领导参加。人人面无表情，正襟危坐。行长薄平高狠狠吸了一口烟，然后重重地在烟灰缸上弹了一下烟灰，严肃地说："今天，我们开一个专题会议。今天会议的主要内容是研究山阳支行业务经办员季晓春挪用联行资金的事件。下面由吴苟良行长介绍一下情况。"

坐在椭圆形办公桌下位的吴苟良痛心疾首地说："季晓春挪用公款事件，问题出在下面，责任在于我。请不要处分其他人员，一切责任由我承担。"

"你能承担得了吗?"坐在一旁的副行长管富祥开口说，"先将详细情况介绍给大家，然后再做决定。"

吴苟良无奈地快速扫视了一下会场，看到人们冷冷的目光，心中感到一丝寒意，多年的从业经验让他体会到，此时，必须冷静。他感谢管富祥给他一个讲话的机会，既然让讲话，那就必须声情并茂，撇清责任，打动领导。于是，他清了一下嗓子说:"我们的联行工作总是对不上账,市分行也发现了此问题。于是派人进行了检查,发现有20万元联行资金被盗用,经核实是季晓春所为。她将此钱借给了在法制委工作的王佳英。发现此事后,我们立即让季晓春向王佳英追索,同时,我也向薄平高行长等领导进行了汇报。"

"此事会计科长是否知道?"纪检书记郑永孝问。

"根据季晓春交代,是她独立行为,没有任何人指使。"

"会计科长和主管行长难辞其咎。"郑永孝说。

吴苟良一听急了,为了树立自己良好的形象,也让大家知道自己是一个敢于担当的人,他干咳两声,大声说:"各位领导,单位出了这么大的事,我作为主要领导,有不可推卸的领导责任。我向领导检讨。要处分就处分我,别给下面的同志处分,他们还年轻,不能影响他们的前途。我保证让季晓春追回款项,不让国家财产损失!"

"这个案子性质很严重,是否上报省行?"郑永孝看着薄平高问。

"请大家发表意见。"薄平高面无表情地说。

"这样从银行取得资金,比贷款手续简单多了。"主管会计的行长感叹地说。

"是啊。"常务行长说,"难怪银行工作在社会上让人羡慕呢。"

"还是我们的体制问题,现在国家银行处于垄断地位,缺乏有效的监督,也没有成型的经验,也得交学费呀。"监察室主任说。

随后,大家对当前形势和银行走势进行了讨论,会场气氛逐渐热烈起来。

"静一下。"薄平高一看跑了题,高声强调道,"请大家谈一下对这件事情的处理意见!"

随即会场上一片寂静,

大家面面相觑后低头不语了。人们知道这是一个烫手的山芋。凡是能进银行工作的,大都有一定的资历和背景,就是原来没有背景的人员,经过了一段时间的"整合",也有了一定的位置。何况,这事虽然说是季晓春的个人行为,但用钱的人是法制委的,银行也不愿轻易得罪。

这时,副行长管富祥打破了沉默:"从目前的形势来看,挪用的资金已经收回来了,并没有给行里造成损失,如果上报,我们全年的工作成果就会葬送。因此,不如不报。"

"上级行知道后，追究怎么办？"行长薄平高严肃地问。

"商流分行一支行会计联行员挪用资金 3000 万元，当初也没有上报。后来发现收不回来了，才上报的，也没有什么事，只是员工下岗清收，视清收情况等候处理，会计科长扣发三个月的综合奖金，其单位取消评比先进的资格。"管富祥认真回复着，"我们这位员工才挪用 20 万元，何况是给能对我们有用处的人。再说了，挪用的款已经还上了，这和别处的大鳄没有可比性。"

吴苟良感激地望着管富祥。

此时，人们得知全国的案件情况，以及上报案件会影响单位利益，一时产生了同情。有的人从单位利益出发，纷纷议论，现在制度就是这样规定的，咱们也不能更改业务政策制度等，同情的情绪占据了会场的主流。

监察室主任向四周望了一下，顺水推舟，朗声附和道："全国其他行，挪用资金比这多得多的，也是内部处理。"

吴苟良向监察室主任投去感谢的目光，然后用火一样的目光紧紧盯住行长，把乞求原谅的心情写在脸上。

薄平高和他对视片刻后，扫视了一下会场问："大家还有什么要补充的吗？"

又是一片沉静。

"你们不但要追讨本金，还要将利息追回来。"管富祥看了吴苟良一眼，又望着薄平高，得到他微微点头认可后，面对大家，爽声说，"你们自行处理。季晓春是不能继续待在会计岗位工作了。怎么处理，你们回去之后查阅一下文件。够哪条按哪条处理，将处理结果报上来。"

10. 整人整事

山阳支行信贷科科长彭全德斗不过陆承馨，借银行内部精简之际，申请退出领导岗位，腾出了位置。在吴苟良的运作下，陆承馨终于当上了信贷科副科长，主持工作。于仲龙不服，也没有办法，只能消极怠工。陆承馨向吴苟良告状，吴苟良说，先忍着点，等一年考验期过去之后再动作。于仲龙大错误不犯，小错误不断，经常给陆承馨出难题，她以超人的毅力忍耐着。

一年的考验期过后，陆承馨的狰狞面目露出来了，不安排于仲龙工作，将他"挂"了起来。于仲龙破罐破摔，经常脱岗。陆承馨指责问他干什么去了，于仲龙振振有词地反问，上厕所还用请假吗？她很生气。后来，在吴苟良指点下，于仲龙一有错误她就召开会议，不点名批评。于仲龙也就装糊涂。时间长了，这办法不灵了，她于是又开会赤裸裸地攻击于仲龙："于仲龙，咱们科室就你清闲，你最闲了……"

"我的工作闲是你安排的，我得感谢你呀！"于仲龙看她撕破了脸，也豁出去了，当面反驳道。

"没有工作也应该看书学习呀！"

"我比有的人吃空饷强多了呢?!"

"你想怎么的?"

"我希望你公平。你怎么不敢批评吃空饷的人？"

"咱们没有那样的人。彭全德不上班是因为他曾经是我们的领导，又是科长，他提前回家，让出位置是给行里做贡献。再说了，他就算是吃空饷，也是行里同意的，你不能和他相比。"

"是给你做贡献，否则你也上不来呀！"

"彭全德不上班是行里的事，和你没有关系，你管好你自己得了。"

"他是多大的领导呀？你真有手段，把我俩矛盾引入别人身上。"

"于仲龙！你想咋的？"

"咋的都行。你到行长那告状，说说我的坏话，看看能把我怎么样！"

……

开会形成了斗嘴争论会，陆承馨一看，再继续下去没有什么结果，占不着什么便宜，便怒不可遏地宣布结束会议，到吴苟良那里告状。

吴苟良听了她的汇报，特别是将于仲龙不遵守纪律和彭全德吃空饷相提并论，有些害怕了，因为彭全德退位回家照拿工资，是他的私自决定，如果事情闹大了，对自己不利，于是安慰道："现在国家处于改革时期，属于摸着石头过河阶段，为了加快企业发展，国企实行领导干部提前退位，是提高整体素质的需要，也是权宜之计。如果让他们上班，他们支嘴习惯了，非但不能工作，而且，负面榜样作用太大，现任领导又曾是他们的下级，怎么好管理？是个单位，就有这样的个别人，这点小事不至于让他怎么样，给他攒问题吧。"

依仗着和吴苟良关系近，陆承馨天真地说："让彭全德上班呗。"

"嗨，得等机会'官复原职'，他才能上班，"吴苟良叹了一口气，四处瞅瞅，"你看'吃空饷'的都是什么人？他们上班后成为'特殊职工'，对单位的负面影响太大了。银行改革是国家改革的一部分，是一个漫长过程，等到银行人素质普遍提高，改革成为新常态后，就好了。那时我也就退位了。"

看到有吴苟良支持于仲龙，陆承馨很生气，但也没有办法。于是想用自己的权力整他，到处卖讽于仲龙的不是。

这天，她来到会议室参加行务会，人员已齐，只等行长到来。这时办公室主任走进来说："请大家等几分钟，行长正在接待一位重要客人。"

大家看了一下手表，然后嘻嘻哈哈地谈论起趣闻逸事来。

陆承馨此时头脑一转，计上心头，她有意地问办公室主任："今天中午食堂有什么好吃的？"

"从今天以后，咱们食堂有好吃的了。"

"为什么？"

"领导说福利费提取太多了，上级不让花，只好花在食堂上。"办公室主任无奈地摇摇头说。

"中午食堂早开几分钟就好了，"陆承馨环视了一下四周说，"要不大家有意见了。"

"谁有意见？"

原来滨江银行以前对食堂的管理是，食堂大门锁上，中午11点半才开门放人进去。平时天气没有那么冷，大家站在门外一起交流也不失为一条很好的途径，但是一到冬天，外面寒气逼人，特别是有的穿着办公室里的工作服，就凸显寒冷，有的人相互"踢皮球"，有的人讽刺食堂管理者过于机械，也有的人踢墙，有的人轻轻踢门，有的人轻扣窗户，有的人在跺脚。总之，人们用各式各样的动作打发时间，发泄不满。

"踹门者不满。"

"谁？"

"于仲龙。"陆承馨终于说出答案。

说到于仲龙，大家不吱声了，会场出现暂时的沉默。虽然仲龙为人做事方法欠妥，也得罪了一些人，但没有大的矛盾，再者，大家也不愿意参与和自己无关的事。

"于仲龙做事有些假，太客气了，不该客气的地方也客气，这样让人感觉有些虚伪了。"与陆承馨关系好一点的人附和着。

"于仲龙虚伪一辈子了。"有人调侃道。

"永恒的虚伪等于永远的真诚。"公正的人肯定道。

"精辟。"有人附和后，会场上一片沉默，人们一时不知道说什么好。

"于仲龙没有犯大错误。"虽然声音不大，但在这寂静的场合，显得特别刺耳，人们循声望去，一看是审计室的副主任查仁。

会议场合经常是，如果一个人的提议不出大格，或者与自己没有利害关系，是没有人愿意和提议的人正面交锋的。

"机关和工厂的管理方式是不一样的。"保卫部经理陆安全意味深长地说。

"食堂早开几分钟就好了。"陆承馨一看风向不对，赶紧给自己找了一个台阶。人们忘了这一茬，又开始海阔天空地聊起来。

大家正谈论省行检查服务质量时，陆承馨灵机一动，自言自语道："对了，还有一件事，忘记问了。"

说罢，她掏出电话佯作尊重："喂，仲龙哥，你在哪？"

"在财政局。"

"干什么？"

"昨天我不是和你说了吗？有一笔存款要搬移到咱们单位。"

"我的同志哥，"陆承馨拉着长音爽声道，"你到外面办事，也得早上到单位点个卯啊！"对方没有吱声，她又说，"单位给省行报的文明标准化材料写完了吗？"

"领导，"电话里传来铿锵有力的声音，"如果我完不成任务，你再批评我，好吗？"

"不是我批评你，干工作不要太自信了……"听罢陆承馨训斥于仲龙的话，不了解情况的人，开始对于仲龙的工作能力产生怀疑，知情者就寻思，于仲龙代理主持了多年的部门工作，还干不好这点活？也有人突然意识到，陆承馨这是变相地在大家面前说于仲龙工作不行，陆承馨整蛊人不露痕迹，太可怕了。

第四章 试验期

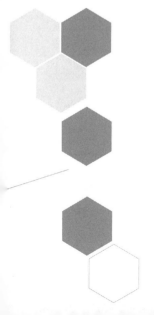

01. 否极泰来

时间如白驹过隙,一晃就到了千禧年。

银行众多的贷款到期后,不能如期偿还,先发放的贷款没有等到稀释不良贷款,又出现大量新的不良贷款。这事不但困扰着银行的工作者,也给国家改革银行体制带来难题。国家着手准备进行 WTO 谈判,为了解决银行贷款不能按期偿还而产生的数额巨大的不良贷款问题,经过论证,国家在工商银行、农业银行、建设银行、中国银行四大商业银行内部以"清收部门"为基础,分别组建了华融资产公司、长城资产公司、信达资产公司、东方资产公司,接收从四大国有银行剥离出来的不良贷款。目的是让四大国有银行卸下沉重的包袱,轻装上阵,使改革顺利健康发展。同时,各方紧锣密鼓地进行调研,如何防止贷款出现风险。

以接收、清收为目的的资产公司的人员来自银行内部,采取员工报名、公司考核的方式。听到这个消息后,杨天友感觉一直在这个单位太板结了,吴苟良对自己是面好心不好,也没有什么大的晋升希望,于是立即报名,准备到资产公司工作。

在研究分配资产公司人员时,出于对杨天友的喜爱和对工作的负责,赖禄清说,杨天友同志应该留在我们单位,他是专科学校毕业的科班出身,有丰富的工作经验和管理才能,他在分理处累计放款近千万元,没有出现一笔不良贷款,做到了当年发放、当年收回。这样的人是不多的,希望领导从战略的高度挽留住杨天友。他留在我们市行信贷科,对工作有百益而无一害。这样,杨天友想调到资产公司工作的希望便破灭了。为了安慰杨天友,在赖禄清建议下,先将杨天友借调到市行信贷科,负责不良贷款剥离的审查工作,以后有空编时再办理正式的调入手续。

杨天友不负众望,进入市分行信贷科工作不久,就顺利完成了角色转换,能独立胜任一摊工作,赖禄清很满意。这天,于仲龙兴高采烈地到市行信贷科报送关于申报畜品厂贷款剥离到资产公司的材料,见到杨天友,便热情地和他寒暄起来。

自从听到杨天友将被调出信贷科,于仲龙就认为机会来了,他积极表现,和钟照华走得更近了。满以为自己十拿九稳，接任杨天友的位置，因为陆承馨在信贷科担任副职未满两年，根据规定，当不了正职，结果于仲龙连一个副科长都没当上，他十分恼火，对"官复原职"的彭全德产生抵触情绪，处处和他打"太极"。

重新上任的科长彭全德对副科长陆承馨言听计从，一是业务情况不了解，二是上级行业务信贷科对他采取"观望"考验的态度，三是吴苟良对陆承馨礼让七分，这也是主要原因。这样，科里的事需得陆承馨同意，否则办不成。彭全德是一个傀儡式人物，但傀儡对下属觊觎自己的权力依然是不能容忍的。于仲龙也奋起反击，彭全德被于仲龙气得不轻，经常下不来台，遂找吴苟良摊牌说，我俩必须走一个。吴苟良权衡之后，对于仲龙严肃指出：如果矛盾解决不了，你将调离信贷科。于仲龙无奈，只好忍气吞声，不再将与彭全德的矛盾表面化，但心中的不满情绪却一直不能释怀。

彭全德的出现，使于仲龙认识到了杨天友的胸怀宽广。杨天友离开信贷科后，于仲龙见到他格外亲热。

到市行报材料、寒暄之后，于仲龙说："杨天友老科长，这材料你先看一下，如果不合格，我便立即整改。"

杨天友接过材料，认真翻阅起来。一看材料整理得规整，要件不缺，心中暗跷大拇指说，于仲龙你这多年信贷没有白干，手续搞得很好。当他浏览第二遍时，在上级批准关停的文件上停住了。他的目光紧紧盯在市工业局批件的公章上，怎么看怎么不顺眼。他拿出别的单位上报的材料，将市工业局批件的公章和于仲龙所报材料上的公章一核对，发现有些异样和疑点。

杨天友严肃地问："于仲龙，这公章是真的吗？"

"这还能假？"于仲龙像似煮熟的鸭子——嘴硬。

"你敢负责吗？造假后果是严重的，如果追究责任，你再也不能干信贷工作了。如果涉及法律，你要吃不了兜着走。都是公家的事，你何苦呢？"

于仲龙听罢，吓出了一身冷汗，认识到了问题的严重性。

他嗫嚅地说："是畜品厂提供的。"

"你们没有授意吗？"杨天友严肃地说，"授意和造假同罪，就像你雇人杀人一样。被别人整过之后，我对法律有了新的认识。"

听了他的话，于仲龙低头不语了。他想，自己对不住杨天友，杨天友是以德报怨呀。当初写举报信是钟照华唆使的。到如今，自己一无好处。

"这是吴苟良指使我干的！"于仲龙说。

原来，吴苟良上任之后，对畜品厂的贷款也很头痛。虽然该厂细化了核算单位，各核算单位单独在银行开立账户、贷款，可该厂除了药品业，其他的全都是亏损，利息也不还了。他们的贷款份额占山阳支行总额的70%以上，山阳支行也亏损。他知道，如果将畜品厂下属亏损企业的贷款分离出去，减少了贷款份额，也就减少了山阳支行的亏损额。

畜品厂知道将这些企业的贷款剥离之后，对山阳支行有好处，他们顾虑重重地认为，贷款剥离之后，只是换了一家债务"婆家"，贷款并没有取消，利息还得照拿，本金还得还，所以对此项工作兴趣不高，甚至有抵触情绪。碍于多年的业务合作关系，该厂不得不应付山阳支行的工作。由于当时市工业局的领导不在，再者时间也来不及，吴苟良就让于仲龙找企业想办法解决，否则，赶不上"剥离"这趟车。畜品厂领导将矛盾下移，让财务科想办法解决。虽然畜品厂高层对"剥离"有抵触情绪，有应付的想法，但不便公开矛盾，也不能和具体工作人员讲透。企业具体工作人员和银行沟通打交道，对银行的依赖成了习惯。这样，畜品厂财务科副科长潘胜利为了让银行满意，便于自己工作，给在外地出差的厂长挂电话，得到默许后，私刻工业局公章，这样，便将贷款剥离材料及时上报了。

"有证据吗？到关键时刻，吴苟良他能为你承担吗？"杨天友善意提示道，"再说，你这材料有许多要件不全，你补充完成后再送来吧。"

于仲龙一看，自己参与造假的后果原来是很严重的，也认识到了因为着急，上报的资料有很多问题，就将材料拿了回去。

吴苟良看到于仲龙拿回的贷款剥离材料，内心很不满意。

他从上级文件的字里行间，嗅到了这是银行摆脱经营困境的一次机遇。从同僚的议论中意识到，不良贷款剥离之后，属于分账经营，这样，就能扭转亏损的局面，职工的福利待遇能跟上去，上级行也会满意。错过了这次机遇，自己就成了单位的"罪人"。

对于畜品厂阳奉阴违的应付态度，吴苟良感到十分生气，真想到畜品厂找厂长破口大骂一通，让别人知道，自己是对工作负责的，到时有了不良后果，大家可以证明自己是尽到了职责的。可转念一想，不行，上级只要结果，有困难才需要领导。更何况那是匹夫行为，和他们闹僵之后，弄不好无法收场，不能像对待单位下属，发发脾气，别人惧怕自己，吵闹之后还有回旋余地。

于是他想到古言"匹夫见辱，拔剑而起，挺身而斗，此不足为勇也"，联想到刘邦和项羽对阵时，项羽要和刘邦"单挑"，刘邦说出著名的"大丈夫斗智不斗勇"的话，他的心情好多了。

当天他到市行，对行长薄平高说："杨天友执行文件，无可厚非，但是现在哪个单位为了经营，会严格按照文件执行？如果严格按照文件执行了，哪个企业能合乎贷款资格？一个公章也不是什么大问题，只是工业局领导不在，回来之后可以后补。贷款剥离是改善我们行经营环境的一个机遇，我们不想错过机会。希望领导能让我们上报，以后，我们可以再补。这样也能为全辖减亏为盈做贡献。"

薄平高听罢，感觉言之有理，遂将赖禄清叫到办公室，谈了吴苟良的观点，并指示："贷款剥离是改善我们行经营的重要机遇，是减亏为盈的重要手段，只要不违反大原则和政策，我们就要积极支持！据了解，全省其他地市也是这么办的。"

赖禄清不敢怠慢，从薄平高办公室出来之后，立即将杨天友叫到办公室，促膝谈心。

听了赖禄清转达的行长的观点后，杨天友忧心忡忡地说："贷款剥离后，基本就损失了。"

"这是国家政策决定的，也是我们改革所必须付出的学费。"赖禄清说，"也不能说贷款剥离后就是损失。为此，国家在各专业银行之内成立了资产公司。"

"我想，我们都按照国家和地方有关文件精神执行，贷款还能减少一些损失。"杨天友坚持说。

"唉——"赖禄清叹了一口气，"没有办法，放贷款瞎了都没有人追究责任。这次是变相的核销贷款，也是好的机会。谁严格按照文件执行了，谁就吃亏。行长也不能让呀！"

这时，赖禄清的形象在杨天友心中大打折扣了，原先认为他是一个刚直不阿的人，没有想到，在权势面前，他也是委曲求全的人。杨天友想了一下，拐弯抹角发泄自己的不满："我屈服了。我本想做一个富贵不能淫、贫贱不能移、威武不能屈的人，现在看来是做不到了。"

赖禄清感到他的话不对头，耐心开导道："你说的'富贵不能淫，贫贱不能移，威武不能屈'是古人的理想，是圣人的最高境界。古代孔圣人也很难做到，何况是现在的人？所谓的伟人，也是来源于凡人之中。现实的人，求名，求利，做事，就得求人。求人，就不能按照自己的原则恣意独行。在现行的体制框架下，我们是机器的一部分，必须和机器一同运转，否则就要被踢出去。我们是靠国家银行生存的，离开了银行，我们怎么生存？"

"咱们能不能向上级反馈？"杨天友问。

"可以反馈。"赖禄清认真地说，"反馈情况得有一个过程，全国的情况各式各样，国家得拿出一个共性的方案。要马上改变现状，你就得努力工作当大领导。"

"我哪行呀？"杨天友自嘲道。

杨天友再仔细一琢磨，心胸豁然开朗，感觉他的观点很符合现实，认同他很有水平，叹息道："你说得太精辟了！我只是认为，银行的资产损失太可惜了。"

"你具有忧国忧民的意识，这本无可厚非，但我们要摆正自己的位置。银行是国家的银行，贷款损失是国家的业务政策造成的，是历史前行过程中必须交的学费。按现行的业务政策衡量以前的做法是不科学的，追究责任，是追究不过来的！"赖禄清感叹地说。

"我明白了。"杨天友感叹地说，"如果按现行的业务政策处理业务人员，大家都有责任，这样银行就得关门了。"

02. 破产为先

自从和赖禄清促膝谈心之后，杨天友的思想通了，不再纠缠细节问题，工作速度也加快了，一些国有企业够条件的基本都划入了"资产公司"。只是畜品厂的贷款剥离材料迟迟没有报上来，遇到难点或者是"卡住"了。

原来，银行向畜品厂宣传贷款剥离文件后，吕兵索要了文件。此时吕兵已经是畜品厂主管财务的副厂长了，他仔细阅读文件后，满脸疑惑地说："这只是债权的转移问题。是贷款，终究要偿还的。如果我们走破产的路，贷款也就不用偿还了。"

吕兵的意见得到了厂长的支持。畜品厂既不主动提供贷款剥离手续，也不积极配合银行进行贷款剥离工作，一副"死猪不怕开水烫"的架势，背地里积极运作企业破产计划。

畜品厂对于银行要求的不良贷款剥离根本就没有当作一回事，只是出于礼貌，指派财务科长负责，财务科长又安排一位副科长主管。该厂对此项工作采取应付的态度，给银行的贷款剥离带来相当大的困难。山阳支行有一种"剃头挑子一头热"的感觉，一时贷款剥离工作陷入僵局。

为了打破僵局，山阳支行通过王佳英引见市里的相关领导，在市领导过问下，吴苟良顺利约见了畜品厂厂长，商谈让畜品厂贷款转入资产公司。

由于是上级权力部门领导"引见"的，厂长对此事很重视，为此特意召开了党委扩大会议，研究贷款剥离之事。吕兵负责财务工作，又和银行打交道多年，此次会议基本上只是吕兵的表演："国家贷款的豁免权在国务院，银行进行贷款剥离，也就是把我们的债务转嫁到别的公司，我们还要承担债务，我们还要偿还贷款，还要支付利息。不如我们走破产之路，这样，我们就理直气壮地不用偿还贷款，不用支付利息了。没有后顾之忧，就可以轻装上阵了。"

党委会各成员对银行工作不在行，对财务以及银行业务不甚了解，吕兵管理财务多年，有一定的管理经验，赢得了大家普遍的信任。会议通过了吕兵的建议，走破产之路。畜品厂对银行不良资产剥离更加抵触、不配合了。

吴苟良听到消息后，很生气。本想放弃畜品厂不管，但仔细一权衡，如果真的不管，贷款也收不着利息，势必影响单位的利润，影响职工的收益，上级也不会满意的。如果能剥离出去，单位就能轻装上阵了。

没有办法，吴苟良硬着头皮亲自领着业务人员到畜品厂进行宣传工作。吕兵心想，我们要破产，和你银行没有什么关系了，我们因为贷款被你压得翻不过身来，现在终于出头了。于是躲着不见，指派副科长进行应付。副科长告诉吴苟良，单位领导出门开会了，我做不了主。吴苟良吃了"闭门羹"，十分气愤。

畜品厂自从亏损后，为了防止银行收走贷款和利息，又在别的银行开立了账户，回来的款项不进入山阳支行的账户。山阳支行对该厂的经济管理彻底失控了。吴苟良当初很生气，到市里有关部门呼吁，问题也得不到解决。吴苟良想，这么大的事情不报告，属于失职行为。于是以支行文件的形式，将皮球踢给了分行：畜品厂逃避我们监督管理，我们已经尽力了，请示分行出面解决。

滨江分行接到文件后，感到很尴尬，全国银行早已转为商业化经营了，业务已经打破过去画地为牢的垄断经营，开展了有序的业务竞争。山阳支行反馈的情况，已经是普遍的现象，一个地区分行是解决不了的，况且畜品厂的贷款是省行直接管理的，于是向省行进行了反映。

省行研究后答复：向企业讲清楚，可争取地方支持。

"我都去了三次。还怎么去?!"吴苟良转接到省行的答复之后，气愤地说，"省行也踢皮球!"

生气过后，他也不把畜品厂的不良贷款剥离当作一回事，认为自己该做的工作都做了，已经尽职尽责，让下边的人去工作吧。这样，如果上级问，他们也算是执行了。

03. 峰回路转

畜品厂不配合贷款剥离，不但山阳支行感到头痛，分行信贷科长赖禄清也感到不爽。他知道，不良贷款没有剥离，不但对山阳支行有影响，也对滨江分行有影响，而且会让省里领导看不起自己。一个贷款企业都管理不好，工作是怎么干的？到时市分行行长也会对自己不满意，认为自己没有当好参谋。

让畜品厂就范，就得让市里有分量的人出头，这样，行长就是最佳人选。

这天上午，赖禄清将有关核销材料经过加工报送到行长那里，然后进行了游说性的陈述。

市分行行长也感到问题的重要性，虽然银行"三权"在上，但由于在党政上归地方管理，也有很多事情需要地方协调管理，银行也必须毕恭毕敬地尊重政府。

行长抓起电话，犹豫了片刻，然后放下。本想通过秘书与市长约见，一考虑到问题的重要性和急迫性，他便亲自给市长挂电话请求约见。由于银行是中直企业，人、财、物三权在上，基本是独立经营，市长也高看银行一眼，一般事情上也会尽量配合。

市长今天接到行长的电话也很纳闷，行长以前有事很少直接给自己挂电话，而是通过秘书约见安排时间，今天一定是重要的事。他看了一下日程表，把下午的一个座谈会推掉，让秘书长先代自己参加，告诉行长下午在市长办公室见面。

寒暄落座程序履行完毕之后，滨江分行行长明确指出，不良贷款的剥离是一件好事，是千载难遇的好事。现在畜品厂对政策还不理解，甚至有抵触行为，这样对我们双方都不好。

市长说："畜品厂对此事也是支持的。他们认为，贷款剥离只是换了一家债主，既然是债主，还不如你们当债主为好，毕竟，你们有多年的合作基础。再说，贷款是国家财产，早晚要还的。"

行长心想，畜品厂工作很到位呀，不能让畜品厂的意见占上风，必须向市长讲透国家的金融形势及政策，否则就白约见了，便说："目前，我国经济改革进入了深水区，我国向世贸组织承诺，从2000年起有五年的过渡期，以后会逐步开放银行领域。国家贷款的核销权力是在国务院，但国务院不能直接管理，还得委托授权财政部或人民银行等部门代为管理。目前，我国的银行实行商业化经营，银行按贷款额度提取损失准备金，说明银行有自主经营的环境了。所谓的贷款核销归国务院管理，就像'现金管理规定'一样名存实亡了。"

"是呀。"市长说，"现在有很多政策已经落后于形势的发展，也需要进行清理整顿了。"

看到市长认可，行长更加底气十足："我国商业银行的贷款如果不卸包袱，银行就永远不能走向市场。现在银行进行的不良贷款剥离是一件千载难逢的好事，把握不住，我们会成为历史罪人呀！"

市长眉头一皱，然后迅速恢复了常态，说："是，这件事，我们办不好，对不起父老乡亲。"

"市长英明。"行长由衷感慨道。

"那这些贷款什么时候还呀？"市长好奇地问。

"企业什么时候有钱，什么时候偿还。咱们银行和政府及企业是一家。"行长意味深长地说。

"那要是永远没有钱呢？"市长开玩笑地问。

"那就不用偿还了。"言毕，他们仰头哈哈大笑。

市长说："你来是让我出头，指令畜品厂配合银行工作。道理明白了，这是一件好事，畜品厂必须配合银行工作。"

"给您添麻烦了。"行长客气地说，"我们工作没有做好，让您操心了。"

"应该的嘛。"市长说，"政府就是人民的公仆，为企业、为人民服务的嘛。"

"市长，好事快办，希望您尽快通知畜品厂。"行长有些着急地说。

"好的。我这就给厂长挂电话。"市长说罢抓起了电话……

04. 不速之客

这天，吴苟良正在办公室考虑畜品厂不良贷款的剥离问题，"咚咚"的敲门声响起。门被推开，走进一行三人。吴苟良定睛一看，是吕兵和畜品厂的财务科长，还有一个人不熟悉。

吴苟良本来对吕兵很不满意，认为他当了副厂长，眼眶子高了，拿银行的人不当一回事了，但出于礼貌，他还是热情地握手寒暄，表示欢迎。

吕兵将畜品厂新来的厂长介绍给吴苟良。吴苟良感到分外吃惊，这几年来，别说是厂长，就是财务科长也不怎么来银行办事了。他隐隐约约感觉，今天他们一定是有什么重要的事情。

吴苟良给他们让座，并亲自沏茶倒水，像接待多年未见的老朋友一样热情。

落座之后，吴苟良客套地说："我正想去看望你们呢，没有想到，你们就来了。"

吕兵挤出笑容说："吴行长，请不要介意，以前我们的工作有什么不对的地方，请多加包涵。"

"我们是多年的关系了。"吴苟良顺势说道，"只是你们近几年来效益不佳，有情绪也是很正常的。其实，银行的不良贷款剥离对你们来说是一件好事。"

"现在我们认识到了。"新来的厂长说，"我来了之后，要恢复我们的多年友谊，也是要解决不良贷款遇到的问题。"

"厂长有态度，工作就好干了。"吴苟良不冷不热地说。

"吴行长，"新厂长真诚地说，"不管我们以前关系如何，我来了之后，就是要和银行搞好关系。银行有什么事，尽管吱声，我们一定尽力而为。这次不良贷款剥离，对我们来说是一件好事，原先没有认识到，现在我们改正，一定积极配合，将此项工作做好。"

听了厂长的话，吴苟良心中长长叹了一口气，他不知道怎么会出现这种好事情。

此时，吕兵赶紧检讨说："以前也怨我，对我国的形势认识不清，想走破产的路，认为这样做，贷款和外债从法律上就消失了，我们也就轻松了。"

"这是因为你对我国的国情不太了解。其实，你的想法无可厚非，但现在不可行。"新厂长说，"我们经营企业要符合国情，现在我国的市场经济政策刚确立不久，有很多问题还没有完全脱离行政干预。"

"是啊！现在，我国有的事能做不能说，有的能说不能做。"吴苟良一看他们是带着诚意来的，也就给台阶下了，"其实，不良贷款剥离，有一种核销的性质，但不能明说。你想，有的企业已经倒闭了，贷款转入资产公司，不像你们在银行有账户，随时可以扣收贷款和利息。"

"这么说，我现在真正明白了。"吕兵感慨道，"以前有不对之处，请吴行长包容。"

"过去的事就让它过去吧，我们重新开始。"吴苟良大气说罢，看了一下手表，"快到中午了，我请你们吃饭。"

"你们帮助我们办事，怎么能让你请呢？"新厂长说。

"你们到我这来了，哪有让你们请客的道理？"吴苟良执拗地说。

"不行。"新厂长急了，"市长叫我们请你们吃饭，这是任务！请你们无论如何要参加。"

"那恭敬不如从命了。"吴苟良显示出无奈的样子。

05. 曲折前行

由于畜品厂的主动配合，工作效率大为提高。为了加快审核剥离贷款的步伐，赖禄清又安排全科人员参加贷款剥离审查工作。后来，随着业务量的增加，又从基层行借用了两个人参加剥离审查工作。再后来，市分行组织相关人员参与基层银行准备上报省资产公司的不良贷款剥离终结审查、上报工作，杨天友自然参与其中。市分行又组织人马驻扎省资产公司，和省资产公司沟通，随时掌握剥离划转等情况。滨江地区的不良贷款剥离工作走在了全省前头。

经过三个月的工作，畜品厂除了制药厂和三个分厂外，其余分厂的不良贷款全部剥离划转给了省资产公司。

吴苟良还感到剥离不完整，没有满足畜品厂全额剥离划转不良贷款的目标。他亲自出马，到了省资产公司，找到了当副经理的战友郭胜言，要求除了制药厂外，将另外三个分厂的不良贷款也剥离划转。郭胜言遂和审核人员协商。审核人员讲明利害关系，如果硬要进行剥离划转，被上级查出来，相关人员要撤职。郭胜言害怕了，不好直接拒绝，遂对吴苟良说："上级没有指标了，下次再说吧。"看到吴苟良疑惑的神态，郭胜言笑道："这就不错了，当初他们还想不参加贷款剥离呢。"

吴苟良无言以对，请郭胜言吃饭之后，悻悻地回来了。

这次对畜品厂不良贷款的剥离划转，市行满意，减轻了包袱；畜品厂高兴，可轻装上阵了；山阳支行也为减亏增盈创造了条件。皆大欢喜。

随后，市分行积极帮助省公司做好后续工作。

一天，赖禄清走到杨天友办公室说："准备一下，明天我们去省资产公司，将畜品厂下属的罐头厂的抵押物送到省里来。"

"我们为什么跟着去？"杨天友疑惑地问。

"有一个公司要收购罐头厂。我们了解企业，去了能更好地介绍情况。这也是省公司要求的。"赖禄清说。

第二天一早，杨天友和赖禄清陪同畜品厂的相关人员奔向省城，一行三台大平头解放牌汽车，装满了银行贷款抵押物——机器设备和部分原材料，浩浩荡荡，蔚为大观。开始时，天空晴朗，万里无云，到了傍中午时分，突然乌云密布，不一会儿，倾盆大雨从天而降，道路变得十分泥泞，坑洼不平，能见度特别低。汽车走走停停，缓慢行驶，经过两个小时才走出雨区。到了下午，他们才找到一家饭店，简单吃了午饭后继续赶路。

坐在"长机"解放平头汽车里的杨天友看到，赖禄清昏昏欲睡，司机也有倦意。杨天友为了提高他们的兴趣，感慨地说："前途是光明的，道路是曲折的。你看，出门时，天气好好的，我们经历了风雨，但还没有看到彩虹。"

"好饭不怕晚，我们总有一天能见到彩虹的。"赖禄清睁开眼睛，答道。

"再走不远就能见到彩虹了。"司机兴奋地说。

"你真有远见，你是气象神呀？"杨天友揶揄着。他和司机很熟悉，以前单位用车及个人需要用车，都是杨天友出面联系的，两人总开玩笑。

"真的！"司机兴致盎然地说，"前面有一个叫'现得利'的驿站，里面的一位服务员就叫彩虹，长得可漂亮了。"

一路上有说有笑，时间很快就过去了。天刚黑，他们在路边的小饭庄简单对付了一口饭，然后又急匆匆赶路了。

半夜时分，他们终于到达省城。

司机左顾右盼地说："我们先找一个停车的地方，然后好好睡一觉。"

"怎么停车，你说了算，我们也不熟悉这个地方。"赖禄清授权道。

司机想了一下说："现在停车的地方真不好找，不如我们先找一处空地停下，明天一早再开出来。"

司机领着车队，驶进了两幢楼之间。汽车的轰鸣声，惊动了熟睡的居民，看到满载货物的车队，有的怀疑道，这么晚了，一定是有问题的，说不准是偷来的什么货物。于是，有人报了警。

不一会儿，警察赶到了，上前来盘问。赖禄清和杨天友与其周旋应付，终于将汽车开出了居民区，奔向庆大宾馆。

完成了这次货物交接之后，杨天友深有感触，建议道："以后，我们转授权吧，让各营业单位代表市行和省资产公司联系吧。这样，有助于调动基层行的积极性，我们也省着麻烦了。"

赖禄清采纳了杨天友的建议。

06. 以身试规

经过三个月的紧张工作，不良贷款的剥离划转工作顺利完成。虽然只剥离出60%的不良贷款，不彻底，有些应该剥离划转的企业不良贷款没有剥离划转出去，但也极大减轻了银行的经营包袱，使得银行出现了生机。

此时，正值我国"入世"谈判期，我国承诺银行有五年过渡期，然后开放银行业。如何避免不良贷款的产生？银行大练内功。首先，对出现不良贷款的原因，进行了调查研究，之后，决定用制度管理贷款，发布了《关于规范信贷决策行为的若干规定》，"信贷新规则"正式出台了。新规则对贷款的受理、调查、审查、审批、发放、管理、回收各环节规定了流程，要求严格遵照执行。不久又出台了与之相配套的《员工处罚条例》，从制度上对贷款进行管理约束。

与此同时，上级要求各级银行进行贷款的调查、审查分离。按经营权限管理贷款，上收了经营行的大额贷款审查和审批权，设定了经营银行小额贷款的权限。市分行专门成立了贷款审查科，成立了贷款审查委员会，后者是一个权力机构，通过若干委员进行无记名投票，决定贷款是否发放。行长有否定权，没有同意权。

这些制度的发布执行，对新接触信贷人员或者"胆量"比较小的员工震慑力极大，但对于在贷款领域畅游习惯了的"老油条"来讲，并没有从根本上产生震慑力，他们认为，这么多年都是违规操作，处分谁了？

一天，科里人员到乡下进行贷款检查，杨天友在办公室看家，闲着无聊拿起书看了起来。看着看着入了神，"咚咚"的敲门声响起，杨天友没有缓过神来。推门走进来一个人，他抬头一看，是于仲龙。于仲龙拎着兜进来之后，大大咧咧地往对面空位一坐，将兜放在地上，问："杨天友，忙什么呢？"

"没有忙什么，看看书。"杨天友放下手中的书，"你怎么这么闲？"

"我看你来了。"于仲龙虚头巴脑地说。

"你和谁学的会说话了？"杨天友揶揄道。

"真的。"于仲龙诚挚地说，"人没有比较就没有辨别。一比较，还是你好。"

"怎么讲？"杨天友问。

"原先信贷科四人俩心眼，现在五个人六个心眼。"于仲龙愤愤地说。

"行了，过去的事，就让它过去吧！"杨天友安慰他说，"你现在不是很好吗？"

"当然了，"于仲龙得意扬扬地说，"现在单位信贷业务由我把关，因为陆承馨根本不懂信贷业务，连企业的报表都看不懂。在个人生活方面，我买了一辆性能较好的二手车，参加了本地私家车运动协会，开阔了视野。以后我要充分用这一组织，宣传咱们大田银行。"

"怎么个宣传法？"

"我正在想。"于仲龙自信地说，"机会总给有准备的人。"

"为什么？"杨天友有些不解了，平时桀骜不驯的他怎么会有这种高尚的想法？

"没有大田银行的培养，哪有我的今天？人所做的事不一定都是有明确目标，有的是出于本性感觉，或者良心、感恩之心使然。"于仲龙认真诠释道，"有一个不恰当的比喻，施舍一个乞讨者，还问为什么？还有，给父母买点东西，还存在什么动机吗？"

听了他的答疑解惑，杨天友内心为他跷起大拇指，心里说，从这点来看，于仲龙这个人还算是有良知的。其实，杨天友原来对于仲龙向检察院告自己的状是耿耿于怀的，但他是心存大志的人，崇信大肚弥勒佛的"大度能容，容天下难容之事；开口便笑，笑天下可笑之人"。杨天友认为，于仲龙已经认识到错误了。当时即便于仲龙不告状，也一定会有李仲龙告状，他只是一杆枪，钟照华装子弹，让他放罢了。本着"冤家宜解不宜结"的理念，杨天友想，你就是杀了他又有什么用？何况你不是皇帝，还没有生杀大权。以德报怨是一种高尚情操。

"你什么时候有如此高超的思想境界了？"杨天友不由自主地问。

"活到老，学到老。这几年，我看了许多书，感悟不少。人活着不能光为了自己，人的需要也是多层次的，物质的、精神的，还有更高一层的境界。"于仲龙侃侃而谈，"世界上为什么有许多慈善家？有人不是说'人生最高的精神境界是奉献'吗？"

"读书开阔视野，增长智慧，充实内心，是一种高尚有益的行为。"杨天友感叹地说，"我体会到了，对所爱的人、敬仰的人忠心奉献是一种乐趣，也是一种神圣的精神境界。雷锋、焦裕禄等先进人物，他们心中爱着人民，所以能做出与众不同的事情来。"

"其实，你内心强大，做事低调，不想给别人增加麻烦，有一种奉献精神，值得我学习。"于仲龙说。

"好了，你别忽悠我了。"杨天友有些不好意思了，态度友好地问，"你来有什么事情？"

于仲龙气呼呼地说："畜品厂好吃不撂筷，刚给他们剥离出不良贷款，又成立了一家贸易有限公司要申请贷款。"

"这没有什么。银行就靠放贷款活着。"杨天友表情严肃地说，"只要合乎手续，谁要贷款都可以发放。"

于仲龙拿起兜，从中掏出一打材料，往杨天友眼前一放，说："这是畜品厂新成立的贸易有限公司申请贷款的材料。"

"你先介绍一下情况吧。"杨天友拿出笔记本和笔，准备记录，这是他从省资产公司的一个处长那儿学到的。处长说，听材料，比看材料印象深。听完再看材料，效果更好。

于仲龙心里说，你官不大，架子却不小。但一想到自己是下级，以后很多事都需要杨天友帮助，便有些不情愿地说："企业名称，新联贸易有限公司；注册资本，200万元；成立时间，1999年7月1日；法人代表，章立国；业务范围，物资贸易；贷款申请金额200万元；贷款用途，购木材……"

"章立国的贷款还上了吗？"杨天友诧异地问，"他现在干什么呢？"

"唉，"于仲龙叹了一口气，"章立国是和银行打交道的高手，他以前的贷款划转去资产公司后，他又新成立了这家公司，原来的债务由他妻子的公司承担……"

杨天友一下明白了，现在这样"拖欠"银行贷款的情况很多，追究得需要时间，关键是今后的贷款发放要严格按程序办理，于是便问："有供销合同吗？"

"供销合同正在签订，明天一早送来。"

"抵押物是什么？"

"是该单位的办公楼及库房。"

"有土地证吗?"

"还没有办呢。"

杨天友听罢,眉头紧皱起来,严肃地说:"没有供销合同,办公楼及库房没有土地证,肯定是工业用地。这是不符合贷款条件的,你不知道吗?"

"以后再补呗。以前咱们不是都这么办吗?"于仲龙不以为然地说。

"哥们儿,"杨天友推心置腹地说,"现在的形势和以前不一样了,国家出台了一系列业务政策,目的是完善贷款手续。等这些手续补全之后,你再报上来。"

"这是吴苟良让我办的。"于仲龙无奈地问,"我回去怎么说?"

"实话实说,就说我不同意办。"杨天友说。

下午,吴苟良亲自来到信贷科,找到杨天友。

寒暄客套之后,吴苟良问:"于仲龙说你对这笔贷款不同意发放?"

杨天友回答:"吴行长,现在制度健全了,贷款要求手续必须齐全。"

吴苟良寻思了一会儿,声情并茂地说:"天友,是否对大哥以前调整你工作有气呀?你那时做贷款工作也有八年了,再则钟照华对你意见很大,把你调到分理处,也有贷款权。大哥对你心里无愧呀。"

"大哥,你说哪里去了,"杨天友绘声绘色地说,"我们在一起工作很和睦,我真的没有想法。现在出台的《员工处罚条例》规定,手续不全发放贷款,哪个环节没有审查出来都要负责任的。"

杨天友又补充说:"现在强调独立审查。又规定四个一律,其中,明知不可为而为之,经办员不抵制的,一经查实,立即开除;领导授意办理不合规的贷款,一经发现,立即开除。你要是不相信,拿着材料问一下行长和赖禄清,如果他们能同意,我立即给你倒着走!"

原来,这笔贷款是陆承馨的妹夫和章立国合伙要搞的。在陆承馨的要求下,吴苟良才亲自为这笔贷款向杨天友求情。

"既然你这样说了,那我们将贷款材料补齐之后,再报上来吧。"吴苟良无奈地说。此时,他感到形势变化了,同时感觉到了"信贷新规则"的威力。

07. 警方问询

接收处置不良贷款的资产公司隶属于财政部，代表财政部处置从银行剥离划转出来的不良贷款，目的是让银行卸下办理政策性业务形成的损失贷款。银行采取"活放活收"的信贷政策，将一部分贷款流入"自营业务"，当然也有一部分搭车的纯自营贷款。资产公司处置不良贷款的方式是将接收来的不良贷款打包出售。价格很便宜，有的是账面余额的 10% 左右。这样，社会上的一些经济实体认为这是一个好机会，经过"论证"之后，购买了资产公司打包出售的贷款。到手一看，企业虽然表面存在，但找到这个实体很困难，是一个烫手的山芋。于是，便聘请银行退居二线的人员，帮助催收"打包"贷款。

一天，警方将杨天友请到国有资产保卫办进行谈话。

原来，飞盈公司购买了资产公司出售的畜品厂下属企业的贷款，收贷款时，企业以倒闭的理由拒绝偿还，也没有钱偿还。找到主管部门畜品厂，要求履行连带责任，畜品厂以下属企业是独立法人为理由不予理睬。飞盈公司在没有办法的情况下，将畜品厂起诉了。法院经审理发现，当时的法人签字是假的，公章也是假的。于是飞盈公司以诈骗罪向公安局国有资产保卫办状告银行，国保办进行了调查。

刚开始，警方分别给吴苟良、赖禄清挂电话，要求他们到国保办说明不良贷款剥离划转以及企业手续的情况，他俩以工作忙、记不得为由拒绝了，并说他们没有问题。警方没有证据，也不好把他俩怎么样，便准备从经办员入手，发现情况，再严肃处理他俩。

杨天友到了国保办，警方为了消除杨天友的抵触心理，热情接待了他，并和他闲唠着。

杨天友很纳闷，心里说，警方给我挂电话，让我到公安局核实一个情况，当时问什么情况，警方含糊说到这里就知道了。难道警方叫我来就是闲谈的吗？这不可能。他灵机一动说："我有一个同学也在你们公检法口。"

"谁呀?"警察不以为然地问。

"王佳英。"

"啊?"警察大为惊讶,他们了解王佳英,这个人在法制委是一个实权人物,为人处事很刁,可别落人以口实呀。于是和颜悦色地进入了正题:"今天请你来,是想了解你们不良贷款剥离划转以及企业手续的情况。"

杨天友看到警察表情的变化,知道了王佳英的威力是很强的,对他们是有约束力的,于是底气充足了,说:"我们是按照文件要求,认真执行办理的。"

"没有造假的情况?比如私刻公章的事?"警察严肃地问。

杨天友一下子想到了畜品厂私刻工业局章的事。又一想,如果说出来,后果是很严重的,他们沿着线索追下去,就会"拔出萝卜带出泥",牵连到很多人。反正不是自己干的,他挺直腰板说:"我没有造假!"

"那畜品厂下属企业的材料是谁报送省资产公司的?"警察追问起来。

杨天友慢条斯理地说:"情况是这样的,我们在省资产公司驻扎,公司需要什么,我们就给单位挂电话,让单位的人送来。"

"给谁挂电话了?"警察紧追不放地问。

"当时是谁接的记不清楚了。谁接电话,就让他记录下来缺少的材料。"杨天友装糊涂道。

"现在飞盈公司告你们造假公章、假签字。"警察终于揭开谜底。

"这个我就不清楚了。"杨天友耍赖道。

"你怎么不清楚?材料谁给你们送的,你不知道?"警察疑惑地问。

"是由长途汽车捎的。"杨天友轻松地说。

警察一看,杨天友是一个难剃的头,考虑到王佳英,于是换了一副面孔,和蔼地问:"你帮助我们分析一下,是谁可能造假?"

"我怎么说呢?"杨天友道。

"没事,这都是公对公的事。听说全国都这样搞。"警察引诱道。

杨天友心里说,别来这一套,如果我说出来,情况就不是这样了。也多亏了以前经历过检察院的炼狱,有了见识,他琢磨片刻,缓缓地说:"不好说。有多种环节能参与造假。例如,企业为了剥离划转不良贷款,有可能造假;银行为了工作顺利，也可能参与造假；资产公司为了符合手续，也不排除造假的可能。"

警察一看，杨天友几乎把所有的可能都讲到了，但是对于他们而言却都是些没用的废话，便结束了问询。

杨天友回到单位，向赖禄清报告了警察问询的情况。

当听到警方没有从他那里得到一点有用的东西后，赖禄清满意地点点头，感慨说："今后，我们的工作难干了。"

杨天友趁机说："前一阵子，山阳支行报送来的贷款材料手续不全，我将其退回去了，现在，手续还没有补全呢。"

赖禄清说："今后一定要严格按照国家和总行的文件审查贷款，要经得起以后的检查，我们不能再犯错误了。"

"有你的支持，我们工作就好干了。"杨天友感叹道。

"我倒不算什么。你看着吧，现在不按规定办理业务，以后肯定要遭罪的。到时，谁也管不了谁！"赖禄清告诫说。

08. 引导贷款

不良贷款剥离划转之后，各国有商业银行卸下了大部分沉重的包袱，开始轻装上阵了。如何找到增加利润的增长点？当然是放贷款了，贷款是银行收入的主要来源之一。

原先凡是有一定规模的企业，也就是法人客户，都在银行有过贷款，多数法人客户不能按期偿还贷款，造成了许多不良贷款。法人客户的贷款刚从银行剥离划转，且因贷款不还造成"名声"不好，银行是有顾忌的。剩余没有被剥离划转出去贷款的法人客户的贷款基本是维持现状，增加贷款额度是很困难的。

地方法人客户贷款来源基本挖尽了，除非是国家重点的项目，那是由总行、省行营销跟进的。

在此期间，国家出台了积极的财政政策，刺激消费，拉动内需。这样，金融决策层认为，消费贷款，也就是给个人放贷款，是刺激消费、拉动内需的重要途径，便将其定为引导类贷款。因为贷款者有固定的收入来源，能按期还本付息，有可控性，这类贷款就属于双盈项目，可随时向上级请示指标规模，上级随时批准，基本是敞口供应的。

为此，各家银行自上而下地召开工作会议，鼓励各营业单位大力发展推广消费类的贷款。各个银行都开始抢占这个市场，大有"跑马圈地"的意味。

信息社会，消息灵通，吴苟良参加工作会议的第二天，保险公司就来人找他商量如何与银行合作的事宜。吴苟良很客气地接待了保险公司人员，对他们提出的合作要求，表示研究之后给予答复。送走了保险公司人员之后，吴苟良将于仲龙叫到办公室，研究与保险公司的合作、为客户贷款事宜。

原来，彭全德和陆承馨摩擦不断，火山终于喷发了。矛盾交给了吴苟良，吴苟良偏袒陆承馨，这让彭全德气愤不已。后来，银行为了减员增效的目标，搞了"内退"的政策，彭全德一看，在银行工作也没有什么前途了，恰好有企业客户要从银行内招聘人员为其服务，于是一气之下，申请了内部退休，腾出位置，让陆承馨接班，自己参与企业经营去了。这样，陆承馨顺理成章地当上了信贷科长。她业务不熟悉，基层功底太差，只是了解客户的皮毛，缺乏透过现象看本质的能力，甚至连企业的财务报表都看不懂，经常惹出笑话来。她也驾驭不了信贷业务和人员，信贷员经常和她打"太极"，工作经常受到上级批评。这样，吴苟良不得不让于仲龙当了副科长，协助陆承馨的工作。

听完了吴苟良的叙述，征求他的意见后，于仲龙立刻兴奋起来。他感到自己的价值快要实现了，一种满足感油然而生。特别是吴苟良假惺惺地表扬了他业务熟练之后，他更是美得找不着北了，神采飞扬地说："上级让我们大力发放消费类贷款是对的，否则，我们就没有利息来源了。"

看到吴苟良一副认真在听的样子，于仲龙又说："我们发放汽车消费类的贷款，首先要确定一个群体，就是要有稳定收入的人。用汽车担保，再让保险公司承诺，承担连带保证责任。如果我们收不回贷款，就让保险公司代为偿还。"

"如果让贷款户用房产抵押，不是更好吗？"吴苟良提出异议。

"是呀，当然是最好了。还可以要求汽车销售商进行阶段性担保。可是在各家银行竞争很激烈的条件下，我们要了解其他银行的手续，采用比他们简单的办法，那样就有竞争力了。"于仲龙出主意并分析道。

吴苟良略想了一下说："这样吧，你起草一个放款细则，然后报到市行信贷科。"

"我们按照上级的贷款方案执行不就得了吗？"于仲龙轻松地说。

"如果有现成的方案，我们就不用麻烦了。"吴苟良摇了摇头，"这是一项新兴的业务，上级没有现成的贷款方案文件，上级也没有时间或者经验去制订详细的方案，只告诉我们在保证贷款安全的前提下发放贷款。细则得由我们自己定。"

"好。"于仲龙拿出一种士为知己者死的态度说，"我这就回去起草。"

吴苟良站起来，半真半假地说："认真制定，想周全一些，如果贷款出现问题，我拿你是问！"

09. 金融时报

山阳支行的汽车消费类贷款放得有声有色，红红火火。业务蓬勃发展，信贷科呈现出门庭若市的景象。

章立国上次贷款没有成功，一直耿耿于怀。看到银行大力发放消费类的贷款，他认为，能放款，就有变通的可能，于是开始研究银行政策。他想，堡垒最容易从内部攻破，仔细权衡之后，他认为于仲龙最好突破，于是请于仲龙吃饭，进行感情交流，然后去了洗浴中心。

他俩坐在洗浴中心的茶几旁，边喝着茶水，边抽着烟。

章立国问："我现在用什么办法能贷到款？"

"你的手续不全，我也没有办法。"于仲龙一脸难色。

"能否用消费贷款变通的手法，为我们单位办理贷款？"章立国眼盯着他问。

"这个嘛——"于仲龙陷入深思之中。这时他才醒悟过来，章立国不是像他所说的"哥们儿很长时间没有见面，甚是想念"那样邀请他喝酒吃饭，他是有目的的。怎么办？吃人家的嘴短，拿人家的手短，片刻之后，他可怜兮兮地说："大哥，你的贷款，我尽力了。"

"老弟，"章立国微笑着说，"你帮助我策划策划，我如何能使用消费贷款？"

看到于仲龙低头不语，章立国利诱地说："银行不是你家开的，你能干一辈子呀？哥们儿情义才是天长地久的。"

于仲龙感到他的话很重，似乎也有一定的道理。出于自保，他顾虑重重地说："和客户串通骗取银行贷款，要被开除的！"

"哈哈！"章立国一阵大笑，"你看一下，咱俩光着身子，没有一块遮羞布。咱们说的话，就是天知、地知、你知、我知。"

"职业操守底线，我不能突破，我不能教你怎么做。"于仲龙瞬间紧张地环顾一下四周，"你可以咨询一些贷款户。"

"都是谁？"

"大哥，你见多识广，认识的人比我档次高，怎么做，你比我清楚。"于仲龙若有所指地说，"只要贷款手续合格，我保证让你很快拿到贷款。"

"好吧。"章立国强挤笑容，无奈地摇摇头说，"也只好这样了。"

这天中午，于仲龙在食堂吃饭后，顺脚到收发室将报纸取走。回到办公室，站在桌子旁，照旧进行浏览。他看报纸只是浏览一下标题，如果有刺眼的内容，才仔细阅读。当他翻开《金融时报》看到第一版的《关于处理违规贷款责任人的通报》后，立刻兴致盎然地阅读起来。看到全国处理违规行为的有十余人，他心里发慌了，再和自己所做的对号入座，一种恐惧的感觉向他袭来。

这时，他感觉肩膀被拍了一下，本能一回头，不知吴苟良什么时候走进来了，站在他身后，正微笑着看着他。"你好！吴行长。"他毕恭毕敬问候道。

"什么好文章让你这样聚精会神呀？"吴苟良笑吟吟地问。

"可不得了。"于仲龙递上《金融时报》对他说，"现在放贷款手续不全，真要处分人了。你看连沈阳干部管理学院院长因为干预贷款的发放，都被撤职了。"

吴苟良接过报纸看了一会儿，不以为然地说："这是内部斗争的结果。再说，也都是给法人客户放的贷款。咱们没有给法人客户放贷款。"

"可是咱们放了消费类贷款呀！"于仲龙忧心忡忡地说。

"你得到好处了？"吴苟良问。

"没，没，没有呀。"于仲龙张口结舌地回答。

"看你大惊小怪的样子。"吴苟良和蔼地说，"消费类贷款是国家鼓励发放的，是引导类贷款，是上级批准的。只要我们手续全，严格按照程序办理业务，就没有事。即便贷款出现了较高的风险，我们也有免除责任的理由！"

10. 触高压线

在于仲龙那里碰了软钉子后，章立国找到了钟照华。在钟照华的指点下，章立国成立了汽车销售公司，雇用了经理，然后让员工填写贷款申请表，复印员工身份证等，用员工名义从银行套取贷款，归公司所用。这样，就从银行贷款充实了企业资金 2000 万元，章立国高兴得眉开眼笑，手舞足蹈。

钟照华和吴苟良经过几年的博弈，感悟颇深，感觉吴苟良这个人很狡猾，主意很多，自己也占不着便宜。经过薄平高的帮助，他从山阳支行平级调动到安平支行当了副行长。两年之后，安平支行行长张有平因病提前退居二线，因为没有合适的人选，他就先主持工作。一年之后，他终于当上了安平支行的行长，了结了自己多年的夙愿。这时，原先和钟照华熟悉的人纷纷而至。

钟照华十分清楚来人的目的，他明白"天下熙熙，皆为利来，天下攘攘，皆为利往"的道理，因此对来访者几乎不加拒绝，而且利用他们，干好工作，提高职工福利。他要求求自己办事的人，先将单位的存款账户迁入安平支行，或者在安平支行再建立一个秘密账户，同时也走访开发一些客户，增加存款来源。与此同时，还建立了职工揽储机制，激发职工的工作热情。一时间，单位存款大增，受到上级的表扬，职工的福利待遇也有了提高。

一时间，钟照华颇有踌躇满志之感。

这天刚上班不久，办公室秘书给钟照华挂电话，让他马上到行长薄平高办公室去。钟照华吃惊地问："什么事？"

"不清楚。"秘书回答道。

钟照华匆匆赶到了薄平高办公室。刚一进屋，薄平高就劈头盖脸地训斥道："你这行长当到头了吧？你懂不懂银行工作呀？你一天到晚都研究什么？你少给我捅娄子好不好？你干不了就不要干了！"

钟照华毕恭毕敬站在那里，听罢薄平高的训斥后，小心翼翼地问："行长，我什么地方做错了？"

"你看！你触高压线了！"薄平高从办公桌上拿起一叠纸狠狠摔在钟照华面前，钟照华没有准备，纸落在地上。他慢慢拾起来一看，立即傻了眼，汗水从脑门渗出。只见上面是省行信贷检查组对安平支行贷款检查的工作底稿：违规事实，给汪达财公司发放贷款98万元。分两笔，涉嫌规避信贷权限；公司营业执照过期，主体资格不合格。建议按《员工处罚条例》处理，开除。

原来几天前，省行信贷检查组来到安平支行进行信贷工作检查，钟照华到省城参加朋友孩子的婚礼，听到消息后立即赶回来时，检查组已经走了。他问发现了什么问题，张军说，好像是给汪达财放款、营业执照过期的事，他们知道了。

"汪达财为什么没有补办？"钟照华问。

"我们催了几次，他说忙，一直拖到现在。"张军说。

钟照华当时也没有当一回事。他来到安平支行主持工作后，很少注重业务学习，凭照经验办事，独断专行。信贷员年轻，没有经验，也就习惯了他的工作作风。

钟照华呆呆地站在那里愣了一会儿后，突然跑到薄平高面前，扑通一下跪在地上，痛哭流涕："行长，救救我吧！"

薄平高赶紧关严了门，上了锁，然后踱着方步。他的心绪是翻飞的，他对总行"处罚员工政策"有自己的见解。总行新制定的《员工处罚条例》完全是正确的，只有这样才能防控道德风险，保证贷款安全。但是"规定"滞后于时代。银行原是官僚体系的一部分，长期粗放经营，以前因为偏离业务政策而处理员工的情况很少见。员工习惯于用经验干工作。特别是一些领导不注意学习，马上用新"条例"约束衡量信贷业务人员，不光是钟照华受到处分，就是手下的信贷调查、审查人员按规定都得开除。全辖类似情况很多，如果严格按规定执行，信贷人员估计得"全军覆没"，自己这个行长也不光彩呀！这以后谁来干信贷工作？现在培训信贷人员赶趁吗？省行能同意吗？总行能认可吗？在法不责众的情况下，找几个给国家信贷财产造成损失、影响面大的人员进行处罚，做到以儆效尤才切合实际。再者，钟照华虽然心术有些不正，但是业务能力还是比较强，只是因为不注重学习，才触犯了"高压线"。

溜达了一会儿，他停下脚步，叹了口气说："起来吧！"

钟照华赶紧站起来，连声说："谢谢！谢谢！谢谢行长！"

"这笔贷款是怎么一回事？"薄平高问。

钟照华讲述起来。

那是半年前的一个上午，汪达财来到了钟照华的办公室，受到了钟照华的热情接待。原来，汪达财在山阳支行的贷款到期后，他无力偿还。上级严格了"收回再贷"手续，他条件不合格，贷款也就逾期了。为了防止山阳支行扣收他的钱，他干脆又成立了一家贸易有限公司。山阳支行要扣收其担保单位——畜品厂的钱，畜品厂也采用金蝉脱壳之计，成立了一个独立核算单位，也摆脱了山阳支行的控制。这样，汪达财的公司和畜品厂在钟照华的动员、拉拢下，将存款放在了安平支行，为钟照华的业绩增光添彩。吴苟良曾气愤地说，钟照华是以他们的鲜血染红了自己的"顶子"。

在交谈中，钟照华得知，汪达财的目的是要贷款。

钟照华直截了当地说："你在山阳支行的贷款还没有还上呢，我们怎么给你贷款？"

汪达财嘿嘿一笑，说："那是过去的事。山阳支行没有少占我的便宜，这你也知道，这事就不说了。"

"我们是一个单位的，这样做，我不好交代。"钟照华脑袋摇得像拨浪鼓一样。

"要按你的说法，全国是一家呢。"汪达财依仗和他很熟悉，直言不讳地说，"现在都实行独立核算，再说，我现在的贷款企业名称和在山阳支行贷款的不一样。你给我们贷款，我帮助你们拉存款，我们是互惠互利。贷款你要什么手续，我提供什么手续；你要什么条件，我们尽力满足。"

汪达财的话对他很有冲击力，他知道汪达财很有实力，说话算数，在社会上吃得开。原先钟照华也没少在汪达财那里占便宜。

钟照华思考了一会儿，抄起电话："叫张军到我办公室来一趟。"

不一会儿，一个年轻人风尘仆仆地走进了钟照华的办公室。

钟照华说："这是汪达财总经理，他有贷款需求，你帮助他办理一下贷款手续！"

汪达财办事效率高，或者是对贷款需求太着急的缘故，第二天一早，就将张军所要的贷款材料准备好，并亲自送到张军办公室。

张军仔细审查了他提出来的贷款材料之后，说："汪达财总经理，你的营业执照过期了，得经过审核后，才能办理贷款。"

"没有那么严重吧？"汪达财说，"我现在需要贷款太着急了，你先办着，以后我们再补上，这样效率高。"

"不行。"张军将皮球踢到钟照华那里，"我没有这个权力。要不，你和钟照华行长说一下吧。"

汪达财真的去找钟照华了。钟照华要派头，将张军叫到办公室，说："他需要贷款着急，你先办着，营业执照虽然过期，但是经营是正常的。办完贷款再补也不晚。"

"这样的手续，报送到市行信贷科，也不能批。"张军坚定地说。

"咱们单位贷款权限是多少？"钟照华面无表情地问。

"50万元。"张军强调，"超过50万元，必须经过市行审查、审批。而汪经理需要100万元！"

汪达财苦着脸看着钟照华，心中充满了烦恼。

钟照华大脑飞速地旋转着，心想，如果按照张军的思路去办，自己在汪达财面前太没面子了。他认为张军是给自己出难题，于是看了一眼汪达财，对张军说："先给汪经理办49万元，营业执照补办之后，再给他办理49万元！"

"上级来检查时，发现营业执照过期了怎么办？"张军问。

"你是死脑瓜呀？"钟照华不悦地说，"过几天，他的营业执照就办回来了，补上就行了。"

"还是先将手续搞齐全为好。"张军嘟囔着。

"没事！"钟照华大声说，"出了问题，我负责！"

这样，就给汪达财发放了贷款49万元，营业执照补办的问题，汪达财也没当一回事，反倒是磨着给办了第二次贷款49万元。张军催了几次营业执照，没有结果，后来就不了了之。

这次，被省行检查组查出来了。

听罢钟照华的叙述，薄平高说："这事，我先给压下来。你现在赶紧找有关人员做工作，想尽一切办法，赢得他们理解、同情，我也好和他们沟通协商。之后让这个企业赶紧把营业执照补办回来，将营业执照过期的事摆平。"

"好。我这就去办！"钟照华说。

11. 两位女神

如何摆平检查组？钟照华绞尽脑汁。给钱？他们肯定不收！没好处，又不能为自己办事。他有些后悔没有听从张军的建议，先将手续搞齐全再办理贷款。转念一想，现在不是想这个的时候，应该想如何让工作组长和经办员高兴。他苦思冥想之后，灵感迸发：对，请季晓春和陆承馨出马！为了自己的前途，只好出此下策了！于是，他给季晓春和陆承馨分别挂了电话，请她们陪上级工作组吃饭。她俩推托一番后，答应了。

钟照华以分行办公室的名义，领着省行信贷检查小组组长孙胜君、经办员司孟龙，到市区观光。小组其他成员，也分别被检查单位的领导请出去观光了。

省行检查小组成员是省行抽调的省内各地市分行业务骨干，他们平时没有机会专门到地市旅游。因此在检查期间，被检查单位安排观光，这也是常规操作。孙胜君、司孟龙对于市行邀请他们旅游观光的提议毫无戒备，一路上谈笑风生。钟照华则殷勤地围着他俩转，他俩对钟照华产生了好感。

傍中午时分，观光车到了新开业的天空海鲜酒楼。

钟照华先行下车给他们开门，服务生一见到钟照华，顿时眉开眼笑，热情地打招呼，并直接将他们领进了一个包房中。他们一看就知道，钟照华是这里的常客。

进入了包房，落座之后，钟照华恭敬地问："您二位想吃点什么？"

"随便，简单点。"孙胜君客气道。

"各位如果没有什么忌口的，我就代劳了。"钟照华说着，出了包房。

看着钟照华的背影，司孟龙感叹地说："在办公室里，也不好干呀！"

现在他俩还以为钟照华是办公室工作人员。在观光中，孙胜君也问过，钟照华是哪个部门的，钟照华没有直接回答，只是说为领导服务的。由于主题是观光，所以他俩也没有深问。

不一会儿，钟照华领着两位风姿绰约的女士走了进来。对于她俩的到来，两人感到有些意外。

"这位叫陆承馨，那位叫季晓春。"钟照华介绍着，并强露笑颜道，"两位领导，给你们请来两位美女助兴，等一会儿，你们猜一下她们在哪儿工作。猜对了，我喝酒；猜不对，你们喝酒。"

"太客气了，我们还不习惯呢。"孙胜君站起来，和她俩握着手说，"幸会，幸会。"

"刚才薄平高行长来电话说，让咱们先喝着，他先去那个组喝一下，然后全程陪同咱们。"钟照华说。

"不用麻烦行长了，"司孟龙客气了一下，礼貌地和她俩握了一下手，说，"既然来了，就请入座吧！"

入座后，互相寒暄了一会儿，酒菜便摆上来了。

孙胜君和司孟龙惊讶地看到上来了八个高档的海鲜菜，服务员还当场快速启开了两瓶茅台酒。

钟照华说："今天高兴，咱们慢慢喝。"

钟照华亲自给他们斟上酒，然后举起酒杯，说："今天是一个美好的日子。明天一早，你们就要走了。我们相识是缘分，今天算是提前给你们饯行，也是我们友谊的开始。我们同在一个省，也是友好单位，希望以后我们常来常往。我提议，喝一口。"说罢，站起来和大家一一碰杯，然后先饮为敬。

大家被他的盛情感动了，也跟着喝了一大口。

放下酒杯，钟照华拿起公用筷子，给他们夹菜。

"自己来！自己来！"孙胜君说着，自己带头夹起菜来。

季晓春趁着大家吃菜的空当，给大家斟满了酒，然后面带笑意、娇声娇气地说："能结识省行领导，我们很荣幸，我们喝一杯，希望不要忘记我们呀！"言毕也站起来，和各位碰了一下酒杯，豪爽道："我先饮为敬！"

大家一同，喝了一大口。

陆承馨也不示弱。她面似桃花，站起来，给大家边倒酒边说："今天，天好，人更好。很荣幸能参加这次宴会。希望我们以今天的相识为契机，为以后成为好朋友打基础。工作是国家的，感情是个人的。人们说，感情上来酒下去，我打个样，大家喝多少是多少！随意。"说完一饮而尽。

一看女生都这样喝了，孙胜君和司孟龙不好露怯，也一口喝尽。

原来，钟照华分别给季晓春、陆承馨打电话，说要陪同省行检查组吃饭，并强调陪好的重要意义，表示以后需要自己时一定尽力。陆承馨考虑到吴苟良快要退居二线了，钟照华还年轻，有心计，帮他也是给自己留一条后路。季晓春则在工作靠边站后屡遭白眼，心态失衡，总想找个机会扳回一局，因此也就把钟照华伸出的橄榄枝看得很重。

看到大家的酒杯空了，陆承馨说："谢谢！"

季晓春这时酒兴上来了，想到自己的使命，于是粉嫩的脸庞含着浅笑，抢过酒瓶，给人们斟酒。

倒酒后，季晓春惺惺作态地说："人生一世，草木一秋，人生苦短，我们要不枉活一生。今天喝酒，我们来一个加深印象的表现。"说着和各位碰了一下酒杯，然后，猛地一口饮尽。

"真是巾帼英雄呀！"孙胜君说罢也跟进。

"两位美女是何方的神圣？"司孟龙放下酒杯，眼睛迷糊地端详着她俩。

"你们猜一下。咱们说好了，猜不对，喝一口酒。"钟照华卖关子说。

"不嘛。"季晓春撒娇地说，"应该喝一杯！"

"一杯太多了。"司孟龙打圆场道。

"机会均等嘛。"陆承馨不甘示弱。

"是场合中人吗？"孙胜君试探着说。

"不对，你喝酒。"季晓春站起来，一步三摇走到孙胜君面前，娇声说，"俺可是有文化、有素质的人，是纯洁的、光荣的金融工作者。"

"不行，我真的喝不了。"孙胜君情不自禁，端着酒杯说。

"大哥。"季晓春一双杏眼紧盯着他，笑着说，"你喝不了我替你喝。要不我陪着你喝？"

"好吧。"孙胜君和她碰了一下酒杯，一扬脖子，酒进肚里了，然后迷迷糊糊地栽倒在椅子上。

司孟龙一看，孙胜君喝多了，心里说不能让她看笑话，便站起来说："小妹，你太欺负人了吧？你让人家喝酒，你不喝？"

"大哥，那您就陪小妹喝一杯吧。"季晓春灿烂一笑。

司孟龙无奈地说："好吧！"一饮而尽。

此时，孙胜君和司孟龙已经神志不清了。

钟照华看着陆、季二位，目光诚恳地说："你俩陪他们到歌舞厅，给他们倒点水，让他们放开歌喉，陪他们唠会儿嗑，按按摩，就能加快醒酒。"

她俩面色难看。季晓春虽然跟钟照华关系要好，可是这样安排还是第一次，她呆呆地望着他，眼睛里流露出鄙视和仇恨的目光，似乎在说，你是个什么人，把我俩当作什么人?！看到她俩反感的样子，钟照华威胁利诱道："我们说话可能有点不雅，但做事得守底线，到卡拉 OK 厅唱歌，能驱散酒劲。他们酒意浓浓，如果回单位献丑，等于打省行的脸，咱们都有责任！他们是代表省行，对咱们单位工作好坏有话语权！行里好，大家好！"

"好吧！"她俩极不情愿地同意了。

第五章　改革

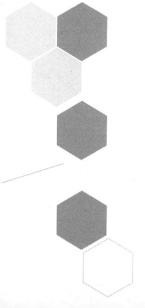

01. 承上启下

薄平高以超高规格接待省行检查组，被反馈到省行，省行大为气恼，让薄平高提前一年退居二线，派来一位叫冯天强的基层行长到滨江分行接任。钟照华偷鸡不成倒蚀一把米，挨了双重的处分，银行行长的美梦只是做了短短一年多，就跌回了普通职员的位置。季晓春和陆承馨也被内部通报批评。孙胜君、司孟龙也因为接受超出规格的宴请，受到处分。

他们真真切切地感受到，银行系统的制度越来越严格，管理越来越规范，以前那种可以胡来的日子真是一去不复返了。

冯天强虽然勇于干事，但不鲁莽，他上任后不动声色，经常深入基层与员工打成一片，受到广大员工的赞同和认可。

冯天强在高山岭支行担任主管信贷的副行长时，比较了解杨天友，对他印象较好。这天，杨天友审查了贷款五级分类文件，经赖禄清签字同意后，到冯天强办公室履行签字手续。

冯天强大致审阅了材料后，拿着笔签着字，满面愁色地说：

"这么多不良贷款，要如何消化？"

杨天友答道："看样子，还得搞第二次贷款剥离。"

冯天强在省行工作时曾是徐科的部下，知道杨天友与徐科的连桥关系，心里说，国家已经明确了不再搞剥离工作，你怎么还这么说，难道你有什么内幕消息？

杨天友看出了冯天强的心思，说："行长，不信你就看着，以后国家肯定会出台第二次贷款剥离方案。"

"何以见得？"

"什么是领导？"杨天友依仗着和行长关系相处不错，坦率地说，"好领导有见微知著的能力，能预测事物发展走向，领导群众从胜利走向胜利。"看到冯天强认可的态度，他又诗情画意地说，"就像主席所说，它是站在海岸遥望海中已经看到桅杆尖头的一只航船，它是立于高山之巅远看东方已现光芒四射、喷薄欲出的一轮朝日……"

"我也是这么想的。"冯天强虽然暗自钦佩杨天友的洞察力，但也不愿意让下属在自己面前过于张扬，打断了他的话。

他想，虽然国家当时强调不搞第二次剥离，但现在的客观事实是，不良贷款没有被压制，反而又上来了。杨天友说的话有道理，说得那么肯定，一定是有来源的正确判断。此时，他相信了杨天友的判断力。

"杨天友，竞聘报名材料准备好了吗？"冯天强话锋一转，貌似关心地问。

看到领导过问，杨天友感觉自己有戏了，激动地说："竞聘的事，全仰仗您了！"

"现在竞聘、竞争很激烈，是一场无硝烟的战场，主要靠自己。我只是在你'可行可不行'的情况下起作用。假如我不同意，你基本没戏，可要是我一个人同意支持你，大家都反对，那你也肯定不行。我们毕竟不是生活在封建的皇权时代，而我呢，也不是皇帝。"

"我人际关系不可能那么次，"杨天友冲动地说，"有人说，领导想帮助你，有一万个理由，反之亦然。"

"此话有一定道理。"冯天强对杨天友的观点有些不满意甚至反感，但又感觉杨天友是孺子可教类的人，大节是好的，只是有些冲动，说话不太中听，便耐心地解释，"你学过哲学，世界上的事情没有绝对的，如果上级命令要我提拔你，那我必须调动一切资源克服任何困难完成任务，这是党性的要求！现在是民主时代，领导要讲究方法艺术，很少有这种情况出现，除非你做出惊天动地的大好事，凤毛麟角的奇事。你竞聘入围了，大家都好办。我在第一轮和群众一样，只有一票的权力。"

"就算做出凤毛麟角的奇事，遇到心术不正的领导，也会当作没看见。"杨天友意味深长地说。

原来，冯天强没有上任之前，薄平高当行长时，滨江分行搞了第一次公开竞聘，这也是"信贷新规则"正式出台后紧接着进行的一次人事改革实践，可以说是一次摸着石头过河的尝试。公开竞聘前，公布了方案，由于每个人的自我感觉都良好，加上"公平""公正""公开"等字眼的诱惑，符合条件的员工基本上都报名参加了。竞争异常激烈，通常是一个位子，多人竞争。尤其是信贷科副科长的位置，参加报名的人数达八人。其结果是，没有一个人能获得半数以上选票，结果造成全军覆没。其他的竞争位子，也因报名人数太多，选票分散，需要二十一位中层干部，只有五个人过了半票。这次公开竞聘，以失败告终。

薄平高本想重新搞一次竞聘，但人算不如天算，刚过完元旦，省行就下发文件，冻结了全省人员关系。不久，薄平高带着怨恨，提前退居二线，省行派冯天强到滨江分行任行长。

滨江分行多灾多难，历史遗留问题较多，山头派系林立，各种利益错综复杂交织在一起，矛盾很尖锐，上告信不断，主要是班子内部不和造成的，其始作俑者就是原行长曲天桥。

曲天桥善于玩弄权术。他上台后不久，怕班子团结，确切地说是怕副手之间过于团结，把自己架空，于是挑拨副手之间的关系，达到互相制约的目的。这种局面一直被延续下来，到薄平高这一届，甚至更加扭曲。

冯天强来了之后，中层干部异常紧缺，他感到工作中有一种无形的阻力。好在有省行的坚决支持，他想培养出能一心干工作的人才。他顶住各方面的阻力，换掉了关系繁杂、能力不强的人事科长曲莉，将基层的副行长晋大伟调到人事科主持工作，拿滥用职权的监察室主任胡永生开刀。

胡永生刚到监察室时，甚是小心翼翼，工作上也过得去，逐渐得到省、市领导等各方面的认可。很快，他的私欲膨胀起来，胆大妄为，不把新来的行长冯天强当作一回事，工作上经常和冯天强打"太极"，让冯天强很是头痛。

一个县支行副行长对省行检查组检查出他越权办业务之事不服气，给胡永生送礼，请求免于处理。胡永生利令智昏，竟然私自组织业务人员，重新复核省行结论，这让业务人员很尴尬，下级怎么有权推翻上级的结论？因此只能进行申诉。

冯天强知道后大为恼火，这不是胡来吗？让省行怎么看待我？怎么看待这个集体？于是，果断将胡永生拿了下来，起到了以儆效尤的作用，树立了"有令必行，有禁必止"的权威。

大家对冯天强有了新的认识，有爱有恨也有怕。爱的是，有这样一个好领导，以工作为重，敢于碰硬。恨他的人，就是以胡永生为代表的失去利益者，还有一些既得利益者怕冯天强损害自己的利益。

如何选用好人，列入了冯天强的工作日程。他曾和晋大伟协商，不搞竞聘方式选举，采取任命干部的方式，并且强调，我们是企业，是为国家创造利润的，希望上级给予这方面的自主权。

晋大伟原是山阳支行的计划科长，在畜品厂支取现金方面，严格按照程序要求办事，受到夏江河的排挤之后调到了滨江分行计划科工作，后来被下派到基层当副行长。冯天强上任之后，对晋大伟所主管的支行不良贷款不多甚感满意，让晋大伟代理并主持人事科工作。这也是对晋大伟的一次考验。晋大伟清楚地认识到这一点，殚精竭虑地支持冯天强工作，在无关原则的事情上顺着冯天强，在原则问题上讲明道理，摆明是非利害关系。冯天强对他的工作很满意，逐渐视他为知己。

晋大伟虽然不同意冯天强的"任命"干部提议，但他很重视工作的方式方法，专程到省行请示后，来到冯天强办公室，说："冯行长，你说的有道理。但我们是国家的企业，必须执行国家机关干部人员选用政策，这是大趋势。如果我们不执行，上级将推翻我们的任命，并有可能对我们采取进一步的组织措施。"

冯天强听后，无奈地摇了摇头说："国家的经济体制改革后，用人制度改革就显得更为重要了。"

"是呀！"晋大伟也认同地说，"还是民营企业管理灵活，不像我们这样，想用一个人，条条框框很多。有的人经常亮相，就有机会，有的人默默无闻，也就没有机会。"

"哎！"冯天强不耐烦地打断他的话，"这个咱们不考虑，咱们需要考虑的是，如何让咱们想用的人通过半数。别像上一次那样，我听说基本是流产了，后面的工作还怎么开展？"

冯天强和晋大伟的关系通过这一段时间的磨合，已经顺畅，说话也不见外了。

"要不找两个非常信任的人操纵计票的事情？"晋大伟建议道。

"不行！"冯天强严肃地说，"现在实行公开、公正的原则，还要有监督人员，这样风险太大。弄不好，我们就牵连进去了。我们得想一个正大光明的措施，让谁也挑不出刺的方案。"

晋大伟想了一下说："我们设定权重，好吗？"

"怎么个权重法？"冯天强眼睛一亮，饶有兴趣地问。

看到他高兴，晋大伟内心十分兴奋，他终于能为冯天强分忧解难了，自己的价值也体现了。于是，他说："比如，群众选票是40分，领导的票是60分，这样，基本就是领导说的算了。"

冯天强高兴地站起来，在办公室内踱着方步，思考了一会儿，说："你的方法，是在员工入围之后，我们想用谁，就投谁的票。那是第二轮的工作。现在的关键是，上级文件明确要求，入选人员要选票过半！"

冯天强不等晋大伟回答，又愤愤地说："这帮官僚闭着眼睛下文件！他们也不想一下，一个位置有三个人争，每个人只选一个的话，谁也不能入选！"

"是啊。"晋大伟说，"听说，上次画选票，规定每人只能画二十一位，多者无效。有一张票多画了一个人，作废了。有一张是空白票，增加了分母，这个人太坏了。还有一个人，全都画上了，违反了事先规定，这张票就作废了。"

冯天强听着，灵光一闪，问："如果我们方案中规定，选举人不限制选举人数，我们也不规定参选人申报哪个岗位，只是进行资格选举，同时鼓励选举人画满候选人，目的是通过半数。这样，我们就有余地了。你看，这个办法可行吗？"

"高！实在是高！"晋大伟高兴得一拍大腿，说，"只要我们的方案事先公布了，就没有暗箱操作，群众没有反对意见和建议，就视同认可，这样，我们就做到了公开、公正、公平！"

"好。"冯天强说，"你抓紧整理方案，尽快向省行报备，现在我们要按照程序走！"

竞聘方案得到了省行的同意后，马上进行了公示，没有收到反对意见。接着，就履行下一步程序。这次报名人员相对上一次有所减少，有的人看出了游戏端倪，不愿充当陪衬角色，就放弃了机会；有的人认为领导中没有能为自己说话的，也就放弃了报名。

竞聘工作顺利开展，首先是所谓的"海选"，经审查，将符合报名条件的参选人员集中在一张选票上，除参选人员外，行里正式员工都有选举权。没有推举指标的限制，即每个员工都可以在选票上选择全部候选人，这样，参选人员基本上都能半数通过。

晋大伟拿着选举结果到了冯天强办公室，冯天强看到了第一轮的结果，想要提拔的人都入围了，他掩饰不住内心的喜悦，兴奋地说："办法总比困难多呀！"

下一步，是民主集中制的第二轮，由领导、中层干部代表及职工代表进行选举。事先，冯天强做了大量的工作，了解员工的思想动态以及人脉关系，对下属提出与分行保持一致的要求。人事科主管科员华成宇经过多年的工作磨炼，很能准确地领悟领导的意图，基本上将刺儿头排除在职工代表以外。

接下来是进行第二轮投票选举。群众跟着领导走，有了第一轮的选举经验，第二轮也顺利进行，选举出来的结果皆大欢喜。

晋大伟终于以高票获得了正职的资格，之后被正式任命为人力资源部经理；杨天友也取得了副职的资格，终于当上了信贷部副经理。从此，冯天强也在滨江分行站稳了脚跟。

02. 弄巧成拙

杨天友当上信贷部副经理之后不久，就理所当然地进入了市分行编制。

这天，杨天友接到女工委副主任王晓梅的电话，请他到办公室去一趟。他放下电话思索，她找我干什么？这一段时间，他总感觉王晓梅和自己"犯相"，好像她在窥视自己，对自己有一种歹意，感觉很不舒服，便悄悄打听了一下她的底细。原来，又是陆承馨在搞鬼。

陆承馨以超常规待遇陪同省行检查人员，受到内部批评，遭到周围人的讥笑。再加上在信贷科实在是干得不顺手，早就心生厌烦，一想到吴苟良很快就要退休，他一走，自己在信贷科肯定就待不下去了，陆承馨就惶惶不可终日，感觉自己得趁早打算，换个单位换个环境，从头再来，重新开始。因此，她三天两头地缠着吴苟良，央求把自己推荐到市行去，只要面子好看，过得安稳，无官无职的位置都行。

吴苟良这些年生活上受到陆承馨的诸多照顾，感觉亏欠她很多，于是极力向市行推荐她。恰好市行女工委有一个职工临近退休，市行一见陆承馨性格开朗、唱歌跳舞样样来得，感觉她做妇女工作应该是一把好手，也愿意"下调"，便把她调入市分行女工委工作。

一进入市分行，缺乏安全感的陆承馨就开始搜寻新的靠山，当她看到女工委副主任王晓梅或许是因为家境好、人生顺的缘故，性格单纯，快言快语，便施展自己的攻势，一番甜言蜜语、嘘寒问暖，很快便把她俘获成了闺蜜。出于对钟照华遭遇的同情，又看到他的昔日对手杨天友近期升职，颇有些春风得意，陆承馨心中暗生嫉妒，在日常闲谈中，她便有意无意地将杨天友描述成虚头巴脑、投机取巧的人。

今天王晓梅找他，会有什么事情呢？第六感告诉杨天友，一定和自己的入党问题有关。但不知道陆承馨又往王晓梅的头脑里灌输了什么。

杨天友走进王晓梅的办公室，她一下子站起来，迎上前来主动和他握手。杨天友一下子被她的热情感染了，不禁看了她几眼。

王晓梅身材矮小，体态丰腴，面容姣好。

杨天友这时才注意到，办公室还有一个办事员，拿着笔记本坐在那里。他一下子明白了，这是王晓梅代表组织找他进行入党谈话了。要是以前，杨天友肯定喜形于色，可现在经过多年的历练，他稳重多了。

王晓梅满面笑容，杨天友却感觉她有些不正常，防范她的心理增强了。寒暄了几句，王晓梅便向杨天友说明，她是受组织委托，找他进行入党谈话。杨天友当即表示感谢。

王晓梅突然话题一转，像是若无其事地问："现在有一些人，特别是党员，不相信党了。有人说，入党是为了当官的需要，有的说是荣誉需求，也有的说，大家入了，我也跟着入。你是怎么看的？"说罢笑眯眯地望着杨天友，等着他回答。

看到王晓梅的笑容，听到她看似平常的问话，杨天友感到恶心的同时，认为陆承馨的手段太阴险了，如果稍不留意，自己就被算计了。

杨天友戏谑地说："别人的动机是什么，我不知道，我不能钻到他们的肚子里看，但我是信仰共产主义的。"

"为什么？"王晓梅微笑着问道。

"不为什么，就是信仰。"

"哟。"王晓梅笑眯眯地望着杨天友说，"只是这么说，不能让人信服吧？"

杨天友沉吟了片刻，深沉地说："共产党是伟大的，结束了国家的四分五裂，领导人民过上了安居乐业的幸福生活。如果没有共产党的领导，中国就会成为一盘散沙。中国离不开党的领导，否则，国家动乱、分裂，最终受苦的是咱们老百姓！"

"但有人说，你以前说过不想入党！"王晓梅追问道。

"小人！"杨天友生气地暗骂道，心里说你还真想在我身上拿到点什么不利于我的话呀。但是他的情绪马上又给拉了回来——这是组织谈话，不能落人口实。于是他整理了一下情绪，清清嗓子说："那是我和钟照华说的。当时我是和钟照华开玩笑。呵呵，真有小人传出来了，只是没有想到组织上也当真了。"

王晓梅听罢脸一红，感觉自己有点偏听偏信，不能让杨天友看出自己心虚。

她站起来给杨天友倒了一杯水，讪讪地说："我们是闲谈。"

然后，又进行了新一轮问答。

王晓梅和杨天友打了几下"太极"，没有抓住杨天友言语上的把柄，反而对杨天友先入为主的态度有了些许改变。

之后，就是组织调查阶段。如何能真实地了解杨天友的情况？陆承馨想到了钟照华。于是，她极力怂恿王晓梅领着科员去找钟照华，而王晓梅也想认识一下杨天友的这个"敌人"。

钟照华听明来意之后，深感嫉妒，忍不住就想往杨天友身上泼脏水，但是转眼一想，自己不久才因为处分降格为普通职工，直接攻击杨天友不合适，再者还有外人在场，于是他拐弯抹角，意味深长地说："杨天友和我没有什么直接冲突。和杨天友直接接触的是于仲龙，他对杨天友最了解，最有发言权，希望你们向他了解一下。"末了，他貌似无意地叹气道："我听说，杨天友能力不强，办事没有方法，有的贷款企业都想杀了他。"

王晓梅礼貌地向他点头微笑，客套告别后，马不停蹄地来到山阳支行，找于仲龙了解杨天友的情况。一番寒暄后，她故意来个诱导："我听说，杨天友能力不强，办事没有方法，有的贷款企业都要杀了他。你对这个说法怎么看？"

于仲龙听罢，疾言厉色地说："杨天友的能力是不强，但领导信贷科八年，没有出问题，其中五年被评为先进集体。领导分理处，就被评为省先进集体。杨天友是该杀，但我认为杀别人两回，才能轮到他。"

于仲龙看着王晓梅两人吃惊的样子，愤愤地说："如果杨天友扣收我的贷款，我也想杀他！"

听了于仲龙的回答，王晓梅和办事员面面相觑。呆立片刻，王晓梅讪然一笑，又问："听说杨天友被检察院审查过，这是怎么回事？"

"以前，我也不清楚。"于仲龙说，"现在我清楚了，是有人陷害他。这事，你们要搞清楚，最好问行长或者是检察院。"

"钟照华说，杨天友貌似忠厚，实际诡计多端。你怎么看？"王晓梅若有所思地进一步追问。

于仲龙听罢心里一惊，心里说，钟照华，你都脱毛的凤凰不如鸡了，还想玩借刀杀人的伎俩。他略想了一下，问："你理解'烧香引出鬼来'的含义吗？"

王晓梅摇摇头说："愿闻其详。"

"朋友之间应该讲礼尚往来，我想了一下，杨天友是按照他的'不愿意麻烦人，不欠别人情'的原则做事。杨天友请客的次数多，帮助别人的事多，这说明他有爱心，对别人尊重。现实中，有的人没有良心，吃完糖，就说糖是苦的。所谓貌似忠厚，也比恶鬼相好看一些。所谓的诡计多端，说明杨天友不是傻子，他有观点、有思想。我想，党是要吸收聪明能干的人加入吧?"

看着王晓梅似乎被自己的话触动了，于仲龙继续说："现在像杨天友这样的人太少了！说金子不好的人，本身就不怎么样！杨天友真诚，有爱心，有奉献精神，谁要是和他处不好关系，应该从自身找原因。"

王晓梅听罢，感到有些不可思议。听陆承馨说，以前于仲龙和杨天友关系处得很不好，他恨杨天友，不择手段想取而代之。现在怎么说起他的好话来了？看来杨天友还真的是有过人之处。

王晓梅不禁对自己这位新闺蜜兼下属的为人处世产生了怀疑，工作和生活中都有意无意地疏远了她。

喜欢搬弄是非的陆承馨，好不容易才混入市行女工委，很快就又一次坐上了冷板凳。只是，这一回没有谁来帮她了。

清闲、安稳的工作，只剩下了孤寂和空落。

03. 淡出职场

冯天强来到滨江分行，先稳定人心，然后调整人员，工作干得风生水起，有声有色。在他的带动下，各营业网点工作热情高涨。冯天强又制定了切实可行的工作措施，制订和完善了奖罚方案，极大调动了各机构的工作积极性，滨江分行的精神面貌焕然一新，正气上升，阴气下降，工作有了长足的进展。

吴苟良也想在山阳支行的光荣榜上留下痕迹。他深知，领导退居二线之后，虽然人们仍然对你尊敬，但没有威慑力了，对你的建议是有取舍地听从，对你阳奉阴违也算是客气了。这是他由夏江河退居二线之后得到的感悟。

吴苟良想推迟退居二线的时间，于是向冯天强汇报说，我9月份工作就到点了，我想坚持到年末，也就是多干三个月。理由一是有许多历史问题没有处理好，特别是原来的陈欠贷款，新来的行长要了解完全还得有一个过程，比如畜品厂没有剥离的贷款，我和他们交涉已有眉目了；二是我想带好一个班子，树立一个榜样，给组织一张合格的答卷，走完我的工作旅程。

冯天强同意了吴苟良的请求，并派出和他同级的吕山峰任第一副行长，名义上是协助吴苟良工作，做好接班的准备，实际上也有监督吴苟良的意味。

本来吴苟良想要给组织交上一份满意的答卷，可是，一些人知道他退居二线的期限后，揣测他一定是给冯天强送了很多的礼，想要狠狠捞一把再退休。于是，纷至沓来地找吴苟良谋利益。有的找贷款，有的要求帮助疏通关系，有的想要在他退下来之前，把在山阳支行工作的孩子提干。吴苟良都大义凛然地拒绝了。冯天强知道后很满意。

山阳支行下属三个营业机构，且机构布局很不合理。有一个分理处设在远郊，工作条件不好，人员流动性大，分理处主任汪维德听到吴苟良要退居二线的风声后，立即找到他，要他履行诺言。

原来，大家都不愿意去远郊分理处，因为一去就是一天。于是吴苟良出台了优惠政策，鼓励人员到基层工作锻炼，时间为两年，届时优先考虑提拔。汪维德就是在这个政策的激励下，放弃了储蓄副科长的待遇，到那偏远的远郊分理处任主任。

汪维德知道，如果吴苟良退休了，自己的工作问题就没有人管了，新行长不履行旧承诺是很正常的事，何况，这也没有制度约束。于是，他找吴苟良谈要回来工作的事情。吴苟良开始不答应，他就磨着吴苟良，下班就到吴苟良家蹲点。

吴苟良没有办法，只好和吕山峰商量说，这是内部人员调动的事，不是提干。汪维德已经在那儿工作两年了，当初，我也承诺了，工作两年之后，就调回来。吕山峰素来对吴苟良的工作有意见，遂明确表示，上级行已经冻结了人事关系。

知道了吕山峰"不同意"的态度后，吴苟良本想找冯天强汇报一下，转念一想，这是内部人员调动的事，不是提干，自己本职工作的小事还要向领导汇报，或许让领导瞧不起。吴苟良依仗冯天强对自己的信任，便武断指示人力资源部门，给汪维德办理调回山阳支行的手续。

吕山峰立即向冯天强汇报，说虽然不是提干，但这是人事变动，不是简单的调整一个人的问题。如果不立即制止，就要像多米诺骨牌一样，连串儿倒下，领导的威信也没有了。

冯天强听罢，感到了事态的严重性。他立即指示市分行人事科长晋大伟，马上中止吴苟良的工作。晋大伟用内部网络下发了《关于冻结人事关系的补充紧急通知》，规定：有关人员的提干、交流，应立即停止。已经调整的坚决恢复到第一次文件下发前的状况。然后找吴苟良进行组织谈话，让他主动申请退休。

吴苟良一看傻了眼。此时，他才真正感到"感情"不能代替"原则"的道理。但，已经晚了。

吴苟良知道，上级让自己申请退休是给自己一个脸面，自己应该站好最后一班岗。于是他强打精神，和吕山峰办理了交接手续。在市分行审计人员履行了工作审查之后，办理了退居二线的手续，然后在职工大会上，滔滔不绝地显摆其在位的功劳及贡献。为了证明自己的廉洁形象，他委屈地说，我的生日，是9月28日。每年我都在同志们过生日时，让工会给送上蛋糕和礼品，而我不让人事科说出我的生日情况。我在位近九年，基本上是按照国家和上级有关文件精神进行工作，没有发生大的问题。我没有为自己谋过私利，我主观上是想做到领导、群众和我自己满意……

晋大伟作了简单的安慰发言，吕山峰作了程序式的表态后，宣布职工大会结束。

办公室主任将大家召集到门前，雇来的摄影师组织大家站队形准备照相，这时从远处传来"突突"的响声。不一会儿，一台摩托车"嘎吱"一声停在准备照相人群的正前方。摩托车尾气管发出"突、突"的响声，不断冒出黑烟。人们一愣，只见从摩托车后座上迅速跳下来一个人，他快速从兜里掏出塑料袋，放在地上，然后，又快速拿出防风打火机，点燃了塑料袋，接着，跳上"突突"的摩托车，绝尘而去。

片刻之后，随着一阵噼里啪啦的响声，烟雾升起，人们才知道，这是在放鞭炮。大家表情各异，有好事者看着吴苟良，吴苟良脸上一阵抽搐。他不愧是官场上摸爬滚打的老手，马上恢复了平静，挤出笑容，对接任的吕山峰说："这是欢迎你的。"

吴苟良五味杂陈，依依不舍地和职工告别。

04. 领导游说

这一阵子，冯天强在认真研究由省行转发的总行的改革文件，内容是撤并机构，为此他大伤脑筋。原来，冯天强来到滨江工作之前，就知道银行改革是必然的，是大势所趋。银行改革的模式，有许多传言样板。他到滨江工作之后，就遇到了真正的改革。总行要"精兵减政"，撤并亏损营业机构，以达到"减员增效"的目的。

大田银行在改革过程中，由于历史包袱重、问题多、机构网点林立、效率低下等原因，改革方案迟迟得不到国务院的批准。各级领导十分关注这件事，一时间，各种猜测传说也甚嚣尘上。什么大田银行改革成本太高，国家拿不起钱，承担不起不良贷款消化，什么大田银行要变成地方性的商业银行，等等，一时间造成人心浮动。虽然大田总行对于如何改制也处于调研、猜测之中，但大田银行总行毕竟站得高，看得远，经历多，有韬略，他们在积极争取国家理解的同时，努力工作，以消除国家对大田银行的顾虑。

大田总行严格控制不良贷款的释放，在保证贷款手续安全的基础上，加大放款力度，以达到稀释不良贷款的比例，同时撤并了一些存款余额低、经营亏损的营业网点，以表达改革的信心和态度。

这天，冯天强在办公室踱步，思考如何落实总行撤并网点的布置。他清楚知道，这是一项艰难的工程，撤并机构之后，随之而来的是人员安置问题。人的问题是最难办的，处理不好，很容易激起矛盾。他参加工作以来，头一次遇到这类棘手的事情。同时，他也在思索刚才和天缘县领导会面的情景。原来，天缘县政府的领导刚才专门为改革问题来提建议，具体来说是对撤并营业机构、减员增效绕圈子，有理有据，从实际情况出发，想让市行少撤一些营业网点。

按照文件要求，凡是亏损的，转盈无望的，一律撤并，谁不同意，可以向省行甚至总行反映。市区银行网点林立，撤并后，对储户没有什么太大的影响。但对于县级机构的减员来说，就比较麻烦。虽然县支行和城区支行级别是一样的，但县支行有相对的独立性，也有众多的触角，县级政府对各乡镇的营业网点给予了高度重视，农民知道拟撤并乡镇营业网点后，认识到以后办理金融业务的不便，也十分不满，他们联名向银行和政府请愿，要求保留银行营业机构。这样，县领导便专程来找冯天强"协商"。

冯天强颇感头痛，知道与县政府关系不和睦，必然影响到县支行的经营，甚至波及上级行的领导。

他猛地想到，十余年前，就是这个天缘县支行行长为了坚持业务政策，对不符合条件的贷款企业没注重工作方法，以自己是人财物"三权"在手的中直单位，和县政府顶起牛来。后来，县政府以不利于地方工作为理由，上告到市里，市里派出工作组，县委书记坚决地说："我们县这么多科长，都够行长资格，让谁来当都可以！"当得知从县里选行长，还得向省里申请指标时，县委书记不依不饶地说："要不将他撤职，要不将他调走！"没有办法，市行领导不能为一个小科长得罪县政府，遂将天缘支行行长撤职查办。

想到此，冯天强不由得打了一个寒战。虽然有些抱怨县领导参与银行经营，伸手太长，但从"执政为民"的角度来看，他们也算是好领导。

怎么办？冯天强陷入苦恼中，不办，上级不同意；办了，县政府不满意，进而市政府也不满意。他感到撤并营业网点有了"一刀切"的味道。这么多年工作，他体会到，我国的体制仍然存在"一管就死""一放就乱"的问题，没有"因地制宜"的政策。但转念一想，国家这么大，给每一省、市都分别制定政策，也搞不起呀！

怎么样才能解决这一矛盾，使得地方政府和上级行同时满意呢？他虽然苦思冥想，却仍没有想出结果来。

05. 撤网真空

这时，随着"咚咚"的敲门声，与冯天强刚喊出"请进"的同时走进来一个衣着得体、气宇轩昂的人。冯天强看来人似乎熟悉，但一时却想不起来他是谁。

来人上前热情地和冯天强握手，豪气地说："你好，冯天强行长。终于见到了你。"

"哦，"冯天强终于想起来了，"是汪达财董事长啊，客气什么呀？有什么事情，挂个电话不就得了。"

"哈哈。"汪达财大笑，"我不愿意正张出牌，属于'剑走偏锋'那类！"

"快请坐。"冯天强礼貌让道。

原来，冯天强到任时，主管金融的副市长葛来宾宴请他，只有七个人作陪，其中两位企业家，就有汪达财。后来经过了解得知，汪达财靠银行贷款起家，抓住机遇发展起来，成了当地有名的暴发户。其业务领域从单一的水果蔬菜经营扩大到了水果深加工，后来又涉足房地产领域，因此成为纳税大户和知名人士。

冯天强对汪达财产生成见，缘于一次接触。得知他的贷款转入了不良类之后，冯天强特意和杨天友到他们单位清收陈欠贷款。

汪达财态度好，文明礼貌用事，但对于还贷款，他却振振有词地质问："冯行长，这笔贷款不是你办的，你管那么多干什么？"

"后任就不管前任的事了吗？"冯天强有些生气地道。

汪达财强词夺理，耍着无赖地说："如果那么多贷款企业都将贷款还了，我也还。如果因为这笔贷款还不上，就撤你职，那我就是卖血也还上。现在还不到那种程度，你也让我享受享受国家的政策呗。况且，这些贷款已经和我脱钩了。"

从这件事后，冯天强对汪达财的印象变差，认为他是一个十足的无赖，是一个钻国家政策漏洞的高手。虽然在工作上对他有成见，但想到他来了就是客人，还得以礼相待。于是，冯天强让人沏茶倒水，与他寒暄起来。

"这么大的企业家光临，使我这蓬荜生辉呀！"冯天强揶揄道。

"别寒碜我了。"汪达财谦虚感慨地说，"多亏遇到好人。人生遇到了贵人，是缘分也是福分呀！"

"怎么讲？"冯天强好奇地问。

"其实也没有什么。"汪达财淡定地说，"当初，我贷款时是我同学章立国引见的，他姐夫张喜明担保的。是他们把我领上道的。"

"现在他们干什么呢？"冯天强接着问。

"张喜明已经退休了，在家颐养天年。"汪达财说，"章立国事业发展大了，将公司的总部设到北京去了，现在资产有了上亿元。"

听了他的话，冯天强有点心动。从这个穷山恶水的地方发家，能够达到资产上亿，真是不简单啊，说明章立国真有过人之处。他不禁对汪达财也高看了几眼。

冯天强给汪达财的水杯添上水说："老兄，你真有福呀！"

"你也不错呀。"汪达财大大咧咧地说。

冯天强叹了一口气说："我是为国家打工的，没有这份工作，就什么也不是。不像你，退休了还有事干。"

"以后你退休了，就到我这里休养吧。"汪达财颇为大方地说。

"你有这话我就高兴了。"冯天强客套地问，"老兄，有什么事需要我办的？"

"我是无事不登三宝殿呀。"汪达财开门见山地说，"我听说银行要撤并乡下的营业网点，有些空房子，我想收购。"

"干什么用？"冯天强问。心里说，你消息很灵通呀，真是会钻营。

"我想建立网点。"汪达财轻描淡写地说。

"真能闹。"冯天强说，"你的业务范围不在这里。"

"真的！"汪达财认真地说，"我想用房产拓展业务。我现在准备收购粮食，用这做仓库多好。"

冯天强一听就知道他说的是假话。他的营业触角不可能越走越低，发展到乡镇。一定是玩弄用房产抵押贷款的花招，要不然，不能买乡镇的房产。他不便当场揭穿，便入情入理地说："县政府领导刚走，特意嘱咐我，如果出让，他们优先。党的干部要懂政治，听从党的话。”

汪达财蛮有把握地说：“我和他们谈。”

这一阵子，冯天强的办公室像走马灯似的，汪达财刚走出门，在外等候的晋大伟就进来了。

“刚才进来的是汪达财吧？”晋大伟进来后不见外地问。

“你认识他？”冯天强反问道。

“原先在山阳支行贷款，我熟悉。”晋大伟答。

“人怎么样？”冯天强接着问。

“具体不太了解，”晋大伟略想了一下，说，“我知道他贷款后就不还了。”他不知道冯天强和汪达财是什么关系，所以没有直接进行坏的评价。其实他对汪达财印象是不好的，认为他为了目的不择手段。

“这小子是钻国家政策空子的高手。当初贷款时，营业执照的法人代表是用他媳妇的名字，现在离婚了，搞了一个金蝉脱壳。”冯天强摇摇脑袋说，“这样的人现在都发家了。”

“现在他的贷款怎么办？”晋大伟关切地问。

“我让信贷部门研究办法，全权处理。”冯天强叹了一口气，感到伤脑筋。

“现在他一般不轻易来银行了。”晋大伟想问他来干什么，又不好开口，只好换了一种口气间接地问。

“他想要收购咱们撤并的网点房产。”冯天强有些迷惑地说。

“他脑袋灵活，一定不是为了搞经营。”晋大伟肯定地说。

“那是干什么呢？”冯天强追问道。

“反正，他是不会在乡下做生意的！”晋大伟分析道。

“你细说一下。”冯天强鼓励道。

“现在，”晋大伟寻思一下子，“经过 WTO 谈判后五年的过渡保护期，银行业打破垄断限制，国家也降低了银行准入的门槛，各地的金融机构犹如雨后春笋般蓬勃发展，特别是邮政储蓄银行、农村信用社等，利用百姓所熟悉的优越性，以跑马占地的方式拓展业务，乡镇是他们挺进的主要方向。”

"我明白了，他想收购后转让给他们。"冯天强感慨地说，"商人的脑袋就是好用。"

"我听说天缘县政府对我们撤并营业网点有顾虑，担心没有为农民服务的金融机构了。"晋大伟看到冯天强点头认可，便继续说，"得知大田银行要撤并营业网点，邮政储蓄银行和农村信用合作社同时想收购银行撤并后的营业场所。我估计汪达财是想利用这个机会，收购我们的营业网点后，转手用竞价的方式倒卖给他们，从中渔利。"

听罢晋大伟的分析，冯天强心中豁然开朗，也一下子打开了他的思路。

冯天强笑着说："虽然我们的网点撤并了，但我们把原网点转让给这两家金融机构之一，不影响农民对金融的需求，政府也能满意，自己也能向上级交差。如果私自将这些网点处理给汪达财，汪达财从中渔利，则容易引起不必要的猜疑，还以为我们以权谋私呢。"

"多亏你提示。"冯天强赞许晋大伟，接着说，"如果汪达财的阴谋得逞，咱们多么被动呀！"

冯天强决定，让农村信用社来弥补撤并网点后的真空。

06. 减员增效

冯天强是一个对工作很负责的人，也是一个疾恶如仇的人。他敢说敢管，有所担当，认真执行上级的政策方针，这也是省行派他到滨江银行工作的主要原因。

经过权衡，向上级请示后，冯天强将银行在外县撤并的所有营业场所转让给了农村信用社。这样，对天缘县政府也有了交代。

原先，农村信用社和大田银行合署办公，算是一家人，后来因为改革的需要彼此分开了，现在它们之间有着千丝万缕的联系。农村信用社已经被广大农民所熟悉，虽然邮政储蓄银行也想进入，但由于营业场所的问题，错过了发展的最佳时机。

完成了"简政"之后，随之而来的，还有一个更令人头痛的问题是"精兵"。

接下来是如何安置撤并后营业网点的职工，这个问题，让冯天强颇费脑筋。

没有"庙"（机构）的这些"和尚"（职工），在银行工作多年了，由于银行是"条条"管理，加上以前银行在招干上采取了优先照顾职工家属的政策，银行员工"近亲繁殖"现象比较严重。不能说每一个职工都有背景，但相当部分职工都有所"依靠"。

省行对于这一批下岗人员安排有两种方案：

一是撤并后，可以安排到附近的银行网点工作。可是这些乡下的职工，家在乡下，安排到县里工作，来回上下班太不方便了。即使有个别人同意到县里工作，还得安排住宿。再加上银行改革实行按营业网点单独核算，新来的人，势必影响当地支行的核算，况且，银行这么多年来的历史积淀，形成机构臃肿、人员冗杂，县支行领导也不愿意接收这些人，千方百计地劝冯天强别往他们那里安排人。县行的领导是一方"诸侯"，有实力，也是冯天强依靠的力量。冯天强也愿意帮助县行领导解决问题，进而增加凝聚力。他说到做到，真的没有硬往县支行安排下岗人员。

二是给予优惠政策，鼓励员工进行"买断"身份和"内退"。虽然银行的"买断"身份价格比当地平均水平高出数倍，可大家认为"买断"了工作，没有了银行这棵大树靠着，心中没底。何况"买断"之后，钱一花就没了，所以除了家中有生意需要人手，或者的确着急需要钱的人外，事实上，"买断"身份的人不多。

如此一来，安置"内退"人员成了唯一出路，那就是鼓励下岗后的人员自愿报名参加"内退"。冯天强拿到统计情况表，一看同意内退的人员不到计划的三分之一，他着急了。这项任务完不成，自己这行长就是不称职的。于是他想到了晋大伟，想听听他的意见。

晋大伟来到了冯天强的办公室后，冯天强热情礼貌地让座，晋大伟感到了特别的温暖。他猜想，冯天强肯定是遇到了什么难事，要不他很少对下级这样客气。

"关于撤并后营业网点的人员安置问题，我想听一下你的高见。"冯天强虚心地说。

看到冯天强礼贤下士的姿态，晋大伟立马有了解决问题的渴望。他清楚地知道，现在冯天强在下岗人员上遇到了难题。在银行工作，风吹不着雨淋不到，安稳的工作环境，拿着优厚的待遇，换位思考，谁愿意回家呢？

他寻思了一会儿，计上心来，说："我们可不可以将'内退'的范围扩大到所有的员工？"

冯天强听罢，眼睛一亮，说："恐怕也没有那么多的人参加。"

"咱们可以提高待遇。"看着冯天强屏息谛听的样子，晋大伟滔滔不绝，"现在省行给'内退'的人员涨一级工资，我看力度不够，诱惑力不强。我们从现有的职工绩效工资扣出一部分，发给'内退'人员，可以连涨三级。或者给一部分补贴。反正是羊毛出在羊身上，我们也没有向上级要一分钱。我们是自费改革，省行知道后也应该满意，员工知道了，也会理解的。"

冯天强听后，感到这是一个办法，暗自佩服。不过，他仍有顾虑地问："如果这样还没有吸引力和诱惑力呢？"

"我们可以采取示范呀。"晋大伟说。

"那看你的了。"冯天强沉默片刻，嘱咐道，"要注意工作的方式方法，别让人抓住把柄。"

"我一定努力。"晋大伟点头。

"这件事处理好之后，我会对你有所交代。"冯天强意味深长地说。

晋大伟从冯天强办公室出来之后，很是兴奋，他感到了冯天强对自己的依赖和信任。当他回到办公室认真研究减员"内退"步骤时，却感到了一丝害怕。他想，这件事办好了，成绩当然是冯天强的，自己只是幕后英雄，冯天强对自己的承诺是什么？奖金？不可能，那只能是提干了。但提干这件事，冯天强只有建议权，决定权在省行。冯天强是暂时的安慰还是真心的表述，只有天知道。如果这件事办砸了，自己就成替罪羊了。怎么办？他权衡着，不管后果如何，自己必须将工作干得无可挑剔，让大家接受，冯天强满意。

经过思索之后，晋大伟开始工作了。他先召开了部室工作会议。这次会议的参与人员是空前的。晋大伟先讲了"内退"的重要性及意义，然后动员部室员工献计献策，并学习冯天强的做法，意味深长地说："这项工作做不好，我们将在省行失去信任。这件事是对我们工作能力的检验，也是今后成绩之一，虽然行领导不能给我们下达任务，我不能给大家下达劝说员工'内退'的指标，但大家的工作，我是有数的，行领导也是有数的，所以，我们必须完成任务！"

人事科的人员都是经过千挑百选、经过考验、领导信任的人。他们积极响应晋大伟的号召，努力想办法，认真工作。先易后难，先找到两个写申请的人进行个别鼓励谈话："你们体谅单位的难处，也算是为单位做了贡献。其实，'内退'也是一个不错的选择，自己在家做买卖，或在别人那里干点什么，总比靠银行的死工资强。"

谈话完毕，就让他俩去做其他观望犹豫的人的工作，并许诺，你们还是银行的人，以后有什么困难尽管来找我们。

晋大伟亲自苦口婆心做了职工的思想工作，并信誓旦旦地说："这是一个机会，过了这个村，没有这个店了。如果我有买卖，我就'内退'。多好呀！工资连涨三级，不上班，工资也不少。"

与此同时，晋大伟在冯天强的支持下，开展了强大的舆论宣传攻势，也进行了示范性的工作。滨江分行"减员增效"工作显著，有15%的职工"内退"，达到了"减员增效"的目标。因是"自费改革"，没有向上伸手要线，省行很满意。这项工作走在了全省前列，被省行认可并加以推广。

对于稀释不良贷款，滨江分行也做得很好，原因是本地的其他金融机构因为正在进行股份制改革，严格控制贷款的上升，每发放一笔贷款都要经过省行审批，这样，增加了放款的难度。而大田银行的贷款审批权虽然也上收了，但力度不大，将县支行的放款权收到市行，这样，客户需要贷款的难度相对较小，这也成了大田银行工作的闪光点。

贷款派生出来的存款、中间业务等蓬勃发展，一时间也显得繁荣昌盛，形势一片大好。

光阴似箭，日月如梭，眨眼冯天强到滨江银行近两年了。

"减员增效"和稀释不良贷款工作表现卓著，冯天强俨然成了一个改革的先行者，被省行认可，他在省行的信任度增加了。

不过，虽然他努力工作，也为职工谋取了利益，得到绝大部分职工的拥戴，但也损害了一部分人的利益。比如临近退居二线年龄的当权者，因为冯天强要求不满一届的不可参加竞聘并退出领导岗位，比如有些"内退"人员，原来冯天强怕他们反悔、要求参加"内退"人员写申请。"内退"的人员回家之后，一些人无所事事，后悔了。一些人则因为拿到的工资没有预想的多，也后悔了——虽然是涨了三级工资，但没有绩效和岗位工资，这两项占了原来工资的一半多。他们认为自己被冯天强愚弄了，找到冯天强要反悔。

怎么可能还让他们上班呢？冯天强动了好大的心思才动员他们回了家。对于一般关系的人员，冯天强坚决地说："申请是你们自己写的，已经报到省行了，怎么反悔？"对于个别有背景的人要求"归队"，冯天强富有情感地说："按道理，我应该帮助你，咱们个人关系不错，但权力在省行，省行不可能因为你一个人的事而改变政策。"

这样，想归队的人碰了软钉子。于是，有的人就躲在暗处放冷枪。

有告状信到了省行。省行监察部门将告状信拿给省行行长商成良，商成良一看，都是似是而非的鸡毛蒜皮小事，便指示有关人员去滨江了解情况后，在适当的场合告诉职工，没有充分的证据，不要捕风捉影地告状，以后，这类告状信不受理。好在有省行行长商成良的坚定支持，告状的事，也逐渐销声匿迹了。

冯天强对于职工告状的事耿耿于怀，到省行时，专门向商成良表示："我有些委屈，我行得正，光明磊落，不怕别人放冷枪。大部分职工是认同我的，我不想当改革的牺牲品。”

　　商成良说了一些安抚的话，表示省行坚决支持他的工作，并且告诉他：“其实，群众的选票够半数就可以了，不必挂在心上。”

07. 以怨报德

一个休息日早晨，杨天友起来得早，爱人李伟萍出差未回来，自己也不愿意做饭，洗漱完毕后，便走出家门，在江边遛弯。他正好遇到了张玉平，双方热情地打招呼，然后来到了江边相对寂静的堤岸上坐着，沐浴着阳光，眺望着江水，闲聊着，心情无比爽朗。

原来，张玉平在山阳支行的贷款虽然不是杨天友经手，但杨天友人性化的管理让他佩服得五体投地。贷款到期后，张玉平一直没有偿还，杨天友带领信贷人员去清收贷款，正好赶上他爷爷去世。杨天友随机应变地说是来吊唁的，并奉上奠仪金，让他非常感动。其实算来，张玉平和王佳英及杨天友都是小学同学，初中也在一个学校，算是校友关系。因为学校人太多，学生时期，彼此并不相识。

坐在江堤上，张玉平话锋一转，话中有话地问："你说王佳英这个人怎么样？"

杨天友一时不知如何答复，便实事求是地说："还行。现在我们没有以前走动那么勤了。"

"为什么？"张玉平问。

杨天友犹豫了一下说："现在工作都忙呗。"

"别替他说好话了，王佳英办事很不讲究，他请谁吃过一顿饭？"张玉平愤愤地说。

"不就是一顿饭嘛。"杨天友轻松地说。

"汪达财母亲下世了，通知他了，他不去，你如何解释？"张玉平严肃地问。

"家里困难吧？缺钱吧？"杨天友不知道他的葫芦里卖的是什么药，替王佳英遮掩道。

"谁家没有困难？钱对谁来说都是不够的！"张玉平正色地说，"是感情、爱心、大节的问题。平时吃饭你不花钱，可以理解，婚丧嫁娶是一家的大事，这时你不献爱心，什么时候献？再说了，王佳英家有什么事，比如岳父岳母去世了，汪达财都到场了。王佳英利用国家给的位置高高在上，他不是一个可以换心的人。"

"你说的有道理。"杨天友认同道。

"他品质有问题，离他远些！"张玉平看了一下四周说，"他要打你呢！"

杨天友听罢一愣，转而"嘿嘿"笑道："不可能。我没有说过对不起他的话，没做过对不起他的事。"

"呆子。"张玉平诡异一笑，"王佳英这个人很一般。帮助他做事，他没有什么报答你的，甚至将好处独吞，没有办法交代，就以怨报德！"

"讲一下。"杨天友饶有兴趣地问。

张玉平兴致勃勃地说："那天同学聚会，你到外地出差没有参加。同学们谈到了你，王佳英说，请你吃饭，你往他媳妇身上倒酒，和她耍流氓，所以想打你！"

"嘿嘿，和她耍流氓？"杨天友哂笑着，心里说，我看着她都恶心，一点感觉都没有，白送给我，我都不要，何谈耍流氓？为了怕过深伤害王佳英，便说："人和人是有感情的，没有感情基础的耍流氓，畜生不如！"

"那是怎么回事？"张玉平疑惑，紧追不舍，"往他媳妇身上倒酒，是开玩笑，王佳英为何仇恨你？"

原来，那还是杨天友在山阳支行的事。在王佳英的极力要求下，杨天友缓收了一下明天集团账户内的不良贷款。

明天集团系章立国下属的企业，由于章立国公司要改制，银行要求必须承担贷款。这样，明天公司承担了章立国公司的银行贷款。由于明天公司出纳员是新来的，业务不太熟悉，也由于会计疏忽，销货款转入了山阳支行的账户，杨天友要扣收其贷款，让于仲龙做手续。恰巧章立国到银行办事，得知划错款的事，随即找到了王佳英，想通过他来阻止杨天友扣收贷款。

王佳英立马给杨天友挂电话，杨天友明确告诉王佳英，如果不能还款的话，自己就被动了。王佳英信誓旦旦表示，该企业一定能偿还。这样，杨天友让会计进行了冲账，满足了王佳英的要求。

明天集团为了以后业务往来方便，找杨天友吃饭，杨天友不去。后来该企业找到了王佳英，王佳英软磨硬泡，将杨天友哄上了餐桌。王佳英带了媳妇于丽琴赴宴。于丽琴长了一副无盐似的面孔，却是一个母夜叉式的人物，王佳英十分惧怕她。于丽琴的父亲原是市公安局局长，王佳英家境窘迫，大学毕业后被分配到工厂当技术员，工作又苦又累。看到被分配到了机关事业部门上班的同学悠然自得，又有社会地位，他很羡慕。他想攀上高枝，改变自己的命运，于是，断绝了与初恋的关系，与于丽琴恋爱，直至结婚。这样，王佳英从工厂过渡到公安局，然后被借调到法制委，入编提干。为此，王佳英十分感激于丽琴，又因为自己的一切是岳父带来的，因而总是本能地有些惧怕她。

酒宴气氛逐渐融洽，在酒桌上一聊，杨天友想起了他和于丽琴是小时候的邻居，两人距离又近了一步。喝酒时，于丽琴颇为矜持，杨天友依仗儿时的邻居关系，说你要是不喝，我就给你倒兜里。于丽琴笑嘻嘻地叫道："你倒吧，正好我要体会一下。"

杨天友在酒桌上面子过不去，于是往她的手包滴入了两滴白酒。当时包括王佳英在内，谁也没有反应，都一笑了之。

后来杨天友找明天集团要求偿还贷款，明天集团不还款，并耍无赖说："贷款也不是你放的，王佳英说了，以后有钱再还呗！"

杨天友为此气得够呛，心里说，你叫我坐蜡呀？真是无赖加骗子，本想找王佳英去理论，一考虑，那样关系不就僵了吗？贷款更没有希望收回了，于是强压怒火，让明天集团写了还款计划。之后，他就有意疏远了王佳英。

杨天友疑惑，自己没少帮王佳英的忙，他为什么还要在同学聚会上侮辱自己？难道是人们所说的"一碗米养了一个恩人，一斗米养了一个仇人"的道理应验了吗？是自己帮助他太多了吗？

杨天友突然明白了，王佳英是以小人之心度君子之腹，怕杨天友说他办事不讲究而采取的"恶人先告状"的伎俩。他压住了心中的怒火，不露声色地问："王佳英帮助你联系过贷款啊。"意思说，人家帮助你了，你为什么讲人家的不好？

张玉平显然明白杨天友的意思，他愤愤地说："那是两回事！你也知道，我是不差事的人，不会让他白白帮助！他这个人很黑！"

"怎么个黑法？"杨天友有意试探他，"王佳英帮助你联系贷款，向你要多少钱？"

"没有要钱！"张玉平赶紧摇头否认，"但，他为人很不地道！"

听罢他的话，杨天友笑了笑，点点头。

"怎么个不地道法？"杨天友不依不饶追问道。

"唉。"张玉平长叹了一口气，摇摇头，"就是感觉不好！"

这时太阳中升，阳光照在江面，碧波粼粼，光点闪烁。杨天友站起来，伸了一个懒腰，打了一个哈欠，说："你没有事吧？"

"没有事！有什么指示？"张玉平问。

"我有点饿了。听说有一个新餐馆包子卖得很好。"杨天友说。

通过刚才的谈话，杨天友很高兴张玉平向自己提供的信息，也更加了解了他的为人，靠得住。他清楚，王佳英是无利不起早的人，没有利益，他怎么会帮张玉平贷款？

杨天友和张玉平一同向新开张的餐馆走去。

08. 维持会长

冯天强到滨江上任前，商成良就嘱咐他：滨江这个地方由于历史的原因，关系错综复杂，交织在一起，要大胆工作，不要怕得罪人，要压制邪气，扶持正气。冯天强不辜负自己的希望，工作中因为减员增效、撤并机构，损害了一些人的利益，也就得罪了很多人，商成良也断断续续接到一些告状信，捕风捉影地反映冯天强很多事。商成良渐渐地为冯天强担心起来。

这天，商成良到总行汇报工作之后，总行行长向前进问，深圳银行缺一位行长，你看谁可胜任？商成良一想，自己已经干满一任半了，向前进有调自己走的意思。回来之后，商成良马上做了调走的准备。他放不下冯天强，他知道冯天强为了自己的嘱托，已经超额完成各项工作任务。自己走了之后，冯天强的日子不一定好过，一些利益受损的人和省行有着千丝万缕的联系，这些人说不定会给冯天强下绊子。

明枪好挡，暗箭难防呀。冯天强年轻，有才能，放下不管，商成良于心不忍。于是，他要求冯天强到省行汇报工作，借此谈一下自己的想法。

冯天强知道商成良要走的消息之后，说："虽然我热爱滨江，我也愿意为滨江做贡献，但我也深知，没有领导的信任和支持，我的工作一定不会顺利进行，所以我想，在你离开省行之前，请给我安排一个恰当的位置。"

商成良一想，冯天强言之有理，他的要求和自己的想法吻合，便问："你为咱们单位做出了贡献，是有功之人，你有什么要求？"

冯天强看到商成良真诚的表情，认为是心里话，想了一下，大胆地说："能否把晋大伟提拔起来？"

"为什么？"

"这个人有能力，有方法琢磨事情，是一个做事业的人。"

不等商成良问，冯天强就将晋大伟这些年协助他工作的种种情况介绍了一遍。

听罢冯天强的解释，商成良感慨地说："干事业就需要有一种知难而进的精神，这样，我们的事业就会从胜利走向胜利。"

没过几天，省行的竞聘方案下来了，晋大伟在入选范围内。经过报名、考试、考核等程序，晋大伟入围了。他被调到一个相对偏僻的地级市任副行长，冯天强长吁了一口气。

不久，冯天强也被调回省行信贷一处任处长。省行从外地市调来了一位叫水尚山的行长接替冯天强。接着，商成良被调到深圳银行任行长。

水尚山接任冯天强后，了解到滨江地区银行关系错综繁杂，感到很苦恼。他对自己从经济相对好一些的地市调到经济相对落后的滨江市十分不满，认为是商成良在难为他。滨江银行效益不好，自己的收入也跟着减少，活动空间也受到限制。

来到滨江之前，水尚山就认真考虑到，自己没有前进的步伐了，想着自己的退路，那就是必须有经济实力。于是，他做出了"现得利"的经营方针和策略。

他也知道管理好滨江分行要费脑筋。为了工作，必须有权威，为了维系自己的尊严和威严，他采取了"亲近领导，疏远群众"，力走上层路线的策略，积极主动地与地方有权部门联系，讨好上级。尽量少与群众接触联系，职工大会尽量不参加，和中层干部没有事也不接触，以增加自己的神秘感。到了年终，工会组织的职工联欢会被他取消了，这让一些做了充分功课了为了亮相的年轻员工大为不满。为了避免和群众正面接触，他不乘坐电梯，掐着上班时间自己爬八楼，名曰锻炼身体。

与此同时，他还大兴土木建设，将刚装修不到四年的办公楼又重新进行高档装修，与装修同步购买的桌椅又廉价"卖掉"重新购置。广大职工干部对于他的败家行为痛心疾首，但一时也没有办法。

他上任后，职工的福利待遇没有提高，反而下降了，工资每月减少。更有甚者，他胆大妄为，将省行给员工发放的医药费，让职工去购买发票进行报销，然后以扣个人所得税的名义截留，成为职工诟病的话题。

引起员工上告的主要原因，是他用欺骗的手段，严重侵害了员工利益。原来，水尚山来了之后要调动基层员工的积极性，年初制定鼓励吸收存款的政策，员工吸收的存款和效益挂钩，这样，有的员工吸收的存款多，按照政策也能得到很多奖金。到年末，他一看有的员工吸收存款得到的奖金比工资还高，眼红了，便以各种理由没有兑现奖金。员工为单位揽储存款没有挣着钱反而因预先支付的前期费用还亏了钱，甚感生气。于是员工纷纷通过各种渠道，采用各种方式向省行告状。省行调查之后，也感到水尚山做得不妥，经过两年多的时间，他灰溜溜地滚蛋了。

滨江地区经济相对落后。人们说，穷乡僻壤出刁民，告状的人总是连续不断，如何选派一个能治理滨江、改变精神面貌的人？省行新任行长马平原也确实费了脑筋。就地提拔，不行，因为这些副行长关系盘根错节，犬牙交错，上台之后，不可能安心工作。想到"外来的和尚好念经"，于是，首先在省行机关筛选。省行机关的人员对滨江地区很了解，知道那是一个旋涡之地，到那里工作弄不好会拔不出腿来。听到了风声，没有等到找其谈话，有的人就先找到行长，谈家庭困难，父母身体不好，需要照顾，谈自己身体不好，需要行里帮助解决医药费，等等，给马平原以自己不适合基层工作的印象。

马平原一看，如果硬派他们下去，对工作一定不利，于是选派了外地市行资格较老的行长尤风军来到滨江银行接任水尚山。

尤风军到任之后，吸取了前任的经验教训，对职工采取安抚政策，化解各类矛盾。虽然有的中层干部用着不顺手，但没什么错误也不拿下。他知道要从根本上改变这里人的精神面貌，必须重打锣鼓另开张。尤风军清楚地认识到，自己已经过了知天命之年，仕途上再进步是没有可能了，要想彻底解决历史留下来的问题也是不可能的。他的指导思想是不求有功，但求无过。工作上不要求进取，但绝不允许落后。他在中层干部会议上，声情并茂地说："我们在一起工作是缘分，我对大家的要求是，工作一定要说得过去，这样，你好，我好，大家都好。如果工作上不去，被上级问责，那就谁出问题谁下台……"

从此，他就开始充当"维持会长"的角色。一时间，滨江分行风平浪静。

09. 竞聘策划

尤风军上台的第二年，就搞了中层干部的竞聘工作。当了一年的"维持会长"，他基本摸清了员工的底细，将员工分为不同的类型。对于不同类型的人，采用不同的对待方式。

一天，杨天友到尤风军办公室找他给贷款审查材料签字。签字之后，尤风军指着办公桌对面的椅子示意他坐下，和颜悦色地问："你说，咱们边放贷款边出现不良贷款，是怎么回事？"

杨天友略为想了一下回答："这不光是咱们的事，主要是市场游戏规则不规范和我国的信用环境差所致，也是我们的贷款政策有缺陷，对出现不良贷款的责任人追究不力造成的。"

"这么多不良贷款，以后应该怎么办？"

"我看必须进行第二次剥离！"

"可是上次剥离时，总行已经强调不搞第二次剥离了。"

看到尤风军与自己促膝谈心，像朋友一样，杨天友大胆地说："任何事情都要符合客观规律的。这个政策必须要改，否则，我们就不能进行下一步的股份制改革。"

"是呀！"尤风军感慨地说，"如果不进行贷款第二次剥离，畜品厂的贷款就是我行的大包袱。"

"我们党就是在不断修正自己的不足基础上茁壮成长的！"杨天友自信地说。

"我们的银行改革付出的成本太大了。"尤风军惋惜地说。

"坏事也可以变成好事。"杨天友轻松地说。

"银行损失了那么多的贷款，怎么能变成好事？"尤风军饶有兴趣地问。

"凡事都有利有弊。"杨天友略加思考，突来灵感，"银行不付出代价，怎么能获得知识经验，从而建立完善的业务制度？"

尤风军看着杨天友能从"坏事"中看到光明，感到他有大胸怀，满意地点点头。片刻之后，他话锋一转，突然发问："咱们单位的情况怎么样？"

听到他的问话，杨天友感到尤风军似乎真的拿自己不当外人了。于是，他率直地说："咱们单位的人员惰性太强，帮派体系太强大，似乎有一只大网在阻止正气上升。"

"具体谈一下。"尤风军鼓励道。

"具体也谈不太好。"杨天友犹豫了一下说，"我感觉自从薄平高上台之后，行里的风气就变了，人心不古，世风日下。"

"你说怎么办好？"尤风军问道。

"换血。"杨天友信心十足地说，"将副行长全部轮换，这样，才能从根本上扭转当前的局面。"

"你说的有道理。"尤风军思索了片刻，缓缓地说，"咱们银行的体制是历史形成的，不是一朝一夕能解决的。可能没等我解决这个问题，我就被赶下台了。"

看到尤风军有些伤感的样子，杨天友对他的同情油然而生，问："您看怎么办好？"

"我正在考虑。"尤风军脱口而出。

"好事应该快办！"杨天友道。

尤风军望着他，感慨地说："杨天友，你很有思想，很有水平，可是你进步太慢了。按照徐科的关系来说，你应该早就进步了。"

"这个问题我也思考过了。"杨天友感叹地说，"徐科在位时，我没有想过，徐科也没有时间替我想。也主要是因为我个性太强了吧！"

看到尤风军屏息谛听的样子，杨天友接着说："您来了之后，我看到了希望，希望您多帮助我。"

"这主要在于你。"尤风军将皮球踢给杨天友，"现在，提倡执行力，谁不执行上级政策谁下台。过一阵子咱们要搞竞聘，你要是能入围，我就好办了。"

"那得为我量身定做呀！"杨天友苦笑着说。

"怎么个量身定做法？"尤风军不解地问。

杨天友说："刚实行竞聘时，行里拟选用十八个干部，且先公布每人选报的职位。每个人只能选十八人。这样，信贷科有八人参与，结果，全军覆没。第二次竞聘，采取先进行资格选举的办法，每个人随意画票，没有限制，这样，就有很多人入围了。这一次，能否考虑从全辖职工中选代表，也采用每人随意画票的方式，这样，参加竞聘的人员基本都能顺利入围。"

"其实，竞聘是政府机关的事，我们是企业，能为企业创造价值的人，且没有什么原则问题的人，作为领导就应该大胆起用。我认为，企业没有必要参考政府机关的做法。"尤风军有感而发，"虽然我对这个做法有意见，但也必须按照上级的竞聘方案执行呀。"

"如果是个人的企业，我想就不会有这些事了。"杨天友附和道。

"端谁的饭碗，就得听谁的。"尤风军认真地说，"执行党的政策不光是党性问题，也是人的问题，我们是党的工具，必须听党指挥。"

"必需的。"杨天友顺着说。

"唉。"尤风军想了一下，嘱咐道，"今天纯属我们私人谈话，内容千万别泄露出去！"

"这个素质，我应该是有的。"杨天友为了加深尤风军对自己的印象，说，"如果我是一个漏风嘴，谁还信任我？"

他们今天谈的很多，杨天友感觉很开心。尤风军也深受启发，他想起了一位伟人的话，人民的智慧是无穷的。高手在民间，杨天友就是这类人呀！

这时，办公室主任敲门进来了。杨天友看到目的达到了，有了意外的收获，心里十分满足，借故离开了尤风军的办公室。

出来时，他的心情好多了。

杨天友很幸运是"三行"式干部，即自己行、有人说你行、而且说你行的人行。这个说杨天友行的人就是尤风军。尤风军和杨天友谈话之后，经过几件事的考察，他对杨天友非常满意，脑海中形成了杨天友必须是信贷部门总经理的印象。经过细心琢磨之后，尤风军接受了杨天友从全辖职工中选代表、采用代表随意画票的建议。由于选出的代表对各选举人情况不尽了解，这样立场不稳，很容易被塑造。

建议形成竞聘方案，上报省行。按照规定，上报文件在七个工作日未答复，视同认可。这样，滨江分行就实施了竞聘方案。在第一轮海选投票前，尤风军作了激情洋溢的"大家对得起良心,对得起选票"的发言,端正了大部分摇摆代表的立场,从个人感情出发的选票相对少了一些。不出所料,第一轮海选,报名参加的竞聘人员基本都入围了。这样,形成了皆大欢喜的局面,也为第二轮领导变相的决定奠定了基础。

在竞聘前,一些参加竞聘的人员采取超常规的措施,有人通过关系宴请联络感情,有的人托人向尤风军传话许愿。这些传话的人大都有着各种背景,要么是地方官员,要么是省行掌握重要资源的领导。尤风军有点招架不住的感觉,心里盘算着,如果都按照他们的"举荐",自己怕是到了退休年龄也办不完。他毕竟混迹职场几十年,有着丰富的应对经验。尤风军和他们打起了"太极",对传话的人虚与委蛇,打好预防针,心中的相对公平、公正原则没有动摇。

早在竞聘方案上报省行以前,尤风军就在相关会议上阐述了信贷部门的重要性,表扬了信贷部门,说其在省行检查中没有发现大问题,受到省行的肯定。在职场久混的人,都能听懂尤风军的话外音,信贷部门没有出问题,杨天友是副总经理,他必然是胜任的。进入第二轮投票,杨天友终于脱颖而出,如愿以偿,当上了信贷部门总经理。

调到外地任纪检书记的赖禄清,知道杨天友竞聘成功后,特意给他挂电话表示祝贺。

一晃一年多又过去了。滨江分行员工的精神面貌刚有些好转,尤风军又因为家庭的原因向省行申请,要回到省行工作。

新来的行长李立君,原来是滨江的一个县支行行长,后来被选派到外地市当副行长、行长。由于他在滨江银行工作过,了解滨江地区的情况,省行又将他调回来主持工作。李立君上台后,采取"稳定"的策略。对外,积极开展"友好外交",着重和政府搞好关系;对内,采取怀柔安抚政策。一时间,也是风平浪静。

第六章　内外矛盾

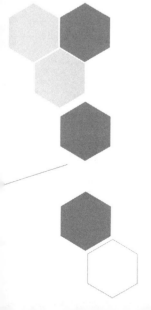

01. 后院起火

这一段时间，杨天友感觉和李伟萍之间很难沟通了。不知道从什么时候开始，也不知道因为什么，他们之间的矛盾骤然升起，"战争"不断。李伟萍的脾气突然变得很不好，常常找事，经常为一点小事发难。杨天友说什么李伟萍也不信，怎么做也得不到她的认可。杨天友为此很苦恼。

孩子上初中了，很懂事，主动要求到爷爷奶奶家住几天。

一个休息日的早上，杨天友做好了饭菜，轻轻走到床边，用纸片撩动李伟萍的眉毛，促使她睁开双眼。她抬头看了一下墙上的挂钟，没有好气地说："好容易挨到休息日，想睡一个懒觉都不成。"

"快起来吧，都尿床了，该换一下褥子了。"杨天友开着玩笑，将她扶起，顺手给她递过一杯温开水，并把药片送到她口中。这几天她患了感冒，杨天友一直在照顾着她。

她吃完药，用一种怪怪的眼神看了杨天友一眼，不情愿地穿上衣服下床了。

"今天的饭菜合乎口味，说明你认真做了。"她夹了一口菜边吃边说。

"哪天我都是认真做。"他不满意地回应道。心里说，你不做饭，还挑食。真是光腚撵狼，胆大不害臊呀！

"这一阵子，你做饭就是在糊弄。"她不依不饶，较真儿地说。

前一阵子徐科有病，他俩到省城看望了徐科，昨天下午在坐车从省城返回途中，看到高速公路中间用又宽又厚的铁柱设置的隔离带，她突发奇想地问："为什么用又宽又厚的铁柱当作隔离带？"

"第一是安全，第二个嘛，"他卖乖地问，"你猜猜看？"

"没有什么，我看就是浪费！"她不屑一顾地说。

"这就是你的眼光不行了。"杨天友以教授的姿态说，"这是国家战略物资的储备。在战争时，将宽厚的铁柱取出，就是现成的钢铁。隔离带撤走之后用水泥填平，就是简易的飞机跑道。"

"你真有想象力呀。"她不以为然地说，"钢材储备放在仓库不是更好吗?"

"放在仓库还得保管，也容易生锈。"杨天友解释道。

"行了，你说什么都是对的。"她不耐烦地说。

杨天友愤愤地看了她一眼不吱声了。他感觉这一段时间，她不知道为什么总和自己唱对台戏。

想到昨天下午的争论，杨天友就气不打一处来，没有好声地说:"干工作有罪，相反，什么也不干，还有人挑事。看样子，哪个单位都有这样的人呀!"

"杨天友，你做点饭，就抱屈了? 这个家什么不是我支撑的?!"她声音有些变调了，"没有我们的帮助，你能进步得这么快吗?!"

她的话，刺到了他的痛处。当初省行要借调他去工作，是徐科为了让杨天友照顾着家，搞了小动作，没让他去成，让别人顶替了他。这个人现在已经当上了处长，杨天友为此耿耿于怀。

想到此，杨天友的气更不打一处来，他放下筷子:"徐科是帮助了我，但，没有徐科我也能吃饱饭。再说了，没有他，我说不定也能当处长呢。衙门大，起点高，提干多么方便呀! 是他阻止了我到省行工作。"

"你知足吧! 你要去了省行，说不定栽了多少跟头呢!"她站了起来，高傲地大声说道。

"你现在变了，变得不讲理了。"杨天友气愤地问，"你说说，我有什么问题，让你总找我毛病?"

"你在外边像一个人，回家却当鬼! 你在外面显大包，大把大把地花冤枉钱，给家里花点钱你还精打细算。"她不讲理了，胡搅蛮缠道。

"你真不可理喻!"杨天友气冲脑门，站了起来。

"我怎么了?"她发怒道。

"你现在变了，变得不是人了。"杨天友气恼地道。

"难道，我一点好处都没有?"她纠缠着。

"你好好反省吧!"他愤怒地走出饭厅，扔下了一句话，迅速穿上衣服。

"你上哪去?"她声嘶力竭地问。

"我出去反省！"杨天友边穿鞋边回答着。

"你死到外面才好。"她恶狠狠地骂道。

"你这个变态女人！"杨天友说罢，摔门而出。

　　杨天友悻悻地走出了家门。外面的蒙蒙细雨，为他清洗了心中的苦恼，冲淡了他气愤的心绪。他踽踽独行在风雨中。

　　他思考着，这一段时间为什么总是矛盾不断？他检讨自己的所作所为，并没有什么越格之事呀。她那句"你在外面显大包，大把大把地花冤枉钱，给家里花点钱你还精打细算"的话一直萦绕在他的脑海中。他认真琢磨她的话语，难道在外面和同学朋友交往，花钱就是"显大包"？自己只是给自己买衣服时有些不舍得，难道这也是错了吗？和她吵架、干仗，就是因为钱吗？他想到，自己的工资这一段时间是没有往家里缴纳过，难道她就是因为没有上缴工资而和自己发生"战争"吗？如果不是，还有什么原因呢？

　　他感叹道，现在的人现实了。适应现实并没有错。市场经济条件下，人们对金钱的追求，客观上也是促进社会进步发展的动力。这和追求虚无缥缈的乌托邦理想相比也是一种进步。

　　他不由得发出感慨，难道市场经济就只是为了钱，抹杀了人性？人和人的关系就是赤裸裸的金钱关系，还不如同类动物共同分享猎物的相互帮助相互合作关系。这和不同类动物之间为了争食而相互撕咬有什么本质区别？人和人之间就不存在着友谊、感情了吗?！维系夫妻关系的纽带也只是金钱了吗？人生活在金钱社会，又怎么能离开金钱呢？

　　细雨仍无情地降落。早晨的街道上没有几个人在行走，偶尔有人走过也是打着雨伞，杨天友快步行走，显得有些凄凉。这时，他看到雨中有一对依偎的恋人，且行且喁喁细语，他不禁想起他和李伟萍恋爱时以及初婚后的情景，那时候，两人是相亲相爱的。

　　寒冬的北国，大雪飘飘之后，大地一片银装素裹，马路上人流稀少，特别是在边远的郊外，很少见到人影。他和李伟萍，手牵着手，一边欣赏美丽的雪景，一边往自己的家走去。进入家中，两人干柴遇烈火，激情燃烧。

战场硝烟散尽后，他抚摸着李伟萍的胴体，说："我们要成为一生的伴侣！"

"不嘛，"李伟萍撒娇，开玩笑地说，"我们可以签订二十年的结婚合同，过了二十年，我们就解散！"

"什么？"他用诧异的目光盯着她。

"你生气了？"她的眼里噙着泪水，委屈地说，"我是和你开玩笑呢，你别生气好吗？"

"以后再不许开这种玩笑！有时候话说不定就成谶语了。"

"嗯。我惹你生气了，以后我会注意的。"

"我们可以签订二十年的结婚合同，过了二十年，我们就解散！"这句话让他耿耿于怀，特别是当他们出现矛盾时，想到两人生活已经过了二十年，他就有一种合同到期的感觉。难道戏言真成了谶语？虽然他也知道，这是一种心病，但一直不能自我根除。

02. 治病救人

蒙蒙细雨下个不停。杨天友有意让雨水洗礼自己，洗荡自己的灵魂。他不知道在雨水中停留了多久。一个哈欠，不禁让他浑身发抖、发冷，他意识到自己可能是感冒了。

他望着雨中稀少的人影匆匆从眼前走过，想到了自己的去处。上哪儿去呢？到父母家？不行，他马上自我否定。父母看到自己被雨水淋得像落汤鸡一样，心里一定很难过。回家？他真不愿意看到李伟萍冰冷的面孔。到单位或者亲朋好友家？也不行，那样，别人会看笑话的。

他思前想后，最终还是决定回自己的家。

他拖着沉重的脚步，终于回到了自己的家。

李伟萍看到他落魄的样子，眼中流露出一丝怜惜的目光，随后，一咬牙转身回到孩子的房间去了。看到她绝情的样子，杨天友无奈地摇摇头。他回到卧室，艰难地换上干衣服后，一头扎在床上，不知不觉中，昏睡了过去。他醒来的时候，抬头看了一下墙上的挂钟，已经是下午 3 点半了。他发现自己盖着被子，心中有了一丝对李伟萍的好感，好像忘记了吵架时她恶毒的诅咒。

他想爬起来，身子却不听自己使唤，一下子滚下床来。她听到响声，赶紧过来将他扶起。

她对杨天友的意见来源于道听途说，这里有嫉妒的成分，也有别人挑拨的因素。刚开始她不信，可说的人多了，她从将信将疑到潜移默化的深信不疑。她想让他"坦白"，哪想到，杨天友像没事一样，让她苦恼不堪。今天看到他病重的样子，她心痛了，忘记了吵架。这时，她才知道，她离不开他。

李伟萍精心的照顾感动了杨天友，有病时才知道，她是多么的重要呀！

"走。"她扶起他，"我们到医院看一下吧！"

"不用了。"杨天友说，"小病，休息几天就好了。"

"不行，"她厉声嚷道，"必须到医院！"

杨天友一想，去医院看一下也好。他感到温暖的同时突发奇想，她是否有病呢？这样，也能顺便给她看一下。从她的所作所为，他想起看到的一份资料，那上面说，人总是无缘无故发脾气，一定是有病。他想，她是不是得了什么病呢？

"到了医院之后，咱俩都看一下子吧。"杨天友说。

"我没有病！"她说。

"我没有说你有病，"杨天友央求地说，"可借此机会做一下检查不好吗？"

"先给你看病，"她坚持说，"我检查，等以后再说。"

"不！"杨天友来了精神，"反正我们求一回人，正好找同学谭继泽看一下。"

李伟萍知道，杨天友和谭继泽是同学，关系也很好，两家走得也很近，便点头应许了。

到了医院，正好谭继泽当班。简单寒暄了一会儿，谭继泽便给杨天友诊断起来，结果就是普通的感冒。谭继泽说没有什么问题，并嘱咐要常喝水，喝些姜水，过几天就好了。

"谭大夫，还是给他开点药吧！"李伟萍祈求道。

谭继泽微笑着望着她，拿起笔，写完药方，盖上印章交给了她。

李伟萍认真看了一下，开玩笑地问："大夫的字是天书呀，这是什么药？"

"是普通的安痛定。很便宜。"谭继泽笑着答复。

"能否给开一些好药，我们不怕贵！"李伟萍说。

"弟妹，"谭继泽看屋内没有外人，便侃侃而谈，"我能骗你们吗？多给你们开药，让你们打点滴，我还能有提成，但那没必要啊。现在的人，有一点小病就要求打点滴，这样，人就有了抗药性，对人身体不好不说，以后再有病，治疗起来就困难了。"

看到杨天友向他递个眼神，谭继泽心有灵犀一点通地说："你去取药吧！"

看着李伟萍离去的背影，谭继泽感叹地说："弟妹对你真好！"

"唉！"杨天友长叹了一口气，"以前真好，现在没有以前好了。我隐隐约约感到，她可能患有疾病。"

"为什么？"谭继泽饶有兴趣地问。

"她什么每天总是不高兴？"杨天友忧心忡忡地说。

"一个人每天是快乐还是忧郁，不在于物质的富裕，而在于自己的心理。"谭继泽富有哲理地说。

"难道她是心灵有病？"杨天友猜测道。

"是否有忧郁症？那是精神病的一种呀。"谭继泽大胆地说。

"怎么办？"杨天友着急地问。

"先不要和她说，要好好地开导她。"谭继泽一看此时没有患者了，便说，"正好快要下班了，也没有患者，我将神经科大夫请来，帮助会诊一下。"

"求人帮助，怎么能让人来呢？"杨天友过意不去地说。

"他和咱俩关系一样，是铁哥们儿。"谭继泽说，"这样，在不知不觉中给她看病，效果好。"

谭继泽拿起电话简单地和对方沟通了一下，不一会儿，一个大夫和李伟萍脚前脚后地进来了。

谭继泽介绍完了之后，对李伟萍说："这是徐佳明大夫，是祖传的中医世家，又是研究生，水平比我高。应杨天友的要求，给你做一下检查。"

李伟萍看了杨天友一眼，眼睛中流露出感激的目光，然后对徐佳明说："给您添麻烦了。"

"不用客气，我和谭继泽是好朋友。"徐佳明说，"将左胳膊伸出来，我先给你号号脉。"

经过号脉以及与李伟萍沟通，徐佳明说："没有实质性病变。基本上确定是轻微的抑郁症。"

"怎么得的病？"杨天友问。

"与她接触的环境和人员有关。"徐佳明说。

"怎么讲？"杨天友刨根问底。

"长期接触负面的信息，会带来负面的情绪。负面情绪激增，会使人焦虑，随之而来的是健康和心理的损害。"徐佳明看着李伟萍说。

"怎么治？"杨天友关切地问。

"这病不算重，不要有心理负担。"徐佳明安慰道，"主要服用一些镇静药物。

像艾司唑仑片即可。这个是属于毒麻限制类药品，严格控制。我主张'心病还用心法治'，就是让她多参加有益活动，多看一些感人的节目，这样，她看到了社会的主流和人间的真情，就有了希望的信心，病就会自然而然地好了。"

"听到了吧?"杨天友得意扬扬地说，"别再疑神疑鬼、患得患失了。"

碍于有生人在场，李伟萍说："这一阵我也不知道为什么总想发火。"

"要看到光明。"谭继泽说，"苦也一天，乐也是一天，遇事别较真儿。你们夫妻单位多好，也没有什么忧虑的，别自寻烦恼。想开了，就成了神仙。"

……

从医院出来之后，杨天友感觉浑身轻松，李伟萍也感觉到心情像打开一扇窗户，敞亮多了。

03. 暗箭伤人

经过多年的拼搏，王佳英终于熬上了副处级，当上了法制委副书记。他和银行的"传统友谊"也得到了加强。经过一段时间，他和新来的滨江分行行长李立君的个人关系变得友好。

一天，王佳英来到了李立君办公室，李立君和他也不见外，他一边履行程序地签着字，一边和王佳英闲聊。

王佳英也不见外，在闲聊中，时而拿起他批阅的文件浏览。

"这些材料，你不认真看，就签字呀？"王佳英关切地问。

"哪能看得过来呀！"李立君抬了一下头，看了一眼王佳英，抱怨地说，"现在领导真不好干。权力散了，责任却跑不了。"

"放款你说了不算吗？"王佳英反问道。

"唉！"李立君叹了一口气说，"现行的规定，就是不让一个人说了算。以前，行长想给谁放款，说一句话就可以了，现在还得走程序，经过相互制约的把关，贷款审查委员会通过才行。"

"那你负责什么？"王佳英疑惑问道。

对于这种提问，虽然李立君有些反感，但一考虑是友好单位人员提出来的，且以后有很多棘手的事需要王佳英帮忙，他还是耐着性子解释道："现在我这个行长的权力，不及原来的支行小科长。那时，科长就有放款权。现在，想放一笔款，如果条件差的话，我动很多脑筋也不一定能成功！"

"我听说，现在想办理贷款，也不耽误。只是难度大了一些。"王佳英问。

"这话有道理，也没有道理。"李立君指着桌子上一堆材料说，"你看见了吧？这些是贷款审查委员会同意的材料，我签字就可以执行了。当然，我有一票否决的权力。"

接着，他指了一下桌子上的另外几堆材料说："这些是不良贷款认定的材料。这是不良贷款清收的材料。放贷款好放，清收贷款就难了。"

王佳英随手拿起一叠不良贷款清收材料浏览，随后目光停住了。片刻之后，他笑着对李立君说："当领导是不好干工作。这份报告很有水平！"

"怎么有水平了？"李立君不以为然地问。

"有陷阱。"王佳英神秘地说着，将手中的材料递给他。

李立君接过材料看着，王佳英指点着："关于如何处置这个企业的不良贷款的结论语写着，'建议我行，行使诉讼权力'。"

"这小子够滑的呀。"李立君看到了杨天友写的建议，苦笑了一下说。他很清楚，就是他不同意依法起诉，杨天友才没有了办法。当初杨天友明确建议要依法收贷款，李立君给退回了，因为有当地官员过问了此事。

"这是人的生存本能的体现。白纸黑字，铁证如山，如果出了问题，你是吃不了要兜着走。"王佳英煽风点火道。

"杨天友不是你同学吗？"李立君感到很惊讶地问。心里说，你这个人有问题，自己的同学也整呀。

"我是对事不对人，也是对你好。"王佳英狡辩着，"杨天友处事很小心，树叶掉了怕砸了脑袋。"

"当领导，就得承担责任！没有担当的人怎么能当领导？"李立君大气地说。

"责任？"王佳英微笑着摇着脑袋，继续挑拨地说，"那要看什么责任了，如果是打饭碗的责任，或者是人命关天的事，谁能承担得起呀？你看，前几年，你们银行有一个储户拿着未到期的存单到银行取钱，当时没有带手续，经办员对储户说，你找行长签字就可。行长就签字了。后来发现是冒领的，签字的行长被撤职了。"

原来，杨天友帮助王佳英，提出给明天公司缓收不良贷款利息之后，这个明天公司失信于银行，从此这个账户就不进款了。这让杨天友工作很被动，领导也很不满意。碍于老关系，领导没有过分难为杨天友。

从此之后，杨天友有意疏远王佳英，后来打电话也不接，经常是第二天回话，解释没有听到，问他有什么事。王佳英明白了是怎么一回事，就再也不找杨天友了。这样，他们之间就出现了裂痕。钟照华知道此事后，有意收集杨天友对王佳英流露出的不满情绪，大做文章，极尽挑拨之能事。王佳英也逐渐对杨天友有怨恨了，但一时也没有办法。今天他终于看到了机会，想用此来报复杨天友。

"签字就得负责任嘛。"李立君显得很轻松地说，"杨天友这么写是有些不妥，但也没有什么。"

李立君虽然嘴上这样说，但心中升起了怒火，他对杨天友的看法有了改变。

王佳英从李立君的表情上看出，他和杨天友关系好，再挑拨也没有意义了。心里说，杨天友你真行，领导对你真好。

和李立君闲扯了一会儿，王佳英就走了。

04. 被逼辞职

送走了王佳英之后，李立君细细咀嚼"签字"的事，这时才感到王佳英说的有道理，感觉到了事态的严重性。对于这笔贷款的处置，杨天友写"建议我行，行使诉讼权力"，这笔贷款如果清收不回来，上级要追查责任的话，杨天友没有责任，因为他已经向领导建议"行使诉讼权力"了。我这个行长不作为，就是失职之罪呀。多亏了王佳英的建议，因为自己疏忽了。不，应该是没有当成一回事，没有发现。那么多的贷款材料，上级都要求一把手签字认可。光是年初的评级授信材料，仅签字，就得一个多小时。哪有时间一一审查呀，主要靠中层干部自己把关呀！现在看来，中层干部真是重要呀。应该好好选择一下中层干部！

转念一想，杨天友和王佳英是同学，听说杨天友没少帮助他在银行办事。因为杨天友不愿继续帮他，王佳英就算计他，王佳英为人太不仗义了，这样的人还是远离为好。

过了一会儿，李立君抓起电话，将杨天友叫到办公室。

李立君今天很客气地让了座，和颜悦色地问："现在工作忙什么呢？"

对于李立君的态度，杨天友感到意外，李立君对下属的态度这么亲切是很难得的。从外地回来工作之后，他和下属谈工作时，态度很少和蔼，基本都是面无表情。今天怎么了？他心中画了一个问号，但他不动声色地回答："为了股份制改造，加紧做好不良资产的认定工作。"

"畜品厂的贷款，能收回吗？"李立君亲切地问。

"好像收不回来。现在畜品厂已经破产了，又换了一个名称继续经营。"

"国家贷款损失太多了。"李立君一副忧心忡忡的样子说。

"全国都这样，"杨天友说，"为了股改上市，现在的不良贷款认定工作是为第二次剥离做准备。"

"哦。"李立君点点头，突然话锋一转，"你要有被处分的心理准备。"

"为什么？"杨天友惊疑地问。

"畜品厂几千万贷款损失，你作为当年的经办员，难道没有责任吗？"

杨天友笑着说："如果因此给我处分，我可以把官司打到总行或者法院。因为当时放款是上级决定的，当初的《员工处罚条例》只说贷款调查不实，给经办员罚款。用现在的《员工处罚条例》来衡量过去的事，是不科学的！"

"看样子，你是做了功课。"李立君似笑非笑道。

杨天友有些得意地说："现在不是实行贷款安全第一、规避责任第一吗？业务人员也要熟悉政策呀！"

李立君的脸色有些难看了："那么就是给别人挖陷阱？"

杨天友心里一惊，他怎么这么说话，难道自己做得有不对之处？他思索了片刻说："这话怎么讲？如果我有什么不对的，请批评指正。"

李立君拿着材料对杨天友说："你怎么在审查意见栏内填写'建议我行，行使诉讼权力'？"

"因为我觉得，我们应该行使诉讼权力。"杨天友辩解道。

"审查意见栏只有同意和不同意。你怎么另行发明？"李立君不悦地问。

杨天友也感到很委屈，心里说，你不同意诉讼，调查人员也只好写"考虑情况特殊，请审查部门认定"。当初，我就批评他们不能这样写，调查就应该讲明事实。后来"官司"打到你这里，你是不同意起诉的，所以我才这么写。可是现在话不能这么说呀，说了，你也不会承认错误的，反而对我更加不利。

他想了一想说："我特意查了一下文件，审查部门有建议权。"

"有也不能这样写。"李立君厉声说。

"为什么？"杨天友鼓足勇气问。

"难怪王佳英说你，树叶掉了怕砸了脑袋。"李立君脱口而出，吼道，"为什么？为了我们符合规定！"

杨天友的大脑快速转动着，从他的话中得到了两个信息：一是王佳英在此中添了醋，这是否他有意给自己透露信息，让自己防备王佳英？二是李立君冠冕堂皇地说为了符合规定，是他不想承担责任。

杨天友愣愣地看着李立君，不知如何回答。

看到他惊愕的样子，李立君感到自己有些失态，缓和了一下口气说："当领导就应该勇于承担责任。"

"是，该承担的就应该承担。"杨天友虽然声音不大，但依然坚持自己的观点。

"什么叫该承担？"李立君问。

杨天友耐着性子解释："别人有病，让我吃药，这就是不应该了。"

"当不了领导，就别当，有的是人愿意干呢。"李立君耍无赖地说，"有些时候下级要为上级承担责任。"

听罢他的话，杨天友气上心头，一是对王佳英的挑拨感到深恶痛绝，二是对李立君蛮横的态度感到厌恶。

"你不让我干，我可以不干。"杨天友豁出去了。

"你写辞职申请呀！"李立君愤怒地说。虽然他气急败坏，但也没有把事情做绝。他让杨天友写辞职申请，就是给自己留一条后路。有人问为什么要撤杨天友的职，他可以冠冕堂皇地说："他不想跟着我干了。"杨天友在业内业绩一直很好，无缘无故撤他的职，造成的后果难以预料，后遗症可能很严重！

"好吧！"杨天友头也不回地转身走了。

05. 虚假安慰

李立君没有想到，第二天，杨天友真的递交了辞去总经理职位的申请。他心里由衷地佩服，这样的人有骨气。"威武不屈"在现实中是不容易的，有的人离职是因为犯了错误迫不得已，很多人为了职位放弃了信念、信仰，杨天友却是相反。虽然李立君敬佩他业务熟悉，有强烈的敬业精神和责任意识，为银行做了大量的工作，也可以说是做出了大的贡献，但他遇事愿意钻牛角尖，有些任性，让他感到不悦。他不容自己的权威受到挑战。

李立君是做事给自己留一条后路的人。他想要挽留一下子杨天友，更想培养他成为自己的铁杆同盟。李立君心里从不小瞧任何人，也不愿意过深得罪任何人，因为指不定他的七大姑八大姨，甚至七大姑八大姨的同学的朋友与实权人物交好，然后说不定这个人就能摆自己一道。更何况，杨天友与徐科是连桥，虽然徐科已经退休在家，但他桃李满天下，不能小觑。这是他在外地工作时的深刻体会。

因此，他还想和杨天友谈一下，也想争取他，赢得他心中的感激。如果不成，也不要让他过分恨自己。

李立君看着杨天友递交的辞职报告，满脸笑容地问："怎么耍小孩子脾气呀，说不干，就不干了？"

杨天友努力挤出笑容，敷衍道："在父母面前，我永远是个孩子。"

李立君听了他的话很受用，心底泛起一丝感动，心里说他将自己比作父母，一定是后悔了。他抬起头，恩赐一般地说："如果你没有想好，还可以收回辞呈，我不会在意的。以后，只要好好工作就可以了。"

杨天友感到有些莫名其妙，说："你怎么可以这样想呢？我的主意已定了。"

这时李立君才知道自己是自作多情了，于是尴尬地笑了笑问："你心里是怎么想的？有许多人脑袋削个尖似的要升职，而你却反其道而行之。如果别人这样使性子，我立即就批准了，可我真有点舍不得你呀！"

听了他虚情假意的话，杨天友心里说，跟你干工作，心里没有底，也感到了危险。现在工作一疏忽，就有可能被处罚，跟着你，让人精神格外紧张。你表面上态度和蔼，平易近人，实际上你是一个胆大妄为的人，却又是一个不敢为下属担责的人。他想了一下说："我跟不上形势了，在这个工作岗位上碍事。"

"是我有什么地方对你不好？"李立君略显委屈地说，"我这个人，有话说在当面，有时批评下属可能严重了一些。但我从不在背后给人下刀子，说完就拉倒。"

杨天友也动情地说："从这么多年的工作实践来看，我感到有些不适合，可能是以前领导把我惯的。我没有本领和领导在一起干违心的事，我们是志同路不同呀。这一段时间太累了，我要休息一下。"

其实，他本想说，我干不了坏事，就不能当领导。给你干一百件好事，不如和你干一件坏事管用。前一段时间，有一笔贷款自己拟不同意，你知道后，耍了手腕让我出差，叫副经理审查通过。我还怎么和你干下去呀？但转念一想，如果说出了，解决不了问题，他又不会承认错误。于是，话到嘴边又咽了下去。

"你自己有什么打算吗？"李立君问。

"暂时没有。"杨天友坚定地说，"无官一身轻嘛。"

李立君看杨天友把话说到了绝境的地步，同时也感觉对待杨天友已经做到仁至义尽了，于是板着面孔说："你先回去把工作交给副总经理吧。"

杨天友一看没有什么话可谈的，站起身子来，向他告辞。他刚转过身子，李立君突然富有感情地说："以后有困难就找我。"

听了他的话，杨天友心里五味杂陈，说不出是什么滋味。他转回身，礼貌地向李立君点了点头。

06. 宣泄情怀

无官一身轻。杨天友辞职后，新接任的总经理朱占东是他的下属，不好意思给他安排工作，也不好管他。朱占东只要求他不惹事，不给自己找麻烦，他就心满意足了。

刚开始，杨天友还按时上班，可是他没有什么具体工作，同事见了他，虽然表面上尊重有加，可内心早和他疏远了。朱占东客气地说，老经理，您有事就去办。言外之意，他在这是碍事了。他上班点个卯，没什么事，就和屋内人打个招呼，一走了之。没有人和他攀比，他也想借此机会好好放松一下，像古人"竹林七贤"那样，过过飘逸自在的生活。

那天，他给张玉平挂了电话，告诉他自己现在已经辞职了。张玉平听后高兴地说："太好了，这样无官一身轻。正好过几天，我想找几个人餐叙一下，希望你捧场。"

"你还能想到我，我就心满意足了。"杨天友客气道。

"当然，你是主宾。"张玉平老到地问，"你想找谁？不想见到谁？"

"找谁都可以。"杨天友自嘲地说，"我哪敢挑什么人呀。"

张玉平是一个讲究的人，有良心的人。他想到杨天友对自己的帮助，也应该借此安慰、感谢一下，以前杨天友不给自己机会，现在终于可以表现一下了。

这天，朋友聚会在滨江大饭店举行。参加的人员有王佳英、陆承馨、章立国、季晓春，还有退休在家的吴苟良。张玉平之所以请客带上吴苟良，是做给别人看的，主要也是让杨天友知道，他不是一个忘本的人。

杨天友去时，发现人们已经基本到齐了。杨天友看到吴苟良，主动走上前去和他握手，问候。从言语中，杨天友明显感到吴苟良对他有一种敬畏。大家寒暄一阵后，杨天友主动将吴苟良请到上宾的位置，吴苟良谦让后，流露出对杨天友的感激之情。

大家落座，点了菜。张玉平解释道："本想安排在休息日，可是王佳英说，最好别在休息日。"

王佳英理直气壮地说："休息日，是自己的时间，还得和家人团聚。"

"杨天友，听说你主动辞职了？"陆承馨问。

原来，陆承馨在市行坐了冷板凳后，慢慢地开始反思自己以前走过的路，感觉自己太闹腾，也感觉有些对不住杨天友。平时她和杨天友遇上了，为了缓和矛盾、消除隔阂，总是开玩笑，说话也有些无拘无束。

"是。"杨天友点头道。

"杨总，现在像你这样主动辞职的人真不多。你能做到这一点也真不容易！"季晓春恭维道。

杨天友刚想说话，王佳英一脸坏笑地说："别叫老总，那样是对杨天友的不礼貌。"

"为什么？"大家吃惊地望着杨天友。

杨天友莫名其妙，一脸无辜的样子。

这时服务生陆续将酒菜上齐了。张玉平给大家倒上了酒，张罗了三杯之后，大家的情绪上来了。

季晓春歪着脖子问："王佳英，为什么说管杨天友科长叫老总，是不尊敬呢？"

吴苟良为显示自己与时俱进，好为人师，抢言说："老总，最初起源于旧时对当兵的或警察的称呼。科长是行政编制，现在改革了，银行为减少行政色彩，原先的科员，改称经理了，原来的科长，因为管理着经理，自然而然也就改称为总经理，简称，老总。"

内退之后的吴苟良失去了以往前呼后拥的场面，成天在家无所事事，感到很无聊。闲暇时到单位去看看，下属遇见了他，虽然还是客气问候，但他感觉到那是一种蜻蜓点水式的无奈的礼节。他开始怨恨社会不公平，抱怨人们太现实了。因为一点小事动辄就和家人发脾气，家里人只好事事迁就着他。他守在电话旁，多么渴望听到电话铃响，当听到有电话约请他出门喝酒之后，神态立即好转，也不像以往那样拿腔作调，问一下有谁参加，什么场合。现在只要有电话，基本是逢请必到。

由于他风向转得快，也想打发寂寞的时光，挣点钱零花用，他觍着脸去了曾经帮助放过款的汪达财集团下属公司当业务员，公司需要他装门面，也需要和银行打交道的业务人员，这样他们一拍即合。虽然到了公司帮助别人打理，但这是私营企业，一切以效益为中心，他联系不到新的贷款，推销产品业绩不佳，也不是天天有酒喝，在公司里颇受冷遇，让他感到很不适应。每当人们提及酒，他的喉咙就发痒……今天张玉平约请他来，他非常兴奋，立马应许了。

听到吴苟良的解释，看到他笑容可掬的样子，王佳英一下子想起吴苟良旧时的不可一世，揶揄地说："吴行长，你有糖尿病，有的喜好就消失了吧？"

吴苟良脸憋得通红，心中怒火上升，暗骂，王八蛋，我在位时你敢取笑我吗？

还是张玉平感觉气氛不对，上来打圆场，换了一个话题："王佳英，最近你们单位有什么八卦新闻，说来听听。"

"有倒是有，但是这个故事有点那个……"王佳英一看没有占到吴苟良便宜，颇有些不舍，只好卖乖说道。

"别那样做作了。"杨天友淡淡道，"我们都奔五了，什么场合没有见过？"

王佳英心虚地看了杨天友一眼，毕竟杨天友有"恩"于他，虽然对杨天友不满意，但也不好说出。再说了，杨天友做的事没有拿不到桌面上的。

"人过四十五，不分公和母，"张玉平揶揄并将军道，"王佳英他老人家需要人们给打一个场子。"

王佳英尴尬地笑了笑，清了清嗓子，说了一个段子。

王佳英说话有点儿结巴，杨天友没等他说完，跟着边说边形象地表演，逗得大家捧腹大笑。张玉平不怀好意地看着王佳英笑，好像说，以其人之道还治其人之身的道理，这回你懂了吧？

王佳英面红耳赤，因为口吃的人最怕别人揭短，这比骂他祖宗还难受。

吴苟良一看王佳英要发作的样子，心想，他们如果老是斗嘴，势必影响宴会的气氛，于是站了起来，给大家倒上了酒，提议道："今天，我们朋友相聚在一起很不容易，我们应该求同存异，珍视友谊，把握现在，奔向未来。我们应该在正事上多多考虑，相互帮助，不要纠缠枝节问题。如果大家认为我说得对，我们就喝上一杯。"

他的话说到大家的心坎上了，于是大家随同他一起举起酒杯，互相碰了一下后，一口饮进了。

这次宴会结束时，已是傍晚时分了，是杨天友在所有的酒宴中最轻松的一次。大家是以平等的心态，在一起交流、调侃、放松、释压。

07. 关门自省

自从辞了官职之后，杨天友像一个海中小岛，孤孤零零地任凭大海波涛的洗礼，荡涤他的灵魂。现在没有人围着他转了，客户群体远离了他，虽然表面上对他客气有加，可那只是面子而已。他好似从众星捧月的时代回到了现实。现在才真正体验到正常的人与人之间的生活。在和朋友的交往中，是讲究礼尚往来的，人和人是平等的，不像自己在位时，有职位光环的照耀，能为手下人做事，能满足客户的要求，自己花钱的地方少。

以前有职位为后盾，应酬款由单位出，有报销渠道。现在和朋友交往，他不想让别人小看自己，开始花自己的钱了。这样一个月吃几顿饭，参加几次应酬，自己的工资便捉襟见肘。这时，他才真正体会到，工作是自己生活的来源和谋生的手段。

现在，李伟萍对他和以前又不一样了，经常说男人应该上缴工资。如果自己上缴工资，该如何面对人情往来？她总和自己作对，难道只是因为工资不上缴？

他深深体味到，没有职权，自己只是一介布衣，不像科学家、教授、医生辞职之后，还可以凭手艺自己经营养活自己。人还得凭自己的能力吃饭呀！现在自己没有一技之长，失去银行这个靠山，自己将如何面对新的生活？

他也感到了世态炎凉、人走茶凉的市侩习气。原先自己请客找谁，谁基本都到，最令他感动的是，有一天，自己张罗请宴，王佳英连他父母过生日都不去，却参加了自己举行的餐叙。当时，张玉平说，背离常情的人，是不可过于信任和交往的，自己还没有在意。现在看来，王佳英真像春秋时期的"易牙杀子以献主公""竖刁自宫以事君主""开方父母死不奔丧"等"超"人！超出常理的人，能办出越过常理的事。还是远离王佳英为好。但也不能得罪他，现在交一个人不容易，得罪一个人太简单了，甚至就是一句话的事。

此时他才真正体悟到，人必须有事业可做，在事业中寻找乐趣，否则活着就没有意义了。与同学朋友来往一段时间后，他羡慕地体会到，自己真不如张玉平，他从个体户起步，逐步发展成为一个有规模的企业，这个企业他自己说了算，而且永远有事业可干，永远和企业并存，活得多么有意义呀！虽然说还欠着贷款，企业也不一定完全是他自己的。

现在，自己想找人吃饭，陪自己放松一下，有些人看到你不行了，和你交往也很勉强。真是酒肉朋友不可教。和志不同道不合的人在一起，简直是受罪呀。

他思忖，难道真要像人们所说的，人生一世，草木一秋，稀里糊涂地混过一生？虽然衣食无忧，但这和动物有什么区别？从骨子里就不安分的他，是不甘心自己默默无为的。如何活得有意义？从何处找到乐趣的起点？自己的优势在哪里？他仔细一想，自己就是一个普通的人，没有什么过人的优势。自己唯一有兴趣的是读书。古人云，"书中自有黄金屋，书中自有颜如玉"，自己在书中寻找乐趣，寻找出路吧。如果有可能，利用工作时间，写写银行的事情，记录银行的发展足迹，让人们借鉴改革的历史，也不枉在银行工作一回，也是对银行的一种贡献和回报。

好在自己有一定的文化，有许多作家的起点和自己差不多，只是在工作、生活中注意观察，思考，积累、沉淀知识，最后进行文字堆码而成作品。自己有良好的工作条件，单独一个办公室，拿着工资，工作时间自由，没有约束，这比自由撰稿人强多了。想着想着，他心中就充满了浓情蜜意。

思想上有了认识的飞跃之后，在行动上就进行了落实。杨天友不再主动联系同学朋友了。别人找他，能推就推。每天提前到单位，收拾完办公室后，将门一锁，开始读书、写作。

一晃半年过去了，杨天友阅读了大量书籍，写了近百万字的学习笔记，整日畅游在文字的海洋中。灵魂有了寄托，感到内心异常充实。时常有人关心地问他在忙什么，他总是淡淡一笑："关门自省。"

他和别人谈读书学习的体会，谈论世界时局，从不谈论单位的是非，好像是局外人似的。人们发现他的政策水平、时事知识与时俱进，不由得暗自佩服起来。

他的谦虚言语、豁达态度以及超脱的精神，传到了李立君的耳中。李立君动了恻隐之心，感到杨天友辞职之后，从未给自己找过麻烦，于是将他叫到办公室，简单寒暄就转入正题:"你现在忙什么呢?"

"关门自省。看书学习。"杨天友轻松地说。

"不感到寂寞吗?"李立君善意地问。

杨天友很坦然地回答:"习惯成自然了。"接着,又宽慰他地说:"自己看看书,陶冶一下情操,加强自己的修养,也是很好的。"

李立君将信将疑地看着他,心里说,这一头老虎怎么变得这么温驯了呢?不能小觑他呀!这个人有思想、有个性,否则,就不会主动辞职了。

李立君关切地征求他的意见:"还想工作吗?"

"一切听从党的召唤。"杨天友平静地说。

对杨天友异常平静的神态,李立君一时摸不着头脑,他思考着,人最怕"无欲",那等于"心死"。"心死"的人是无所畏惧的,他"无欲"还这么老实,也不是他的性格呀!他一定有什么事情在做,或者有什么精神寄托,否则,不能这么安逸,早就沉沦下去了。也有可能是,这头老虎被驯服了。想到此,李立君接着说:"有一件事,你能否帮助管理一下?"

"好呀。"杨天友问,"什么事?"

李立君看着他说:"清收一下不良贷款,特别是历史遗留下来的深圳公司的贷款。"

杨天友一听要到深圳工作,兴趣便来了:"到了那里之后,如何管理?"

"不是到深圳工作,而是常去出差。"李立君想了一下,说,"这样吧,暂时你先帮助清理一下我们行遗留下来的在深圳的委托欠款吧!"

"就是在下海经商的潮流中,我们委托深圳租赁公司发放的贷款?"杨天友问。

杨天友对这笔贷款十分了解,因为当时他在参加贷款检查时,了解到了这笔贷款的具体情况。当初时兴鼓励机关干部下海经商,有一种全民经商的架势。银行也成立了劳动服务公司,和深圳一家公司进行合作经营。银行委托他们高息放款,也的确得到了丰厚的回报,职工的福利待遇高到让人羡慕到眼睛发红的地步了。也是在这种利益的驱动下,银行给深圳公司的贷款进行"垒大户",疯狂增长。后来,国家叫停了"下海经商",银行劳动服务公司也随之解散。贷款刚开始还象征性地还一点,后来就不还了。年年催收,年年不见成果,已经成为"荒账"了。

"是呀!"李立君无奈地点点头说,"这些贷款也有十几年了。工作难度大了一些,你要充分发挥你的才能,尽量全部收回。"

　　"我尽力而为吧!"杨天友说,"公安机关也帮助清理了多年,效果也不太好。我不敢保证或者承诺能收回多少,但我一定会尽心尽力的。"

　　"好!"李立君高兴地站了起来,"我要的就是你这句话!"

08. 羔羊迷途

接受了行长李立君清收历史贷款的任务，杨天友十分高兴，多日的闲置，他看书消遣，虽然理论、精神上有了安慰，但人是群居动物，离开了人群，就像一只孤独的羔羊那样无助。人呀！不能闲着，有事干，心里才充实。

杨天友怀揣喜悦从行长办公室出来，一种要回家的心态在驱使他，要把这个好消息告诉爱人李伟萍，因为在"买断"后，李伟萍一直宅在家中，更年期的原因，也有身体不好、心灵不健康的因素，现在变得有些不可理喻了。

李伟萍做事精细，办事慢半拍，年轻时卿卿我我，相敬如宾，杨天友经常戏称她"慢慢"。后来关系如江河直下，他没有好心情了，也懒得叫她绰号了。

和单位打招呼之后，杨天友出了办公楼。

三伏季节本应是烈日炎炎。可这天的上午天高气爽，万里无云，微风徐徐，好似秋色流浪到了夏季，茁壮成长的动植物与"秋风"不期而遇，让生命感觉到一丝凉爽惬意，反常的气候，令人们为之感叹担忧了。

今天，杨天友感觉内心充实了，不用在虚无缥缈的"幻想世界"自由地翱翔了，他要忍辱负重为单位做出贡献，他知道出门收欠款的难度，有时和乞丐差不多，现在虽然社会经济环境理顺了，但还没有完全规范。在实践中完善，自己愿意为改革当作"小白鼠"，过几天就要出门了，几天，几个月不好说。他想，如果能要回历史贷款，就是在外面待上半年，也值得。

趁离家前，好好哄哄她，使她有一个好心情，好让她明天在爸爸的生日晚宴上言语有些约束，这样弟弟、妹妹等家人心里都高兴。

他不由自主地来了到菜市场，这里人群攒动，他站下犹豫片刻，买了些她最爱吃的猪排骨，准备回家做糖醋排骨，一起共进午餐，以加强沟通、增进感情。他心里美滋滋地想，说不定她心情好，夜晚还可以亲近一下。他努力回想起他们美好幸福的时光，给情感注入正能量。

进入家门后，他放下食材，在换鞋的同时，热情满满地说："伟萍，慢慢，我回家来了，中午我给你做好吃的！"

"严正警告你，以后不许叫我外号！"正坐在方厅沙发上摆弄手机的李伟萍，放下手机，满脸阴沉地回怼。

满腔的热忱，犹如遇到了冷水，杨天友心一下了凉了许多许多。年轻时，叫她外号，看到她羞涩的样子，有无比快乐幸福的感觉，这种感觉挥之不去。这些年来，她变得太不可理喻、陌生了，和她在一起，她总提及不高兴的事，生理本能也被她冲淡许多许多，也没有心情和他开玩笑了。嗨，日子还得过，尽量适应她吧！他努力压制不满意情绪，嬉皮笑脸地说：

"就咱们俩，没有外人，孩子这么大了，有什么难为情的？"

"恶心！快去做饭，你不吃呀！"李伟萍恶怼道。

"我错了。"杨天友把食材拿到厨房，嘻嘻哈哈赔着不是。

"我中午和退休的几位同志在一起吃饭。"她满脸流露着高冷。

听到她中午出去和退休的同志吃饭，杨天友便没有兴趣做饭了。

"明天咱爸爸过生日，上哪个饭店好？"他问道，人不在于说什么，在于态度和交流。

"什么事，还不是你自己定！"她抱怨道，"少来一些虚头巴脑的。"

"咱俩的事，和你商量。"杨天友无奈回答。

"是你爸爸，不是我爸爸！"

杨天友听罢她无情无义的答复，生气了，说：

"我爸爸是你的恩人，他改变了你的命运！"

"不对！"李伟萍说，"是我家人给我办的工作！"

"是你家人办的，"杨天友耐心地说，"我爸爸背后给咱们做了多少工作？他是无名英雄！"

原来，当年办理城市之间的调转手续烦琐，还得有能让人信服的理由，甲方开出商调函，得有乙方接收证明。

"你爸爸是为了他儿子，才给我办的！"她蛮不讲理，无情无义道。

"放屁！"杨天友怒火万丈道，"你不同意，我爸爸能给你调转工作吗！"

她理直气壮地回答："这么多年，我忍辱负重已经偿还清了！"

杨天友心里发堵，他一看彼此思维不在一个频道上，没有办法沟通，于是说："那我到单位食堂吃，晚上给我做饭吧。"

"我们不一定什么时候回来呢。"李伟萍阴沉着脸说道。

看到她态度傲慢，杨天友不高兴了，几个女生在一起吃饭，也不喝酒，怎么一下午吃不完，愠怒说："我上班都给你做早餐，我下班回家吃你做的饭，怎么那么难?!"

"你怎么不死呢！！"李伟萍立马满腔怒火，咬牙切齿。

杨天友一阵心痛，真想大开"杀戒"，好好暴打她一顿，但他下不去手，害怕有了第一次，就有了第二次！夫妻没有隔夜仇，李伟萍骂杨天友十几年了，杨天友当时生气，过后就忘记了，怎么也恨不起来她，但越是记得她的好，她越不长脸。

"你无情无义，恶毒之极！超级泼妇、悍妇！"杨天友义愤填膺道。

"这都是拜你所赐，你自私自利，在外面吃喝嫖赌显大包，对家庭没有责任，谁家像咱家这样穷，你对不起我！"李伟萍像机关枪一样，一顿诬蔑恶怼。

原来，杨天友在当分理处主任时，本着要干一番事业的决心，努力工作，兢兢业业，任劳任怨，不计较个人得失，带领单位人员争先向上，家里的事情都交给了李伟萍，客户有事，杨天友比自己家的事还重视。单位经费不足，来重要客人或者给单位存款的大客户，他拿家庭的钱垫付，答谢客户，或者买纪念品等，天道酬勤，真诚有回报，工作成绩显著，一年的存款等于前十年的存款总和，受到省行的表扬。杨天友把省行给自己的"计效"奖励，分给职工，职工开心不已。当时，李伟萍的理解加支持，后来却成了杨天友显大包的证据。

第二年，杨天友完成的工作任务额又名列全省前茅。上级发给杨天友"专项"奖励，杨天友却把这一大笔钱借给了一个濒临破产的客户名叫东方起。李伟萍偷偷打听，东方起帮助过杨天友所在的分理处，助其联系揽存款数额巨大，受到上级肯定，"专项奖金"大部分来源于此。但是东方起受"三角债"拖欠，又被骗了，妻子和他离婚，东方起只好卖掉了企业，不见踪影。

李伟萍对杨天友的做法很不满意，说："你违背了银行经营理念，银行是搞锦上添花的企业，不是雪中送炭的民政部门！他跑了，能还钱吗？我们的钱不是大风刮来的！"

杨天友坚信说："这和银行理念没有关系。东方起是有良心、讲信用的人，一定是遇到难言之隐，肯定能偿还的。再说，他给我们单位揽存款，如果放在别的单位，别的单位给的条件比我们优厚，没有他，也就没有这笔钱。"

这样，一直拖了十余年，也未见东方起还钱，这也是李伟萍报怨的主要由头。

"贫穷！"杨天友怒火燃烧，匆匆穿上衣服，"混蛋！咱们衣食住无虑，你是这山望着那山高！太贪婪了！心里没有一点阳光的抱怨鬼！"

他愤愤说罢，出了门，用尽平生力气，奋力摔门，摔门声震得墙皮直掉渣。对门邻居王大喜循声出来，望着杨天友离去的背景无奈摇摇头，自言自语：

"多么恩爱的夫妻啊，怎么走到了这一步。"

怎么办？杨天友在大街上溜达，难道余生就这样在争吵中度过？吵架是因为贫穷吗?! 这只是一个借口。我们是一个上等的上班族，比上不足，比下有余，李伟萍从一个"精品"如何蜕变成"垃圾"的！她如此抓狂和仇恨，根源在哪?! 杨天友细细反思，感觉对她问心无愧，没有什么原则错误。

后院着火，怎么能安心在前院工作？

他像一只迷途的羔羊，思考出路，愤怒的心态似洪水暴发，要宣泄！找谁诉说？爸爸？不行，岁数大了，不能给他老人家增加麻烦；母亲？更不行，她知道后会为自己担心；弟弟妹妹？也不行，当哥的要做榜样；找外人？更不行！只能给外人增添笑料。虽然充满了病急乱投医的心态，但他克制了情绪，突然想到要向孩子寻找安慰。

于是他鬼使神差地拨通了在省城中学上班的女儿杨小丽的电话：

"忙什么呢？"

"什么事？"孩子态度生硬。

杨天友见她不高兴，改变了话题："想你了，想和你唠嗑。"

"我正忙着呢。"女儿不耐烦地说，"没有事，我就撂了。"

不等杨天友说完，一阵"嘟嘟"的挂断电话声，给杨天友流血的伤口上又撒上了一把盐。

他心犹如掉入冰窟窿一样寒冷！气得浑身发抖！女儿怎么和她妈妈一样绝情！不说养育之恩，女儿的每一步，都有我注入的心血！从上幼儿园、小学、中学、大学，到参加工作，哪一步不是自己花大价钱投资换来的，哪一步没有自己的血汗铺路？

女儿只因小时候我骂过，打过，就记恨我不理我，太没良心了！

又一想，不对呀，女儿或许正在上课呢，自己打电话干扰女儿，自己有错在先。他笑了，自己怎么像有些老头儿那样，唠唠叨叨，婆婆妈妈……可是有事麻烦女儿了，女儿也不应该对自己这样无礼、生硬，再一想，现在就对我这样不尊重，老了还能指望她吗？

杨天友的心里在流泪、淌血，困惑……

09. 邀约知音

三伏天, 孩子的脸, 说变就变。之前, 还是晴空万里, 现在立马变了脸, 黑云很快布满了苍穹, 街道上的人们快速流入附近的商铺, 离商店较远的则寻找屋檐处躲避即将到来的风雨。杨天友全然不顾老天"黑云压城城欲摧"的警示, 仍然徘徊在"愤怒"境界中, 希望上天降临雷雨赐予他灵感, 寻求"凤凰涅槃, 浴火重生"的感觉。

他闲庭信步, 徜徉在街道上, 呆望快速低飞的燕子, 突然, 一道闪电撕裂了天空, 一会儿, 炸雷声好似开天辟地, 随后, 狂风夹带瓢泼大雨浇注在他身上。杨天友无所畏惧, 踟蹰在风雨中, 肆虐的倾盆暴雨, 冲淡了心中的不平与愤怒。

疾风暴雨之后, 就是雨过天晴, 彩虹挂上天边, 空气中充满了雨后的清香, 人们像蚂蚁一样, 从商铺、饭店、雨搭等能躲避大雨的地方流出来, 奔向自己的目标。被大雨浇成落汤鸡的杨天友, 心情好受了一些, 这时感觉有些饿了, 想回单位食堂, 一看自己一个落汤鸡样, 再一想, 在单位食堂不能喝酒, 但他今天好似有酒鬼勾魂似的, 就想喝酒, 宣泄心中的不平。他要约一个朋友吃酒, 找谁呢? 认识的人不少, 能参加的也不少, 但"心仪"的一下子想不起来, 不一会儿, 宣传车从身边溜过。他一下子想起了吴立宾, 对, 就找他! 他经历多, 见识广, 能给自己启发。

杨天友看了一下手表, 刚 10 点, 掏出手机, 约完之后, 他带着烦闷的心情回家换衣服, 看到李伟萍不在家, 心里舒坦多了。换完衣物, 杨天友一看表, 时间赶趟, 算计一下走到饭店时间正好, 又一想, 自己请客, 必需先到, 于是打的到达经常光顾的大成锅烙饭店。

饭店刚开门不久, 服务人员热情地和杨天友打招呼, 这家饭店是朋友开的, 杨天友常来, 和他们很熟悉了, 客气几句, 找了一个靠窗的位置坐下, 环顾四周。大厅空荡荡的，他习惯性地看了一下手表，才 10 点 40 分，心里说，自己来得太早了；打开窗户，向外望去，空气中有一丝雨后的清新。他享受着大自然的馈赠，心里无限感慨。

"欢迎光临！"服务员迎宾声打断了他的思路，循声望去，只见一个高个子男人，有些谢顶，风尘仆仆地进来，定睛一看，吴立宾到了。他下意识地看看表，提前 15 分钟，心里感到一丝丝满足。于是迎上前，像多年不见的老朋友，紧紧握手问候。

吴立宾是省报《家长里短》驻滨江记者站站长，比杨天友小五岁，说是站长，手下没有兵，就他一个人支撑门面，因为工作上有了联系，他们在交往中志趣相投，彼此感觉良好。更主要的是，后来知道吴立宾是杨天友在省行同学郑玉权的表弟，两人的心理距离一下子拉近了许多。简单寒暄入座之后，杨天友向服务员摆摆手，领班服务员快步走上前来："天友哥，有什么吩咐？"

"能否安排我俩上单间。"杨天友犹豫一下说。

"没有问题，"服务员快言快语道，"你是老顾客了，享受大厅价格！"

服务员一说，暗示了可以占便宜，反倒让杨天友感觉不好意思了，一时无语。因为这家饭店平时很火，在大厅用餐有优惠。吴立宾看到，赶紧打圆场：

"老板会做生意。"

跟着服务员进入单间。入座，点了酒菜之后，服务退下，哥俩拉开了话匣子。

"今天有什么节目？"吴立宾问。

"就是想喝酒。"杨天友说，"我向你学习写作，不求你办事。"

吴立宾心里盘算到，他肯定是有难处了，说是"学习写作"，酒精劲上来，能把住门吗？好朋友看透，但别说破，揣着明白装糊涂也是一种智慧的处事方法。想罢，他笑了笑说："你脸上写着惆怅，谈什么随心情吧。"

"不愧为察言观色的记者。"

"职业习惯嘛。"

杨天友羡慕地说："记者好呀，无冕之王，许多英雄事迹都是你们挖掘的！"

"各行有各行的难处。"吴立宾叹气道。

"心有阳光,一路芬芳。"杨天友见到他也有难处,心绪反而好了些,安慰他。

不一会儿,酒菜上齐后,杨天友倒上酒,提议道:"干一杯,一醉方休!"

一杯酒进肚后,气氛开始活跃。

吴立宾问:"你下午不上班?"

"不去了。"

"还是国有企业好呀。"

"我们彼此都好呀!"

吴立宾也倒上酒,回敬后说:"我们弹性工作,刚采访私营企业,他们制度可严格了,把工人当作机器!不像你,下午不去了没有人管!"

"工作性质不同,我们也得遵守工作时间!"杨天友说。

"咱俩喝酒,下午有事,你咋办?"吴立宾问。

"规律有例外,不是所有的人都一样,"杨天友又倒上酒说,"在单位讲资格,讲资历,你信吧。"

"信!"吴立宾和杨天友碰了一下杯,酒入肚后,问,"你说资格资历是什么意思?"

"过几天,我要出差,在外面可没有周末,我提前预支休息。领导说,能完成任务,不来也行。"

"你们行长聪明!"吴立宾说,"当初,你是他们的领导,对你严格,心里过意不去;上班,也不好管理呀!"

"这是行长的照顾,"杨天友又倒上酒,对碰了之后说,"不是不好管,而是不想管!"

"有的事真不好管!"吴立宾倔强地说,"有的单位,个别人挂名拿工资,怎么也消除不了这样现象!"

"你说的是吃空饷问题,是不想管罢了。"杨天友说。

"也不是,"吴立宾舔了一下嘴唇,说,"有的不好管理呀,扯着耳朵连着腮,拔出萝卜带出泥。"

"计划生育难不难?为什么管理那么好!所以事情不在于难,看你管不管!"杨天友坚毅地说。

听罢吴立宾一愣神,思考片刻说:"是啊,有好制度,还在于执行力!"

"执行力靠监督机制保障！"杨天友补充道。

"和有思想的人在一起，灵魂开窍，"吴立宾倒上酒后说，"哥，和你在一起感到高兴。"

"彼此彼此。"

"干一杯，"吴立宾举杯饮后，说，"哥哥，你不是想写书吗？这趟出门也是一场经历，多了解社会。期盼佳作问世，也是你的价值的体现！也算是给后代留下点精神财富。"

听了吴立宾的话，杨天友热血沸腾，他说：

"金融改革的历程同我国的经济改革一样，经历了从'无秩序'到规范的过程，中间有辉煌也有'疤痕'，等我退休了，一定要把过程写出来，给野史做补充。"

随着"咚咚"敲门声，服务生进来对杨天友。说："哥，外面有人找。"

杨天友对吴立宾说："我出去一下。"

出来一看，李伟萍站在房间附近。

杨天友不由自主地问："你怎么找到这个地方来了？"

"知道这是你的食堂，家门钥匙和手机忘在家了，你把钥匙给我。"

杨天友一下子猜到了她的心思，她是想看看，自己和谁在一起，如果是女生，那就是日后的小辫子了。看透别说破吧，否则在外人面前争吵，影响也不好。杨天友从兜中取钥匙递给她说："取回手机和钥匙，把钥匙送回来！"

10. 灵魂碰撞

杨天友回到房间，说："你嫂子出门着急，把门带上了，吃饭时才想起忘记带钥匙和电话了，怕孩子联系不到她着急，到我这里取家门钥匙。"然后倒上酒，"接着说！"

吴立宾接过酒杯，好心提示道：

"你写作一定要有阳光的东西，不要像现在有的文学作品丑化国家！"

杨天友举起酒杯，和他碰了一下后，一饮而进，放下酒杯，借着酒劲反驳道：

"如果真有这样的小说，从另一个角度来说，应该是一件好事。"

"怎么是好事？"吴立宾对杨天友的理念感到不解，质疑地问。

杨天友心里说，辩证法你不懂吗，还是迷茫了？一想，木不钻不透，道理不辩论不明白，辩论也是交流感情的重要途径，舒了一口气，开始高谈阔论：

"质疑与批评是社会、科技进步不竭的动力，一种事物的出现，应该从多维度解读。如果从吸取教训的角度考虑，应该算是好事，比如改革开放后涌现出的'伤痕文学'，特别是大陆公开出版的台湾作家柏杨的《丑陋的中国人》，揭示出人性的丑陋一面。有人说好，让我们时刻保持清醒的头脑，避免狂妄自大；有人说不好，揭示了伤疤，触及了心灵，难以接受。我认为阳春白雪和下里巴人共存，才是一个完整的世界。一件事，如果只从一个方面理解，只有一种声音，不符合辩证法，不一定是好事，就像一只航行的小船，旅客只坐一边一样。"

"这是你看书学习得到的体会？"吴立宾故意发问。

杨天友看了他一眼，笑了笑，绵里藏针地说："生活让你有一千个哭的理由，你仍能找到笑点，这才是阳光的人性！"

"什么是人性？最好能用通俗、简单、形象的语言，阐述明白。"吴立宾两眼紧紧望着他。

杨天友看了看他严肃的态度，有些得意忘形了，掏出一支烟，递给他一支，自己叼上，给吴立宾点燃后，也给自己点然了，他狠吸了一口，慢慢吐出烟圈，谦虚地说："其实你懂得人性，只是想看看我的学识水平，那么我就班门弄斧了。"

看到杨天友谦卑的态度，吴立宾放下考官的架式，点头鼓励道：

"哥俩讨论才能增进友谊和感情！"

杨天友看到他的谦虚加鼓励，知道他对人性也感兴趣，弹了一下烟灰说：

"人性问题，我看了许多书，当初有的长篇大论，讲得云山雾罩的。这时，我想到林彪元帅的格言：'话莫啰嗦''事莫越权'，如果有人用通俗简洁的语言诠释多好呀！"

"有的人就喜欢长篇大论，否则，不能显示其水平！"吴立宾插话道。

"其实，人性就是两方面：神性和兽性。"杨天友贴切说，"就像白天和黑夜加起来就是一天！"

"你的书没有白看，有自己的见解、思想，对人性的诠释言简意赅！"吴立宾赞许说，"你具备作家的基本素质。"

听到吴立宾的认可，杨天友内心很高兴，认为自己说服了记者，有了成就感，起码他不反对，也算找到知音，便说：

"我也考虑过写一本书，不知从何下手！"

看到杨天友诚恳好学的态度，吴立宾内心有一种满足，说："作家要紧跟时代步伐，作品也有时效性！"

"伤痕类文学，就是在特定历史时期的产物。"杨天友感触地说，"现在再写这类作品就有些不适合了。"

"你很有悟性！"吴立宾说，"可以当作背景，少写一些未尝不可，如果成了经典作品，像歌曲《我的祖国》，就没有时效性。"

杨天友感叹说："跟着凤凰飞是俊鸟！以后写作你是我的老师，我这个学生笨呀！"

"不要谦虚。"吴立宾激励道，"许多作家的水平刚开始没有你高，也是边学边写的！"

"你是如何写成书的？真让我佩服。"杨天友连问带拍马屁，"今天我俩见面不容易，不谈工作，只谈论写作等我关心的问题！"

吴立宾是记者，还是作家，听到杨天友的赞许很高兴，他也非常敬佩杨天友善于思考、仗义的为人、谦逊的态度，有了一种惺惺相惜的感觉，便滔滔不绝地说：

"文学是登天的梯子！到了我们这个岁数，虽然没有进步的空间了，但写作，一是乐趣，二是消遣，三是能给子孙后代留下精神财富。林则徐说，儿孙自有儿孙福，这话是真理。儿孙有能力，不用咱们，没有能力，留给过多的钱财不一定是好事！授人以鱼，不如授人以渔！"

"不愧为作家，说话有见地。"杨天友赞叹。

"我是伪作家？"吴立宾说。

杨天友一楞，然后调侃道："谦虚过度，连拉带吐。"

吴立宾喝了一口酒，夹了一口菜顺下酒，说："我写了几百万字的文章，只出版了一本书，就被吸收到作家协会，其实，我几百万字的文章只是看图填空而已。真正的作家，写出的作品是创作，有思想，有见地，有感染力、生命力，触动灵魂，对广大读者有启发。"

"你谦虚得有些自残。"杨天友赶紧斟上酒，安慰道。

"不。人要有自知之明，当你认为自己行的时候，就是膨胀的开始。容易落入噩梦！"吴立宾真诚地说。

杨天友对吴立宾保持清醒的头脑，有一颗敬畏之心，很是赞赏，心里说，如果现实中这样的人再多一些，我们的工作就能少失误，遂安慰道：

"咱们平民百姓，再膨胀能有什么后果？最多是别人鄙视你。"

"也是，我把自己看得太高了。"吴立宾感叹道，"如果官员膨胀了，百姓就得受苦遭殃。"

杨天友察觉到他有一丝不悦表现在脸上，便转移话题说：

"你有许多优点，是我学习的榜样。"

"我们相互学习。"吴立宾脸颊上流露出一丝喜悦，"学习无止境。"

杨天友心里说，都愿意听好话呀，便问："什么样的作品是好的！"

"虽然我写得不生动，但我会看，就像不会做衣服，会欣赏一样，"吴立宾说，"好作品必须有高度！"

看到他的诚恳态度，听到他的独特见解，杨天友心里对他更加尊敬了，现在能正确认识自己的人不是太多，于是谦恭问：

"如何提升作品高度？听一下我崇敬的人的见解！"

听了赞美的话，吴立宾也没有逃出人性的弱点，喝进剩余的酒，好为人师道："你站得高，才能写得高；跳出圈外，写圈内的事就有高度了。"

杨天友和他碰杯后，说："请哥们儿用通俗的道理比喻一下。"

"你看过狗交配吧！"

"小时候看过！"

吴立宾说："你要是狗，看到狗交配，得动心；如果你从畜道修炼进入人道，你还会动心吗?!"

杨天友听罢，哈哈大笑道："哥们，你太有才了，骂人不带脏字的！"

"想歪了吧！"吴立宾笑意满满，诠释道，"咱是哥们儿，骂你等于骂我，这个比喻多么形象。话糙理不糙。"

"微言大义，我是开玩笑呢，"杨天友感悟道，"看问题角度很重要，如果躺着，看身边的石头，感觉很大；站在楼上看，很小；坐在飞机上看，几乎连人都看不到！坐在宇宙飞船上看，地球也不大！"

吴立宾很有成就感，说："是的，一个优秀的作家，要有独立思考能力，要上升维度，站在时代前沿，自己有一桶水，才能给别人一盆水！"

"你是真正的作家。"

"可惜只出版了一本书。"

"好作家不在于出版多少本书，"杨天友说，"美国作家玛格丽特·米切尔，只凭一本《飘》，就奠定了在文学史上的历史地位。"

"你看问题，总是从阳光积极的方面立脚。"吴立宾赞赏道。

"你抬举我了，"杨天友谦虚说，"你见多识广，写作上是前辈，请你谈一下读书及写作的技巧与方法，好吗?"

人都愿意听好话。吴立宾听罢很受用，倒上酒干了之后，侃侃而谈：

"真传一句话，假传万卷书，看完一本好书犹如吃了一场盛宴，涤荡心灵，多年后，我们能记住主人公的名字，或者一个故事情节，或者体会一个道理，就不错了。写作和干其他工作一样，也是有技巧的，得自己在工作中摸索总结。"

杨天友也非常认同吴立宾，便谦虚地问："采访写稿件有窍门真谛吗?"

"有哇，任何事情都有科学的工作方法!"吴立宾说，"比如邀请采访，有时我让被采访者写稿件，我修改;写作的真谛也如此。"

"请告诉我写作的真谛!"杨天友虚心问道。

"好吧!"吴立宾反客为主，给杨天友倒上酒，透露了自己写作的秘籍:

"你看哪本书好，多读几遍，认真学习揣摩，从模仿开始，慢慢提高要求，最后完成超越，达到卓越! 比如《红楼梦》就是从模仿《金瓶梅》开始，达到超越，成为经典! 没有《金瓶梅》，就没有经典的《红楼梦》。这个观点，伟人有评价，在网上应该可以查到。"

听到吴立宾的写作体会，杨天友犹如醍醐灌顶，以往也问过别人，都没有他聊得直截了当，或者就是语焉不详、不想透露。杨天友感叹吴立宾有胸怀，有人格魅力，举起酒杯，说："感谢真心传授! 我们干一杯吧!"

吴立宾也感觉杨天友看问题有独特的视角，见解犀利，找到了灵魂的共舞者了，心里非常高兴，举起碰了一下杯后，说："为了灵魂的碰撞，干杯!"

11. 细雨一梦

酒逢知己千杯少。在酒精的作用下，杨天友与吴立宾海阔天空地侃大山，又从工作上谈起，在"工作是生存之本，事业是爱好，如果把工作和事业结合起来，是人生的乐趣"的观点上产生了共鸣，对"先工作，后事业"的理念一致同意。什么孩子教育、入学，医疗，养老等社会问题，都畅所欲言。

杨天友把自己和妻子闹矛盾的苦恼，安在弟弟身上，又得到吴立宾的开导。这顿酒，他俩一直喝到天黑，这也是杨天友所要的结果。

回到家，杨天友一下子倒在自己的床上。孩子离家到外地工作后，他俩吵架成了家常便饭。刚开始，她上孩子房间睡觉，杨天友总劝她，拉她回房。后来成习惯了，一吵架就到孩子房间睡，时间长了，杨天友也失去了耐心，一直分居。

天泛鱼肚白，他睁开眼怎么也睡不着，悄悄溜出了家门，蒙蒙细雨夹杂着清晨格外新鲜的空气热情地欢迎他，立马驱散了室内沉闷压抑的感觉。他四处望望，然后踽踽前行，让细雨洗涤灵魂，不久到达了桃花江江堤岸边，江面的晨风吹拂他的脸，他心绪万分，极目远望，一片朦胧。回头看看自己走的路，脚印被毛毛细雨带走了。

杨天友感叹自己即将"东山再起"，还是被情感所左右，真是成也萧何，败也萧何。

蒙蒙细雨继续，多数人仍在梦中。即便少数起来的，也只有极少人在江边。回想昨日喝酒时的谈话，杨天友感觉太有启发了，特别是吴立宾劝自己写书的话，记忆犹新。难怪英国作家萧伯纳说，你有一个苹果，我有一个苹果，相互交换，还是一个苹果；你有一个思想，我有一个思想，互相交换成了两种思想。思想在某种意义上讲也是生产力呀！尤其是吴立宾告诉自己的写作技巧，让自己醍醐灌顶，顿开茅塞，为什么不尝试使用呢?!

自己经历改革近30年，虽然有专门的人记录社会发展历史，但许多小事，正史不能记载，也不可能有篇幅记录！自己在家没事，写一下不是很好吗？

描写银行业，一开始是"无秩序"的粗放经营，随着市场体系健全，银行在发展中不断完善，在痛苦"疤痕"中不断完善，正史不能记载。咱们为金融改革历程写写"野史"，也算为社会做贡献了，说不定能引起时代同行者的共鸣呢。如果能为国家完善制度提供素材、对消除平民百姓的后顾之忧有点启迪，也算是一种欣慰。

天，不知不觉大亮了，细雨，不知道啥时停止了，江边上的人流慢慢多了。

"呜……"大船起航的鸣笛声，把杨天友从遐想中拉回现实。他伸了一个懒腰，然后眺望东流的江水，思考着：自己的主业，是生存之本，看书是消遣，写作是梦想，也算是事业吧，前一段看书，是"养兵千日"。现在要工作了，是"用兵一时"了，自己必需首先把组织上交给的工作任务干好。现在看来，写作的梦想得往后推辞了，否则，对不起工资，对不起共产党员这个光荣的称号了。

要干好工作，就得先安慰后院的李伟萍，治疗她心灵上的疾病。他四处张望：看到江边树林里有学生看书，猛然灵光一闪，老年大学！对！想法让李伟萍上老年大学，有事可干，享受集体的乐趣，又能走出阴影！

12. 免除责任

银行的股份制改造工作在紧锣密鼓地进行。全国银行不良贷款平均占 25%，这还不算隐形不良资产。一些地区更高，滨江地区账面上的不良贷款达到 60% 以上。如果释放出隐形不良贷款，不良贷款率能达到 95%，基本是放出一笔贷款，出现一笔不良贷款。究其症结，是经济环境不好，诚信环境差，等等。为此，省行收回了全省地市行的贷款审批权，这样，情况稍有好转。

如果要股份制改造，并成功上市，必须剔除居高不下的不良贷款，这个观点得到总行决策层的认可并运作实施。为了剥离划转不良贷款，这次大田银行进行不良贷款认定采取的方法是实事求是、不留尾巴原则，自上而下，很严肃地对待。省行抽出人员组成工作组进行监督核实，对于大额不良贷款的责任进行落实，并准备惩戒相关人员。这样，畜品厂这个用银行贷款垒起的大户进入了省行工作组的视线。

一天，杨天友刚从深圳回来，就得到工作组的通知，去会议室谈话。

杨天友边走边思考，省行工作组找自己是什么事？他一下子猜到了是有关贷款方面的，想到正在进行的不良贷款的认定，一定是责任问题。心里说，没有什么可怕的，自己坐得直，行得正。

走进会议室后，有两位人员正在那里翻阅材料，杨天友一看面孔熟悉，却一时没有想起名字来。经过介绍，他知道那位中年女性是省行个人金融处的副处长李迟，另一位年轻男性是省行监察室的副主任干事牛蓝英。杨天友心里说，两位副处长找自己谈话，规格蛮高的呀。

简单寒暄之后，进入了正题。

李迟面无表情地问："杨经理，现在进行的不良贷款认定工作是为第二次剥离做准备。想必你也知道了，按规定，出现不良贷款必须认定责任人。畜品厂 7000 多万元的贷款早已进入'不良'了，从借据上看，是你签字的，所以责任人应该是你。你有什么意见？"

杨天友严肃地说:"贷款借据是我签字不假,但我没有任何责任,这个企业的贷款是政府让办的。"

牛蓝英问:"你的依据是什么?有政府领导让你们放款的文件或者签字吗?"

杨天友一听,气从心生,感到牛蓝英是在难为自己,当初同意放款的领导已经作古了,你难道不去问一下子吗?但转念一想,不能和他们搞僵,便说:"我们单位当时的领导贷款签字权才有 5 万元,畜品厂动辄上百万元的贷款,我们一个小支行办不了啊!"

"那也有责任!"牛蓝英蛮横地强调。

"责任最多就是扣我一个月的综合奖金!"杨天友微微一笑说。

"为什么?"看着杨天友神态坦然的样子,李迟心里画了一个问号。一般情况下找责任人谈话,他们基本上是诚惶诚恐,态度谦卑,杨天友好像心中有底似的。她十分好奇,不由得插话问。

"这个企业的贷款是在当时的历史背景下形成的,当时的《员工处罚条例》规定,调查不实,就是扣一个月综合奖金。何况,当时的贷款是上级直接发放的,没有经我调查。"杨天友实事求是地说。

李迟一看,杨天友言之有理,态度变得和悦了一些,说:"我是新到信贷的,没有经历过当时的情况,但你一下子签发了畜品厂 2000 万元的贷款。这是怎么回事?你能拿出根据吗?"

杨天友一笑,说:"当时银行统管流动资金,充当财政职能,每年年初,给企业核定一定数量的定额内流动资金。为了不让贷款逾期,每年进行更换借据。我和信贷员只是在更换借据时签字而已,不签字,手续不符合规定,会计人员便不走账。"

"根据呢?"牛蓝英不依不饶地问。

杨天友淡然说:"国办发〔1984〕100 号文件。"

李迟一看,杨天友态度真诚,又不卑不亢,不能套用现行的规定来处理历史问题。她将话拉了回来说:"杨天友经理,我们只是了解一下情况。希望你正确理解。"

"这是正常工作。"杨天友站起身来,说,"如果没有别的事情,我就走了。"

言毕,他礼貌地告辞了。

杨天友发放给畜品厂的贷款,出现不良的责任认定落实受阻之后,李迟率领的省行工作组向省行进行了专题汇报。省行认为，杨天友的说法是正确的。不同历史时期出现的不良贷款，按照不同时期的政策执行，指示工作组要重点督导 2000 年"贷款新规则"出台后出现的不良贷款，并按照 2000 年以后修订的《员工处罚条例》执行。

这样，2000 年以前发放的贷款以经济处罚为主，其实，也就是不了了之。

之后，省行工作组有条不紊地指导着对 2000 年以后放款出现的不良贷款进行认定、落实责任人工作。从汇总情况来看，大部分从事信贷的人员放款都有不良情况出现，责任也由他们承担。有的县支行凡是从事过信贷的人员都有责任，信贷人员几乎全军覆没。

如何处理这众多的责任人，这让李立君感到头痛。特别是晋大伟引介的贷款很多都形成了不良。他不能不顾忌，晋大伟和自己是同级，在省行是同僚，处理不好他的问题，自己以后的工作也不会顺手。

晋大伟得知自己引介的贷款有好些形成了不良贷款后，想到如果追查自己引介的贷款，信贷人员如果真实反映情况，说是自己威逼利诱给办的，那自己一定逃脱不了干系。即便自己硬性推脱，那样对自己的人品评价以及前途也不利。为此，他感到害怕，甚至有点恐惧。

他知道，如果给自己处分的话，自己的前程一定会受到影响。于是，他想到了转移责任，找一个"替罪羊"。

晋大伟特意找机会回到滨江，专程找李立君帮忙。

李立君叹了一口气说："其实在银行工作，谁没有介绍过贷款？'家家卖烧酒，不露是好手'，介绍贷款本身没有毛病，是下级为了逃避责任反咬一口罢了。这件事得由下级端盘子，自己不好出面。"

晋大伟理解，李立君的确不好说话，因为有了这个开头，以后就没有办法收场了。于是，他就找到了信贷总经理朱占东。朱占东不好得罪他，便说："老领导找我的事，我一定帮忙。可是具体的事，由于仲龙主管，这一段时间我和于仲龙闹矛盾，我怕处理不好，对你有影响。如果于仲龙能处理好这件事，我保证让不良资产审查委员会通过。"

晋大伟了解于仲龙的性格，约他之前颇费了一番心思。他考虑到自己不是他的主管，直接约他，怕他起幺蛾子，于是通过山阳支行行长鞠白东约见于仲龙。

于仲龙一直不得志。他有一个特点，封建主义传统遗留的人身依附性太强，喜欢围着单位一把手转，领导对谁有意见，他就针对谁。为此，他得罪了许多人。夏江河、吴苟良下台后，他就彻底失势了。

晋大伟和于仲龙几乎脚前脚后地到了山阳支行。当初，他们同为青年员工，于仲龙对晋大伟就不怎么尊重。后来晋大伟在山阳支行当计划科长，他认为晋大伟的水平还不如自己，怎么能当上科长？于是在各种场合表示不服，一来二去传到晋大伟耳中。晋大伟是一个城府颇深的人，他避开于仲龙的锋芒，没有与他发生正面冲突，但心中对于仲龙印象极坏。

见面地点是滨江地区唯一一家五星级宾馆——新世纪宾馆。于仲龙刚一踏入宾馆，便被宾馆的气势恢宏所震慑。进入了商务房间，对于视野只囿于"标准间"的于仲龙来讲，犹如刘姥姥进了大观园一样。

于仲龙初见晋大伟时，诚惶诚恐，看到晋大伟和蔼可亲的态度，得知他有事求自己，骨子里放荡不羁的天性又释放出来了。

简单寒暄之后，晋大伟似乎在咨询，又像帮助别人办事，蜻蜓点水似的谈起来："我有个好朋友，在贷款中帮助别人说了一句话，现在贷款形成了'不良'，上级要追究责任人。你看有什么办法将责任摘除？"

"谁的事呀？"于仲龙问。

"既然是我提的，你就当是我的事吧！办好了，我和朋友都不会忘记你的。"晋大伟忽悠道。

于仲龙为晋大伟貌似诚恳的态度给感动了，有些忘乎所以地说："你的事好办，将责任往吴苟良身上一推，就了结了，反正他也退休了。"

晋大伟一惊，心里说，听说吴苟良在位时，对你也不错，退休后你就咬他，你的心思也太可怕了！转念又一想，为了前程，现在顾不上那么多了，便问："如果他不同意，怎么办？"

"反正他也退休了，身体也不好，没有精力管这件事，不让他看处罚文件就可以了！"于仲龙自信地说。

"这样行吗?"晋大伟有所顾忌地问。

"有好多人都是这么办的。"于仲龙说,"基本没什么问题。毕竟 2000 年以后,办一个贷款得很多人签字,是谁的责任,哪能真正分得清分得开?"

晋大伟听罢,满意地点点头。

晋大伟给于仲龙倒了一杯水,于仲龙一口喝尽后,晋大伟赶紧又给他倒满。

于仲龙问:"到底是谁的事?我心中好有数,到时知道该怎么办!"

晋大伟诡异地笑着说:"我还没有想好,到时需要你时,再麻烦你。"

"到时你通知我一下,我一定办好!"于仲龙信誓旦旦地表示。

晋大伟看了一下手表说:"快到中午了,我们哥们儿很长时间没见面了。你想吃些什么,别客气。"

"你当大官了,请客也不容易,那就吃点好吃的吧!"于仲龙不见外地说。

"没有问题,我的工资比你高。"晋大伟大方地问,"咱们俩吃饭不热闹,再找几个人。你想找谁?"

于仲龙略想了一下说:"还是找原先单位的老同志吧。"

"找谁,你说了算,今天就是朋友聚会!"晋大伟一副谦虚的样子,鼓励道。

"我现在觉得,不管如何,还是刚上班时的人感觉好,就是闹矛盾也像小孩吵架,恨不到心里去。"于仲龙大大咧咧地说,"找我们在山阳支行的老人吧!如杨天友、陆承馨、季晓春等,其余的人让他们代找。"

"你操办吧!"晋大伟放松地瘫坐在椅子上。

午宴在晋大伟下榻的宾馆举行。于仲龙提议找的人正合晋大伟的意。杨天友先到,不一会儿,陆承馨和季晓春手挽着手走了进来。

人员到齐了之后,大家在叙旧中,服务生将酒菜上齐。晋大伟执意给大家酒杯倒上酒,然后举起酒杯说:"我们都是老朋友了,曾经在一起工作过。我很想念大家,今天有缘在一起叙旧,让我们先喝一杯吧!"言毕,主动和大家碰杯,然后一口饮尽。大家也跟着一口饮尽。

杨天友要倒酒,晋大伟抢了酒瓶说:"大家先吃点菜压压酒。我今天高兴,要连敬三杯酒。"

"第二杯酒，是哥们儿友情酒。"晋大伟给大家倒上酒之后说，"以前，我们是哥们儿，今后，仍然是哥们儿。如果大家有需要我的地方，尽管开言，我一定不会辜负大家！为了友谊，我们再干一个！"

他的话蛮有煽情意味，让大家感到了希望，高兴地一饮而尽。

杨天友心里明白，晋大伟肯定是有所图，否则怎么会如此破费，因此产生了一丝警惕。

于仲龙不知深浅，大大咧咧地说："大伟，今后我们就靠你了。我提议，为了我们小哥今后前途发达而干一杯！"

听到于仲龙直呼其名，晋大伟愣了片刻后，马上恢复了常态。这个细节让杨天友捕捉到了，他好意地打圆场："八小时之内，可别直呼大领导其名。"

"我可不是什么大领导，"晋大伟下意识地举起酒杯，纠正说，"咱们是好哥们儿呀。"

"人际最亲切的称呼莫过于直呼其名，"于仲龙尾音上扬，爽声说，"谁的官有邓小平大？谁有邓小平伟大？人们在新中国成立35周年国庆北京群众游行上直呼'小平您好'，他老人家很高兴，显示出了他伟大的胸怀！称呼并不重要，关键在于内心是否尊重。"

"说得好！今后我们都要这样称呼。"晋大伟赞同道，举起酒杯，谦虚地说，"我没有什么前途了。只要工作不出错，我就满足了。"然后和大家一一碰杯，一饮而尽。

"现在不是谦虚的年代了，而是张扬个性的时代。"于仲龙饮酒后说，"从现在的竞聘现象，你还感悟不出来吗？！"

"是啊！"杨天友感慨地说，"以前升职是'给'的因素多一些，现在是'要'的成分多一些。"

"什么给、要，都和我没有什么关系了。"晋大伟说。

杨天友对晋大伟虚假的情意很不满意，又不好发作，他拿着酒瓶说："于仲龙，我要是当行长，能请你吃饭吗？"看着大家一脸疑惑的样子，他又自问自答地说，"不能！所以我当不上行长！"

晋大伟眉头一皱，感觉杨天友的话不是滋味。

细心的陆承馨看到晋大伟有些不高兴的样子，立即抢下杨天友的酒瓶，边给大家倒酒边娇声说："今天像大伟哥所说，是老朋友聚会。我们相见也不容易，不要讨论那些深奥的东西。"

"是呀！"季晓春也附和道，"一晃我们有二十多年没有这样喝酒了，难得晋哥有雅兴，我们重新找回了当初的感觉。"

"人生刚参加工作时的朋友是最难忘的。"晋大伟略有感慨地说。

杨天友也感到，这种场合如果再认真起来，就有砸场子的嫌疑了。于是他拉近话说："大家别介意，我说的是我没有大伟的胸怀。"言罢，举起杯看着晋大伟，"你是我们单位的荣耀，为了这种荣耀，我敬你一杯！"

"大家喝！"晋大伟举起酒杯，打着官腔又不失实在地说，"其实，行长这个位置，在座的各位谁都能干，而且干得也不一定比我次。只是历史给了我一次机会！"

"可是我们没有你幸运呀！以后希望行长多多关照我们呀。"季晓春认真地说。

"我是鞭长莫及呀。"晋大伟说。

"也不一定。"于仲龙大咧咧地说，"以后你回来当行长，如果对我们不好，天地不容。"

"那是，那是。"晋大伟点头应许道，说罢带头喝尽了酒。

几轮酒下去后，大家的感情上来了，说话也不忌讳了。

晋大伟倒上酒，拿起酒杯说："仲龙，我和你单独喝一杯！"

于仲龙豪气地说："我正想和你喝一杯呢！"

晋大伟酒意浓浓地说："仲龙，你这人真不坏，就是太直爽。刚一接触让人受不了，时间长了大家能接受，希望你总结一下，以后有好处。"

于仲龙听了很感动，不住地点头。

杨天友心里说，谁坏，还贴在脑门上？人之初，性本善。人天生都不坏，只是后来学的。利益不均时，心生妒性，就彰显人的弱点。就是贪官、恶霸也曾有过为民做好事的时候，人生谁没有做过好事，又有谁没有做过坏事？说谁一辈子只做好事，没有做坏事，就像说自己没有说过谎一样，虚伪可笑。

陆承馨站了起来，情真意切地说："和大人物见面不容易，我想敬你一杯。我曾经是你的部下，在业务上你没有少教我。"

"有没有手把手地教呀？"在酒精的作用下，于仲龙起哄道。

陆承馨瞪了于仲龙一眼。

晋大伟笑呵呵地打趣说："当时真没有，现在在你的提醒下，感到后悔了。"

"革命不分先后。"杨天友赶紧调侃道，"你们可以补课呀！"

"去你的！"陆承馨脸一红说道。

晋大伟被大家劝酒，喝得有些高了。杨天友心里说，都敬你酒了，我要是不敬酒，显得很被动，于是拿过晋大伟的杯和自己的杯放在一起，倒上酒。

"我有些喝多了。"晋大伟边接酒杯边说。

"酒是粮食精，越喝越年轻。"杨天友劝道，"也不差我这一杯了。"

"好，我喝。"晋大伟接过酒杯说，"杨天友兄弟，我们曾经是同僚，我们没有原则上的矛盾吧？"

"是呀！"杨天友感叹地说，"当初我们在夏江河手下'同朝称臣'，合作是愉快的！你的进步是我们的荣耀！"

"没有想到你进步这么快！"于仲龙大咧咧地说。

"不。"晋大伟舌头大了说，"于仲龙，你应该这么说，我们以前就看到你有出息了。"他看了人们一眼，又接着说："人都愿意听好听的！有时虽然说的是假话，但也比骂人强。"

"是呀，"杨天友说，"帮别人的忙，再说难听的话，还不如不帮忙了。"

看着于仲龙发愣的样子，杨天友又说："晋大哥说的是肺腑之言呀！"言毕，和晋大伟碰杯，一饮而尽。

陆承馨很会来事，看到晋大伟喝得差不多了，赶紧给他倒上了水，说："你先喝点水吧！"看着晋大伟满意地点头后，又说："以后你要求回来工作呗。这样，我们也能借光。"

"古代就有'八百里地之内不做官'的规定，现在看来是有科学依据的。异地干部交流的政策是正确的。这也不是我说了算。"晋大伟深有感触地说，"其实，我也真想回来。在外面太孤单了，想找个人说句心里话都没有。"

"文件规定，干部异地交流应带家属。现在这个样子，还是执行力的问题。"杨天友说。

"刚开始还行。"晋大伟晃着脑袋说,"也有实际情况。比如,杨天友你到外地当行长了,你家嫂子在本地当局长,她能舍得好不容易熬到的局长位置跟着你去流浪?大部分的事,没有完美,有一利必有一弊。鱼和熊掌不能兼得呀!"

杨天友听罢,感觉有道理,无奈地点点头。

"那你就要求回来工作呗!别的地市也有这样的例子。"于仲龙不见外地说。

"我还真没有想过。"晋大伟很实在地说。

"有想法,才能有方法。"杨天友有些悔意地说,"像我这样,想都不敢想,还有什么出息?"

"不是你没有想,而是没有人点拨你。"晋大伟满脸通红,喷着酒气,"当初,你安于现状,而我处于压力之中,有压力,才有动力,有了动力,也就有了想法。"

晋大伟的话,勾起杨天友的心绪。是呀!这些年来,只顾拉车不看路,被夏江河"好好工作,莫问前程,必有前程"的说法影响了。现在看来,年轻时工作上一帆风顺,未必是好事。

13. 成果显著

于仲龙得到晋大伟的承诺，有了动力，也有了办法。他略使手段，将晋大伟引介的多笔不良贷款责任分别安排在夏江河、吴苟良等人身上。反正他们已经退休了，情况也撇不清楚。

李立君一看汇总的材料，凡是从事信贷员工作的，基本上都有或多或少的责任。他知道，如果都按监察室的规定处理人员，那么银行就得关门，职工工作的积极性就会消失殆尽。何况有的信贷人员犯的错误，属于"不教而诛"的性质。他为此心中不平，为信贷员叫屈。他特意和监察部门领导商议如何保护干部，监察部门领导对合乎自己口味的事积极照办，反之，就打起太极来，让他很头痛。

当时，银行的中层干部也在岗位轮换之中，在银行改革、准备上市的特殊时期，监察室作为行使监督功能的部门，领导也经常更换。权衡之后，他采取了特殊措施：首先，将不听从自己意见、快要到点退位的监察部主任"劝退"，同时换上一个事业心强、比较听从自己意见的人担任。这样，从程序上保证了他能贯彻执行自己的意见。其次，在处理责任人方面，除非有重大影响的贷款，责任人公开，其余的责任人处理，只上报给省行看，不装入档案。晋大伟引介的多笔不良贷款，也按照这种方式处理。

责任人处理告一段落后，晋大伟深深地松了一口气。

与此同时，杨天友清收历史不良贷款工作也顺利进行，成果显著。

本来，这笔 3000 万元的余欠贷款是当时下海经商潮流中，银行内部成立了信托公司，贷款给深圳的飞达证券公司的，当初贷款累计余额达到了 6000 万元。当时也给银行带来巨大的收益，银行的职工福利住房、奖金也有了稳定的渠道。后来，股市从牛市飞流直下到熊市，这家证券公司停业了，老板带着钱跑了。滨江银行遂以诈骗罪向当地公安机关起诉飞达证券公司。经过艰苦的追偿工作，花费了银行的大量资金，才将飞达公司的老板押回来，对方答应偿还贷款 3000 万元。

然而，地方保护主义色彩严重，在飞达公司老板的上下活动下，深圳警方也抗诉，认为贷款没有还上，只是民事责任。不长时间，飞达公司的老板就被"保"出来，之后，贷款一分也未还。

经过近十年的累计，利息已超过贷款本金。银行单看利息，就是一个很大的数字，便进入表外科目核算，也就是说能收回来，更好，收不回来，也就不指望了。

杨天友当初也约略知道信托公司的事情。这回主管清收工作了，便理直气壮地找当时的有关人员了解贷款情况。相关人员以此事是当时领导办的和时间太久了记不清为由，闭口不谈实质问题。而当时的领导徐辉军已经退休了，移居国外，前期清收工作一时陷入僵局。

这时，杨天友想到了王佳英。虽然对他的市侩习气十分反感，可为了工作，还是硬着头皮找他，请他帮助联系当时的办案人员，了解相关情况。杨天友对王佳英有些不满意，但面子上也过得去，只要没撕破脸，就有合作的机会。

当杨天友提出要求后，王佳英说，这么多年了，谁能想得起，谁愿意讲？当听到杨天友讲，凡是对此项工作有功劳及贡献的人员，银行在追偿之后，都会给予奖励，王佳英眼前一亮，精神上来了，问："能得到多少？"

杨天友解释说，按回收总额的 5%—20% 奖励有功人员。王佳英犹豫片刻，便像打了鸡血一样兴奋，立马全身投入到了寻找当时办案人的工作中。

不久，他找到了办案人员程仁波。在王佳英的诱导之下，程仁波提供了很有价值的情况与线索。联系到了深圳的相关人员，得知飞达证券公司早已被承达证券公司兼并收购了。

杨天友满怀信心地去了飞达证券公司的新婆家承达证券公司，可是情况并不乐观，找这个，求那个，拖了许久，也没见成效。

李伟萍看到日渐消瘦的丈夫，心痛不已，她提示杨天友，去徐科那里寻找良方。杨天友认为徐科已经退休了，已是快燃尽的蜡烛，对此并没有抱什么希望。现在是市场经济了，一切以经济效益为前提，凭感情办事，似乎不会奏效。但他顶不住李伟萍的劝说，也感激李伟萍为自己担心，便抱着试试看的心情，决定去徐科那里。

经过准备之后，他和李伟萍专程到徐科家，向他求教。

徐科虽然年过七旬，但身体很好，他本不想参与这些事，可架不住杨天友和李伟萍的央求，又加上两人采用了请将不如激将的方法，最终帮他们出主意、想办法了，说："此事是历史问题，很难办，这也是李立君对你的考验。我曾经有一个部下，和我关系很好，感情融洽，现在在中央某部工作，叫卢万成，也是管点事的。你去找他，看看他的态度。"

有了徐科的态度和帮助，杨天友心中充满了希望。到了北京之后，很顺利联系到了卢万成。

卢万成大学毕业之后，被分配到了省行，在徐科手下工作。当时大学生很少，加上卢万成办事有方略，不张扬，徐科很喜欢他，对他进行了重点培养。不到三年，卢万成当了科长，后来被上派到北京锻炼。休假回来时，他向徐科表示，想留在北京工作。徐科极力帮助他，使他如愿以偿地留在北京。卢万成对徐科，始终抱着感恩之心。

卢万成认真听取了杨天友的情况介绍后，说："这件事如果通过正常的工作方式方法处理，很难奏效，毕竟是历史问题，也丧失了法律时效。但真当作自己的事来办，以私人关系为主，还是有办法的。这样吧，你等我几天，我找几个人商量一下，再给你消息。"

这天早上，杨天友起床后，打扮利索，来到了王府井一家咖啡馆。他这是赴卢万成之约。见了面，简单寒暄，落座之后，要了两杯咖啡，两人慢慢品尝着，逐渐进入了正题。

卢万成看着杨天友说："这个贷款是多年的历史遗留问题。按正常走法律程序，已经过了诉讼时效，重新启动法律程序，困难很多。我与几个朋友协商后，决定找有影响力的退休老领导 CC 帮忙。现在我们已经联系到了他的秘书。"

听了卢万成的话，杨天友感激的泪水在眼眶中直打转："我不知用什么语言感谢您呢。"

"不用客气。"卢万成一摆手，"你回去之后，立即将这项贷款的材料梗概写出来。证据要全，把每年的贷款催收证据收集齐，用特快专递邮来。然后，我们请秘书进行沟通，通过关系约请退休的 CC 老领导。如果 CC 参加宴会，这事，就手拿把攥地迎刃而解了。"

"这事我立即回去准备，并向我们行长汇报。"杨天友认真地说。

"好的！"卢万成嘱咐道，"这件事，主要是以私人关系办的，虽然也符合程序，但尽量少让无关人员知道。CC 为人处事很低调，那样，对 CC 影响不好。"

"我知道了。"杨天友感激地说。

回到单位，杨天友立即向李立君汇报了情况，并着意讲明，如果 CC 参加宴会，就别让无关人员知道。李立君听罢将信将疑，还是支持了杨天友。

过了一个月，杨天友接到了卢万成的电话，要他去北京。李立君主动要跟着去，一是想见一下大首长，长长见识；二是看看杨天友说话的真假。

宴会地点在一家私人会所，纯粹是私人性质，小范围进行的。有 CC 及夫人、卢万成、杨天友、李立君，还有前证监会官员牛市扬夫妇等。杨天友和李立君拘谨得像个犯了错误的孩子。通过言谈介绍得知，卢万成的爷爷曾和 CC 是战友，关系不一般。他爷爷在战斗中曾经救过 CC。虽然他爷爷牺牲了，但 CC 一直没有忘记卢万成。

席间，CC 和牛市扬谈笑风生，谈论一些国际国内大事，卢万成在一旁捧哏溜边缝，宴会的气氛跌宕起伏。

一直到散席，也没有听到 CC 谈及正事，在站起身告别的时刻，李立君用怪异的眼光看着杨天友，好像说，他们怎么不谈正事哟？杨天友一时也感觉不理解，轻轻捅了一下卢万成，卢万成轻点了一下头，明白了他的意思。他们的动作逃脱不过 CC 的火眼金睛，CC 微微一笑，轻描淡写地请牛市扬在方便时帮助协调一下。

之后，杨天友找到了继承原飞达证券公司的主体承达证券公司。这次该公司态度和以前有了 180 度大转弯。承达证券公司积极配合，重新落实了承债主体，先付 500 万元，承诺在五年内还清贷款本金。当然，杨天友和李立君也作了让步，同意只收回贷款本金，利息免收。他们知道，这样也让卢万成面子上过得去，否则，一分钱也收不回来。

杨天友和李立君兴高采烈，胜利而归。

回来之后，李立君迫不及待地召开了庆功大会，指出："杨天友同志是我行的功臣，我们这笔贷款基本上是死账了，杨天友同志经过艰苦卓绝的努力，不负众望，用一年多的时间，落实了承债主体——承达证券公司，作出了五年期的还款计划，并清收回来贷款 500 万元。如果我们采取委托清收的方法，我们的钱花得更多，效果也不会好。当初，我们向警方报案时，花的费用比这次多得多。后来由银行出钱委托公安局清收，费用大，效果差，我们也支付不起了，一直放到现在。杨天友同志为我们改制工作做出了很大的贡献。对于有功的同志，我们要大胆奖励，我个人意见，从行长基金中拿一部分给予奖励。"他环顾左右的副行长，接着说，"拿出多少，会后我们召开党委会商讨，但绝对不能不奖励……"

这次会议之后，杨天友成了众星捧月似的人物。

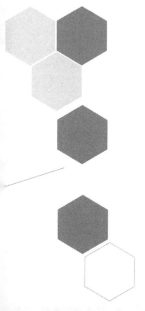

第七章　步履维艰

01. 衣锦还乡

李伟萍患上了轻微的抑郁症后，经过精心治疗，加上杨天友的悉心呵护，病情大为好转。但经不起刺激，一有刺激就反复，而且反复一次加重一次，让杨天友苦不堪言。

银行是知识分子聚集之地，又是利益相关纠结之处。由于银行实行的是垂直领导，这样在工作中形成的关系很微妙。有时，科长甚至是行长到省行找某一个人办事都不见得成功，而一个科员有时就好使。一般非原则的事，上下、同级中是不会较真儿的。在交流中基本是话中有话，点到为止。

李伟萍自从生病之后，好像变了一个人，凡事都爱较真儿，有时让人下不了台，包括行长李立君在内。人们碍于杨天友的面子，避免和她正面冲突，都躲着她。

李立君曾经和杨天友暗示，她不上班，基本工资也给她开，但奖金等要扣除，否则无法向员工交代。杨天友想，虽然李立君照顾，但李伟萍能干吗？

恰恰银行又处在减员增效的过程中，又一次实行有偿买断工龄政策，而且待遇优厚。李伟萍经过测算，能拿到补偿金最高上限为15万元，这是一般单位买断工龄的数倍，太有诱惑力了。李伟萍动了心，经人怂恿，立即主动买断了工龄。可发到手里的是12万元，李伟萍马上到人事科去问。得到的答复是：扣了税款3万元之后，剩下的就是12万元。

李伟萍生气地说："你们这么做是不对的！扣税是不合理的！因为这15万元是以后近十五年的收入总和，每年平均不到1万元，扣除自己上交的'五险一金'，所剩无几。"

"皇粮国税，应尽的义务。这是税务局规定的，我们也没有办法。"人事科长曲莉一副公事公办的样子说。

"我找行长去！"李伟萍说罢，悻悻摔门而出。

看着她的背影，曲莉无奈地摇摇头。

李伟萍怒气冲冲地来到李立君的办公室，没等坐稳，就没有好气地说："人事科，不干人事！"

"怎么了？"李立君大度地问。

李伟萍激动地叙述了买断工龄还上税的情况，说那是不对的。

李立君也感到买断工龄的政策属于递延资产性质，是应该逐年摊销的。就像工资每月开 1000 元，不够 1500 元的纳税起征点。到了年末发奖金 5000 元，这样月平均仍不到纳税起征点。如果给这 5000 元的奖金纳税，是不公平的，也是可以和税务局沟通、通融的。他很有工作方法，为了避免李伟萍再次和人事科发生冲突，就说："你反映的情况我知道了。你先回去，这也不是你一个人的事，全行买断工龄的人员数百个呢。我找人事科了解一下情况，再答复你。"

送走了李伟萍之后，李立君对此事非常重视，一是因为杨天友清收回来了深圳证券公司的不良贷款，二是怕李伟萍和买断人员串联，将事情闹大了不好办。于是，他立即打电话让曲莉到自己的办公室来。

曲莉刚进入办公室，李立君就劈头盖脸地问："给像李伟萍那样买断的人员发放补助款先扣税合适吗？"

"我看也不太合适。"曲莉不卑不亢地回答。

"那你为什么这样办？"李立君怒气冲冲地说，"这不是给行里找麻烦吗?！"

曲莉心中一惊，然后镇定地说："在这个问题上，我们事先和税务局沟通、通融了，也谈了给以后若干年的退休生活费上税是不合理的。税务局说，收付两条线，先按规定上缴税金，以后再退给咱们。这事我已经和主管行长汇报过。"

"这事应该和李伟萍讲清楚呀！"李立君态度有了些好转。

"不能。起码暂时不能！"曲莉坚定地说，"现在社会上认为银行是一块'肥肉'。地方政府财政困难，如果到时不能给咱们退回，我们也不能因此得罪政府，毕竟我们在政府的领导下工作。"

听罢曲莉的辩解，李立君感到她言之在理，他不想得罪曲莉，更不敢得罪政府，于是态度和蔼了许多，敷衍了事地说："你们继续和税务局沟通、通融好，争取将这些款拿回来。"

李伟萍买断工龄之后，在家闲着，总是对单位扣发税金的事耿耿于怀。她不甘心，背着杨天友写信，反映到省行。

杨天友看到她整天心神不定的样子，就鼓励她出去玩麻将，那样可以转移她的兴奋点，然后慢慢调节。玩麻将之后，李伟萍的心情似乎好多了，不和杨天友较真了，也知道退让了，这让杨天友甚是欣慰。

"我给你做面条吧。"李伟萍的嘘寒问暖，让杨天友很感动。

李伟萍背着杨天友向总行写信告状说，买断工龄的钱上税是不合理的，因为这笔款是到退休年龄的十几年的收入总和，属于待摊费用性质的，不应该上税。李立君做的事有失公允，要求上级给员工做主，返回税金。

总行责成省行过问此事。李立君从此对杨天友有了意见。杨天友感到很冤枉，一时也没有办法。

李立君知道，地方财政困难，政府也不会失去好不容易得到的税源。再加上银行职工买断工龄的款项本身就比其他企业的职工买断工龄的款项高很多，已经在社会上引起关注，不会得到同情。

没有办法，既然上级过问了此事，李立君硬着头皮亲自到地税局与其领导进行协商。虽然地税局领导表示理解，但说要请求市长批准。结果没有什么悬念，一张空头支票而已，市长说，以后财政有好转，必定退回。

由于李立君没有处理好这件事以及没有处理好敏感的工资改革问题，省行怀疑李立君的领导能力，从而产生了"换马"的想法。

这时，晋大伟进入了省行的眼帘。

晋大伟在外先是当了纪检书记，然后改职为副行长。在外人看来，他在工作中兢兢业业，任劳任怨，不计较个人得失，和同事们相处也好，口碑不错。特别是李立君帮助他摆平了引荐贷款的责任后，他严格自律，一切按照文件的标准工作，在上级行联合检查中，他所负责的工作问题是最少的。省行拟让他接任即将退职的省行业务一处处长，他非常高兴，积极准备接任。后来，业务一处处长由总行下派的干部担任，遂断了他的愿望。

省行对没有让晋大伟任业务处长心生歉意，调动他工作前，特意征求他的意见，因为在"贷款新规则"发布后，人员的调动基本上是不征求个人意见的，调令下达后必须执行到任，否则，就地免职。晋大伟不失时机地表示，如果可能，还是想回到家乡工作，一是父母年纪大了需要照顾，二是孩子后年就要高考了，三是想为家乡发展做一些事。

省行认为晋大伟言之在理，况且，他已经在外工作多年，不背离干部异地交流政策。这样，晋大伟就"衣锦还乡"了。

此时，晋大伟的思想发生了根本性的变化。现在的形势是，用"当一天和尚撞一天钟"的方式工作已经不行了，时代逼着你前进呀！要想干好工作，必须有新举措，甚至敢冒风险，必须有担当，有胸怀，有智慧化解矛盾。他认为，自己已年近五旬了，何苦呢？

有谁敢保证自己"站在河边不湿鞋"？自己能做到只"湿鞋底"或再大一点"湿鞋帮"就知足了。自己要尽职尽责，对得起党，对得起广大员工，对得起良心，对上，将工作业绩搞上去；对下，做好职工思想工作，让职工福利待遇比前任有所改善，内部不出现案件，这样再干两届，就在滨江退休养老了！

对于晋大伟回来工作，杨天友有一丝高兴，毕竟曾经是同僚，也没有发生利害冲突。但他也深深知道，人的位置变了，思想也会跟着改变，如果还像以前那样用嬉皮笑脸的方式相处，肯定是要吃亏的。在场合上一定要给他足够的面子，处理事情上一定要和他讲清楚。别一不留神把他得罪了。

想到自己曾经为行里做出了巨大的贡献，到头来因为妻子患有抑郁症，对李立君默认地方政府侵占职工安慰金的做法极为不满，进而向上反映情况，遭到李立君的不满，怀疑自己参与了此事，直至对自己进行刁难，让自己心情不畅，杨天友就感觉有些不安。

于仲龙则有一种弹冠相庆的心态。他认为，自己帮助过他，他一定不会忘记的。

晋大伟回来上任不久，就和大家混得不错，毕竟是自己的故乡，人熟为宝，许多人的面孔自己并不陌生，有相当的人和自己都很熟悉，也知道各自脾气秉性，工作开展得风生水起，很是顺利。

只是，晋大伟上台要办的第一件事，就让杨天友感到担心和害怕。

一天，晋大伟将杨天友叫到办公室，很客气地和他唠起了闲嗑。之后，话锋一转问："你现在工作上忙什么呢？"

"主要是不良贷款的清收工作。"杨天友诉苦说，"省行给咱们的任务是收回不良贷款总额的10%，可是，这些不良贷款太难以清收了。"

"为什么呢？"晋大伟貌似关心地问，"2000年之后，贷款要求按照'贷款新规则'办理，2000年前的不良贷款是按照原来手续办理的，让咱们打包出售。这还不好办吗？"

"打包出售的主要是没有抵押物、公司资不抵债的贷款。这些贷款打包后，按原值的10%出售，都没有买主；有抵押物的，我们依照规定进行了起诉，但效果也不太好。"

"为什么？"晋大伟问。

"首先我们要进行起诉，确定我们的债权之后申请法院执行。你也知道，这些部门视银行为唐僧肉，总想占银行的便宜。"杨天友看着晋大伟，无奈地说，"比如，我们起诉了一家贷款单位，它知道消息之后，立即就将欠的贷款还上了。这样，我们就要撤诉，按规定，应该返回我们起诉费用的50%，可我们多次去法院索要，法院总是找各种借口，不将钱退回。"

"要不择手段向他们要呀！他们欠理呀。"晋大伟轻松地说。

"要？"杨天友愁容满面地说，"怎么要？我们要打官司，向谁起诉？向媒体披露，当地媒体敢刊登吗？如果撕破了脸，以后我们的工作就没有办法开展了。而不要，又不甘心。"

"这类的事情很普遍。"晋大伟想了一下，说，"以后，我向政府呼吁一下，从上而下事情好办一些。"

"地方财政太困难了，政府也不好办。"杨天友担心地说。

"不好办也得办！"晋大伟态度坚决地说。

看到他的态度，杨天友暗自庆幸，心里说，你还真是一个办事的人。上级让你回来工作，还真是正确的。现在银行太需要敢于碰硬的人了。

"这样太好了。"杨天友高兴地说。

"咱们要齐心协力配合好。你要支持我工作呀！"晋大伟说。

"怎么配合好?"杨天友问。

"我们也得借鉴以前企业贷款的方式,小钱换大钱。"晋大伟笼统地说。

"怎么做?"杨天友不解地问。

"必须与政府搞好关系。从这一方面说,关系也是生产力呀!"晋大伟感叹说。

"应该。而且是必须。"杨天友赞同道。

"我们也必须有启动资金。"看到杨天友认可了,晋大伟循序渐进地诱导起来。

"你不是有行长基金吗?"杨天友建议道。

"那能够吗?再说也不能只给他们用。"晋大伟苦笑了一下,说,"前一段时间,我到政府开会。在和秘书长闲聊中,秘书长开玩笑地说,市里组织调研团准备出国考察,你们是否参加?如果不愿参加,能否赞助一些费用?哪怕给考察人员负责国内路程的费用,也是为地方做出了贡献呀。"

杨天友低头不语,心想狐狸终于露出尾巴了,看他如何表演。

"最近,承达公司要还钱,我们从承达公司还款中拿出一些来,支付政府考察团。这样,我们的工作就好干了。"晋大伟看着杨天友屏息谛听的样子,继续说,"舍得,舍得,只有舍出,才能有得呀!"

"你说的有道理。"杨天友不软不硬地说,"但手续不符合呀。"

"等钱到了,走账外科目。"晋大伟说。

"这不是小金库吗?上级严禁的。"杨天友担心地说。

"我们也不是为了个人。不这么办,我们的工作怎么能开展得游刃有余?"

"可是,上级来查怎么办?"杨天友忧心忡忡地问。

"我们不说,谁知道?!"晋大伟干脆地说。

"我担心,"杨天友忧虑地说,"这样有风险。"

"为了事业,我的责任是主要的!"晋大伟强调解释道,"银行业就是高风险的职业。事在人为,我们不冒风险为人家办事,人家也不能真心实意为咱们办事呀!"

杨天友心里说,你这是"王八吃秤砣——铁了心了",我不敢硬顶,就是顶也顶不住。于是,他顺水推舟地说:"此事人越少知道越好,最好不要让我知道。"

"你不协助怎么办?"晋大伟不满意地问。

"我只能给对方提供新账号,其余的我就不管了。"杨天友说。

"行！"晋大伟无奈地同意了。

"最好我们一起去一趟。我给你们引见后，你和他们熟悉了，什么事就好办了。"杨天友补充建议说，"以后咱们就这么办。"

"我现在很忙。你先去办一下，然后，我专程拜访。"晋大伟推托道。

杨天友心里说，钱这么重要的事，你不亲自去办，还忙别的事，真是分不清轻重缓急，抓不住主要矛盾，于是对他的领导能力及眼光产生了怀疑。

出了办公室，杨天友认真琢磨着晋大伟的话，感到他的胆子也太大了。上级三令五申，不准设立小金库，你还顶风而上。这样有恃无恐，和他一起工作，心里真没有底呀！

如何能使自己和他分离开来，做到"出淤泥而不染"？自己如何规避风险？他苦苦思考着。

02. 按摩陷阱

一天，杨天友到章立国的企业清收不良贷款。由于章立国的贷款是历史形成的，章立国经过"金蝉脱壳"之后，使贷款悬空，不和山阳支行发生业务往来了，山阳支行按规定，将他逾期多年的贷款划转到了市分行不良贷款清收中心。不良贷款清收中心人员到章立国公司催收贷款时，章立国避而不见，于是请杨天友出面协调。章立国碍于和杨天友是老关系，接受了约见。

章立国很勉强地会见了杨天友，接待有礼，当杨天友谈到实质问题，要求章立国公司承担债务时，章立国耍赖地说："杨天友，你个人来，我欢迎，但谈到工作时，我们不要接触，让吴苟良来。因为，你帮助我的贷款，我已经还清了，后来的贷款和你没有关系，是吴苟良发放的。没有还清的贷款，你们可以打包出售呀！"

杨天友一看，章立国是做过功课的，对银行的业务了如指掌。会谈一时进入了僵局。

这时电话响了，一听是科内综合员打来的电话，询问承达公司转款的情况。杨天友想了一下说："我桌子上的笔记本里有这个公司的联系方式和账号，直接发过去就可以了。"

后来，与章立国的约见不欢而散。

回到单位，综合员说："晋大伟行长挂了电话，问你干什么去了，我说下乡清欠款了。按照你的指示，我给承达公司挂了电话，并将进款账号发过去了。他们问了你和李立君的情况，我如实说，李立君下课了。"

杨天友满意地点点头。

过了几天，承达公司的款项到账，一看只有100万元。晋大伟奇怪地问杨天友，这是怎么回事。

杨天友惊疑说："我也不清楚。"

晋大伟理直气壮地说："现在是市场经济，市场经济秩序规范了。我们有合同协议在，他们就必须执行。你先挂电话了解沟通一下，然后，咱俩尽快去一趟。"

杨天友听罢，心中不悦，想，这是我"公事私办"，用私人关系促成承达公司重新履行合同。你上下嘴一张，说得轻松。这么大的事，你上台后，不去拜见承达公司，忙其他乱七八糟的事，纯粹是"抓小放大"，抓不住重点。我已经提醒你，你还不当一回事，这笔钱以后能否给你，又是扑朔迷离了。

原来，承达公司看到是综合员回电话，也知道李立君下台了，加上杨天友因为忙没有回电话，便挑新行长晋大伟的失礼之处，遂放弃了还款的意愿，考虑再三，只还了100万元。以后再看晋大伟的态度而定。

后来在追偿承达公司的贷款中，杨天友提出要去一趟深圳，和承达公司进行进一步的沟通。晋大伟一是怕花钱，二是怀疑杨天友有什么私人活动，没有让他单独去，也没有将此事列入工作日程。

一晃两个月过去了，承达公司了解到晋大伟办事太狗气，没拿承达公司当一回事，遂决心不履行还款协议了。

一天，杨天友陪省资产公司副经理郭胜言喝酒叙旧。郭胜言是吴苟良的战友，在贷款剥离时，由于有业务关系，他俩相处得很融洽，这次回家参加父亲七十大寿路过此，停留了一下。本来要先看望吴苟良，可吴苟良到南方旅游去了，便找到了杨天友。见面之后，两人天南海北，谈得很投机，不知不觉，从中午一直餐叙到傍晚。俩人都喝得醉醺醺的，郭胜言借着酒劲说："哥们儿，太累了，不如找一个按摩的地方放松一下。"

于是杨天友领着他找到了一家按摩馆。进入之后，各自找了一个足疗按摩技师。不一会儿，在按摩技师和酒精的共同作用下，他进入了梦乡。

一会儿醒来，支付了账单，他们自按摩馆出来后，刚走不远，突然从旁边蹿出两伙人，分别将两人分开，拿出证件晃了一下说："我们是公安局大案组的，跟我们走一趟！"

"为什么？"杨天友问道。

"到了地方你就知道了。"公安人员不耐烦地一边说一边将他俩分别架到两辆小汽车里。

公安人员将杨天友和郭胜言带到一个陌生的地方。下车一看，是一个偏僻的派出所，二人被分别软禁起来。

一个公安人员说："我们是公安局大案组的，你犯了什么罪你清楚不？"

杨天友在多年前有过经历，他认真冷静地回想所做的一切，根本没有问题，怎么能牵连到大案组？

杨天友依仗酒劲，问："大案组怎么了，我们犯了什么大案？"

长着一颗虎牙的公安人员咆哮道："你干了些什么事？说！"

杨天友被虎牙的怒吼惊醒了，知道这不是讲理的地方。心想，反正自己没有干违法的事情，别乱说话。于是，愣愣不语地看着他们。

虎牙接着蛮横地问："你们到按摩馆干什么？"

"按摩。"杨天友心想，在这事上不能含糊，于是理直气壮地回答。

"钱是谁花的？"虎牙追问。

"各花各的！"杨天友慢声细语地回答。

"你们是去嫖娼的！"虎牙大声说。

"你这是血口喷人！"杨天友怒气冲天地说。

"你要是不承认，就关押你们。"虎牙威胁道。

"我们犯了什么法？"杨天友厉声说，"按摩馆有营业执照，我们去按摩，有毛病吗？！"

"你要是不承认，"虎牙继续威胁道，"我会告诉你们单位，告诉你媳妇。"

"那是你的事！"杨天友不卑不亢地回答，"现在单位领导找我毛病，我们夫妻现在也有矛盾，如果因此产生了坏的后果，我要控告你们！我想总有讲理的地方。"

虎牙一看杨天友是有见识的，吓不住，也可能真的没嫖娼，态度和蔼了许多，问："录音证明，你有嫖娼行为。"

杨天友一听愤怒了，他强压制住怒火，仔细想了一下，那是以前和王佳英在喝酒高兴时谈论的事，也是借着酒劲吹牛皮。于是，他叹了一口气，底气十足地说："你们这是非法行为，我保留上诉的权利。现在录音真假很难说，合成的太多了。现行的法律规定，录音不能作为证据。"看到虎牙吃惊的样子，杨天友又把话拉回来说，"我们往日无怨，近日无仇，整我们有什么用？"

"不是我们要整你，"虎牙从抽屉中拿出一叠材料，放在杨天友眼前几秒钟后，迅速收回说，"是有人写告状信，我们是例行公事。"

看到虎牙态度好转，杨天友的心情也平静下来了，他说："这是陷害，我要上告。"

"还有脸上告？"虎牙狎笑道，"我们经过一个月的监听，你和一个叫高秋华的女人电话来往过甚，有乱搞男女关系的嫌疑。"

杨天友听罢，心里说，你吓唬小孩子呢？他一下子想到了表姐高秋华，那是研究孩子上学及以后出路的问题。他心里长吁了一口气，不屑一顾地说："有这事吗？那是我表姐，我们研究侄儿上学和就业的事情呢。有问题吗？再则，就算是我们有男女关系，也属于道德范畴，法律干涉不着。你们这是干涉我的隐私权！"

虎牙一看吓不住他，知道再和他纠缠，他也不会承认嫖娼之事，追究隐私权更没有什么意义，于是拿出一副公事公办的样子，说："没办法，别人举报，我们必须调查。"

"你不怕我告你们吗？"杨天友不服地说。

"上哪告？找谁？"虎牙反问道。

"到法制委，找王佳英。"杨天友脱口而出。心想，不管怎么样，王佳英和自己是同学，何况自己帮助过他，自己从未求过他，这点事应该能帮助一下。

虎牙听罢哈哈大笑，露出轻蔑的样子，道："你现在就挂电话吧！"

果然不出虎牙所料，杨天友挂通了王佳英电话，说明了情况后，王佳英打起了官腔，说："虽然嫖娼不是大事，但也可处以行政拘留十五天。你认可罚款得了。再说了，谁也不能干预司法独立办案，何况我和他们也不熟悉。"

杨天友突然想到，因为没有满足王佳英帮助别人贷款的要求，他和别人抱怨自己，说自己堵了他发财的路。他一下子明白了，此事一定和他有关！他暗暗骂，这个生性阴毒的王佳英。他用着人时，甜言蜜语；不用时，过河拆桥，无情无义。难怪人们称他"老刁"，真是刁毒。

虎牙一看没有结果，于是将郭胜言领进来，让郭胜言做一下杨天友的工作。郭胜言说，我同意交几个钱，他们也同意了。

杨天友坚决地说："你同意是你的事。如果你们没有钱，我可以资助些，但让我承认嫖娼之事，再交所谓的罚款，我坚决不干。"

虎牙他们也感觉自己做的事不仗义。于是，放走了他俩。

他俩走出派出所很远，郭胜言心有余悸地说："我被他们诱骗了。"

"他们怎么诱骗的？"杨天友好奇地问。

"他们说，这也不算什么事，男人就是好这点口。"郭胜言回头看了一下，发现没有人，便说，"他们说，杨天友也承认了嫖娼之事。你要是承认了，也就一起放出去。"

杨天友心里说，多亏我有经验，否则也被他们吓住了。为了安慰他，便说："他们也是这么诱导我的。"

"你真有种，硬是没有承认。"郭胜言敬佩地说。

杨天友认定，这件事一定和王佳英有关系。可能是为了羞辱寒碜他而使用了卑鄙的手段。如果真是这样，那王佳英等人也太阴险了。这事和晋大伟有没有关系呢？晋大伟自从承达公司拖欠款后，就怀疑自己从中作梗。这是不是他们设下的圈套呢？杨天友咽不下这口气。

03. 以点带面

银行股改的步伐加大了。为了彻底甩掉包袱，轻装上阵，在各地市分行组织的业务自查基础上，省行使用了强大的科学循环检查方式，那就是，甲地检查乙地，乙地检查丙地，丙地检查甲地……这样，杜绝了以往相互检查的弊病，即甲检查乙，乙检查甲，检查与被检查单位之间可以进行交易。省行规定检查的时间不得少于半个月，以防止走过场，进而能较为真实地反映经营情况。

省行检查组来到了山阳支行，晋大伟处于矛盾之中，既高兴又害怕。高兴的是，能彻底揭露出问题，便于自己以后经营，害怕的是，如果自己以从承达公司收回的不良贷款设立的小金库被发现，那样是要被撤职甚至开除的。

晋大伟指示被检查的各支行严格按照上级规定的标准进行接待，而对于检查市行的小组，特别是检查不良贷款处置方面的，则采取超规格接待，目的是让检查人员手下留情。同时，他也要做好对杨天友等人的威胁、安抚工作。

省行检查组的工作时间是充足的，检查也是很细致的。在强大的声势压力下，收回了数笔近千万的问题贷款。然而用承达公司还款设立的小金库是采用"空中飞""不落地"的方式，没有知情人提供线索，根本检查不出来。

省行检查组最大的收获是发现了山阳支行设立的小金库，累计金额达500万元。这让晋大伟异常气愤，为了显示自己的清正廉洁，执意要将此事移交检察院。

这样，逼迫山阳行长鞠白东畏罪自杀，虽然最后没有死，但这件事被知情者爆料到网络上，各媒体高度关注，负面影响广，给银行的声誉造成了不良的影响。为此，总行成立了以行长为组长的工作组，专程来到滨江了解情况。

为了深刻反映真实情况，做到"以点带面"的剖析效果，总行制定了严格的检查制度。随后不久，总行从各省抽调业务骨干五十余人，组成超强的检查工作组，"空降"到了滨江。总行工作组来到滨江，期限定为三个月，食宿等一切费用均由总行专项拨款，滨江只需要配合即可。采取重复检查方式，即工作组内部又细分十余个检查小组，甲小组对一支行检查之后，乙小组又进行独立检查，如果认为有必要，两小组也可以跟进。

这样，对2000年以后所发生的业务进行了翻天覆地的检查。

晋大伟设立的小金库由于没有痕迹，又逃过了一劫，但滨江分行别的问题，却彻底暴露出来。总行这次动起了真格，要以滨江地区为典型，起到"杀一儆百""以点带面"的效应。所以检查极其严格，单是工作底稿就有数十本。之后，由此受到各种处分的人员近三百人，占全辖15%之多。其中就包括钟照华，他因为问题贷款较多，被勒令提前退休，相当于开除了银行系统。

总行的检查规范了贷款业务，对保证贷款安全，起到了积极的示范作用。特别是下发了对滨江地区处分人员的通报，在全国系统引发了地震，合规经营的观念，深入人心。

总行检查之后不久，银行进行了第二次不良贷款剥离工作。原来在2000年的不良贷款剥离后，本想靠自身的利润消化剩余的不良贷款，可是，随着时间的推移，原来的贷款不但没有消化，反而被"赤化"了。对于新形成的不良贷款，国家总结了原因：贷款流程不科学；处罚制度没有认真执行。以前的《员工处罚条例》是在计划经济时期制定的，处罚偏松，弹性大，没有跟上时代步伐。这样追究责任时，就出现了官官相护的情况。

为了惩戒后来者、规范业务，总行新制定了每一项业务的工作流程，革命性地修改了《员工处罚条例》，细化了违规每一项制度应有的相应处罚措施，要求严格按照制度衡量每一笔贷款，如有不符合制度发放贷款的，无论是否出现风险，都要坚决追究责任人。同时建立了监督制约机制，设立了举报违规贷款的渠道，实行奖励举报人的措施。这样处理了一批违规责任人，强化了贷款合规经营理念，基本上杜绝了人为的风险贷款。

银行对于剥离出来的不良贷款，搞了分账经营，进行单独管理。然后，由财政部汇金公司代表国家进行收购，并委托原银行代国家管理。

杨天友仍然代理不良资产处置部工作。他感到名不正、言不顺，感觉自己担任经理已经多年，也有资格直接转正，于是找晋大伟，委婉地谈了自己的想法。

晋大伟听罢，感到杨天友言之在理，同时又感到让他这样捡到便宜不甘心，寻思了一下说："现在人事规定，不参加竞聘，不能胜任。直接下令不符合规定，而且后遗症大。你虽然是代理，但也是老经理，有谁不知趣和你竞争？你还是安心工作，我想，到了竞聘时，你一定能成功。"

杨天友看到晋大伟已经满口答应，随即研究了其他工作，然后离开了他的办公室。

一天，晋大伟在办公室刚接待一客人，于仲龙敲门进来了。一看屋内有人，他站在那里发愣。晋大伟说你先在外面等一下。于仲龙感到脸上发烧，心里说，他妈的，当官之后，真的摆官架子了，你忘记了你低三下四求我的时候了？不过，想到现在有求于他，便强忍下了这口气。

晋大伟送走客人时，将站在门口的于仲龙迎入办公室内。

"刚才那是一位重要客人。"晋大伟说。

"我一看就知道很重要，要不，你不能让我在外面等候。"于仲龙有些委屈地说。

"唉。"晋大伟叹了一口气，一边回到座位上一边说，"坐吧！刚才来的人是检察院的。"

"这帮人太难缠了。"于仲龙说。

"没有办法呀。"

"你不是和王佳英很好吗？"

"也不能什么事都找他呀！"

"为什么？"

"那让人瞧不起，人活的是一张脸。"

"也是，在你身上，我学到许多东西。"

晋大伟很高兴，于仲龙目空一切，没见他赞扬过谁。看到他诚实的样子和谦虚的口吻，心中有一丝成就感。

"晋大哥，"于仲龙见晋大伟很高兴，大大咧咧地说，"我工作已经这么多年了，现在还是原地踏步，你在方便时，帮助小弟'进步'一下吧。"

晋大伟对于仲龙依仗帮助过自己而和自己这样说话十分不满。原先对他的印象就不太好，只是不得不有求于他。而他不知天高地厚，竟然直言不讳地向自己索取官位，晋大伟顿时感到像吃饭时看到了苍蝇一样恶心，强忍心中的不满，打起了官腔："这不是我一个人说了算的事，得参加竞聘。得票要过半。还有，班子成员的票数很重要。"

于仲龙暗骂，如果这样，我还用你？你真是一个过河拆桥的小人。他不满地说："咱们关系不错。"

"我和谁关系都不错。"晋大伟不悦地说。

"我们干的事，谁也不知道。"于仲龙"翻小肠"道。

晋大伟一听，怒气冲天，认为于仲龙在要挟他，于是放赖地矢口否认："我和你就是同事关系。我有什么问题，你去告我呀！我给你出路费！"

于仲龙气得脸煞白。他是一个欺软怕硬的人，知道现在和晋大伟关系搞僵了，对自己不利，缓了片刻，将话拉回来，说："你上擎天，下顶地，谁敢告你呀？你心中有数就行了。"

"我不是糊涂的人。"晋大伟说。

在不愉快的谈话中，于仲龙悻悻走出了他的办公室。

04. 绝地反击

自从杨天友和郭胜言到按摩馆被警察抓了之后，关于杨天友的谣言便随风而起，一传十、十传百，给杨天友造成很坏的影响。晋大伟也亲自过问了此事，说："虽然现在生活作风问题也不算什么事了，但是造成影响就不好了。"

听了晋大伟的话，杨天友感到无比冤屈，就像裤裆里掉进黄泥——不是屎，也是屎，难受极了。他曾经想过，到公安局让"虎牙"给自己开一个清白的证明，转念又一想，自己乐了。心里说，杨天友呀！你太小儿科了。"虎牙"能给自己开一个清白的证明吗？假如能开，也属于"此地无银三百两"那种类型的呀。

虽然他认为这件事一定是王佳英搞的鬼，或者一定与其有关，但没有证据。骨子里受不得委屈的他，决心将此问题搞清楚。

经过缜密的计划和实施，他从"虎牙"的亲属那里了解到，这家按摩院的确在卖淫的边缘上试探，只是隐蔽工作做得好，每次扫黄行动似乎都能提前得到消息，做得不露痕迹，警方只是暗中盯着，没有实质性动作。而那天他和郭胜言进入按摩院后，警方接到举报电话，说是他俩在嫖娼。又经过调查得知，这家按摩院背后的真正老板是王佳英。

杨天友立马断定，陷害自己的，就是王佳英。杨天友为此很苦恼——我以前和王佳英关系好，没有什么原则上的事对不起他，他为什么这样对待自己？他一下想到了《圣经》马太福音第 36 章说，最危险的敌人，就是最好的朋友，因为你的弱点和缺陷只有好朋友才知道。

为此，他异常气愤地找到了王佳英。王佳英开始不承认，后来经不住杨天友的语言刺激，才怒气冲天地说："我这是帮助你，为了让你不犯更大的错误。"

杨天友手指着王佳英的鼻子说："王佳英，你不得好报应！"

王佳英狞笑道："杨天友，就你这态度，不吸取教训，苦难的日子还在等着你呢！"

"你，你，你……"杨天友气得脸色发青，浑身发抖，"朗朗乾坤，我就不相信没有讲理的地方！"

"嘿嘿——"王佳英一阵冷笑，"你有能耐，去告我呀！"

由于和王佳英彻底撕破了脸，加上王佳英的刺激，唤醒了杨天友的犟劲，他一不做二不休，随即给市委法制委领导写信，举报王佳英开办卖淫场所以及插手银行事务。王佳英拿着申告信，轻蔑地扬言："杨天友，小样，你能告倒我？"

话传到杨天友耳中，他气得怒火上升，说："我偏不相信，没有讲理的地方！"

于是，杨天友又给市委书记写信。但还是被王佳英想办法扣压了。

杨天友很苦恼。

这时，晋大伟力劝杨天友说："杨天友，拉倒吧，胳膊拧不过大腿。王佳英在政界根深蒂固，经过多年的经营，有一个庞大的关系网在罩着他，你根本拿他没办法。咱们单位也得让他一些，你吸取教训得了。"

"咱们单位让着他，是咱们单位的事。"杨天友心想，你有短处怕他，我不怕。于是，强硬地说："我没有什么短处，不怕他。我非要澄清是非，还我清白。"

晋大伟笑道："你能告赢，我倒着走，管你叫爹！"

晋大伟的话更加强化了杨天友要上告的决心。

在写了数封信不见效果后，杨天友经过了解，得知当地政府工作的程序：一般上访信件都由秘书处理。

他思考着，如何能让市里领导看到自己的申告信呢？通过谁转交呢？行长晋大伟可以转交到市委书记手中，可他和王佳英穿着一条连裆裤，和他协商，等于与虎谋皮！滨江本地看样子是不行了。徐科已退休多年，找人必须和本地有关系，或者对滨江地区有制约力的。

这时，杨天友一下子想到了卢万成。他认为，卢万成为人处事讲究，有正义感。这层关系一般不能用，现在没有办法了，如果不请求他帮助，自己将被人逼死。卢万成能否帮助是他的事，能成更好，不成，自己也没有遗憾了。

他不想让李伟萍知道这件事，否则，事情会更复杂。自己惹的事，自己应该独自承受苦难。经过几次修改，写成了申告信，然后又给卢万成写了一封信函——

尊敬的卢万成，您好：

　　我是杨天友。感谢您以往对我们单位的帮助，特别是我们单位在追讨承达公司不良贷款中，您给予了决定性的帮助。旧的恩情没有报答，又想寻求新的帮助，心有愧至极。

　　我现在受人陷害，给我造成很大的痛苦。我给当地有关领导写申告信，被扣压，陷害者扬言，上哪里告状也不害怕。我反映的情况如不属实，甘愿承担法律责任。恳求您在百忙之中给予关注。

　　祝：大安！

　　附：申告信。

杨天友

5 月 11 日

　　杨天友仔细看了申告信之后，和给卢万成的求助函装在一起，然后，特意到邮局，发了一封特快专递。他长长松了一口气，心里说，能否得到卢万成的帮助，天知道。能帮助太好了；反之，也是正常的。总之，自己没有憾事了。

05. 竞聘失败

大田银行划转出不良贷款，甩掉了沉重的包袱，轻装上阵。不久，成功上市。员工异常平静，没有像人们预料的那样欢呼雀跃，反而冷眼相看，别的银行股改上市给职工配股，为什么咱们没有？甚至有的员工认为，咱们就是老百姓，是挣工资养家糊口。

此时，晋大伟感到时机成熟了，人员的状况已经清楚了，决定实施竞聘上岗。

他事先召开了两个会议。一是党委会研究确定条件及竞聘工作思路；二是职工动员会，然后下发竞聘文件。人事出身的晋大伟对竞聘工作轻车熟路，指示人力资源部门，按照他定的框架制订出了详细方案，列出了竞聘资格分类。

于仲龙知道市行即将搞竞聘，依仗自己在贷款责任认定上帮助过晋大伟，于是再次去晋大伟办公室，采取迂回策略，向晋大伟提出，自己的年龄马上就要过竞聘线了，不想参加竞聘，只要求进入市行工作。

晋大伟一下子明白了于仲龙对竞聘没有把握的想法，不好明说，采取了"曲线救国"的方式。晋大伟顺水推舟，以他年龄偏大为理由，头摇得像拨浪鼓似的，拒绝了他的要求。于仲龙内心十分不满，愤恨写在脸上。晋大伟也不想和他关系搞得太僵，假意安慰道："你岁数大了，进入市行工作，有一百只眼睛在瞧呢，告到省行，也得把你退回去，那样太没有面子了。你要是找到省行关键位置的处长，让他说一句话，我就好办了。"

"什么处？"于仲龙天真地问。

"人事处、财务处、信贷处的处长都可以。"看到于仲龙为难的样子，晋大伟逗趣地说，"当然找到省行的行长、副行长更好。"

于仲龙看着他，无奈地摇摇头。心里说，我要是能找到他们，还用得着你？

晋大伟继续说："其实你在山阳支行也很好，是一位元老，参加竞聘副行长不可以吗？"

于仲龙似乎看到了希望，怀着半信半疑的心态走出了晋大伟的办公室。

虽然有着洋洋几千字的竞聘方案，可人们首先抓住重点，只看年龄，自己是否在年龄的框架内，然后浏览其他内容。如果年龄超过线了，人们最多只是一眼扫过。当然也有个别人，虽然自己不够报名条件，也偷偷阅读文件，目的是想看看，有没有人越"线"报名参加竞聘。

这次竞聘需要十五人。全行机关有工作人员一百五十名，够条件的八十人基本全都报名了。

晋大伟在走廊里遇到了杨天友，笑着让杨天友好好准备。杨天友感到了一丝温暖，感觉自己有把握。

由于竞聘人太多，首先进行了入围赛，按 1：1.2 进行选拔，这样，要选出十八人，然后由第二轮竞选，党委会进行差额投票，决定选出十五人。竞争十分残酷。

虽然杨天友有正职资格，可是辞去职务了，现在是代理正职工作，因此需要重新履行手续，才能参加竞聘。杨天友是多年的老经理，为人厚道，有惊无险地进入了第二轮。

杨天友进入第二轮后，于仲龙将晋大伟等人和杨天友一比较，认为杨天友是可以依靠的，到市行办事期间，特意向杨天友祝贺，并且好心建议，应该给晋大伟做工作。

杨天友不以为然地说："我早就是正职，可以直接下令。再说，我为行里做了大量有益的工作，清欠回了大量的欠款，这是有目共睹的。"

第二轮是入围后投票，投票人由领导班子全体成员和未参加竞聘的中层干部组成。

第二轮投票结果公示后，杨天友名落孙山。这出乎杨天友的意料，大多数人也不理解。杨天友一时很苦闷，他感觉各位行长对自己都不错。他想，行长占权重的40%，如果都投了自己一票，再有两位中层干部投自己，那自己就能过半数。他分析，一定是有行长没有支持自己。他要认识这个人。

好在工作这么多年，杨天友人缘不错，人事部门的综合员万光明对他很好。行长的选票和中层干部代表的投票是分开统计的。万光明偷偷告诉杨天友，从选票笔迹来看，可能是晋大伟没有支持他。

这时，杨天友如梦初醒，知道了晋大伟是一个两面派。他真想找晋大伟理论，可转念一想，不行，那样会出卖万光明的。何况叫王佳英整了一场，闹个满城风雨，自己也有些气短。他只好忍气吞声，等待时机。

06. 撕破脸皮

王佳英借助法制委的名义狐假虎威，插手银行的贷款业务，干预公安正常执法。他的嘴脸也逐渐被人认识，最终遭人唾弃。

季晓春买断工龄后，要求晋大伟返还因处分而扣的工资未果，心生怨气。原来，银行受到处分的员工按规定要进行经济处罚，也就是扣发相应长时间的效益工资，这份效益工资占收入比例很大。季晓春当年帮助王佳英"借款"，本来够给开除处分的，后因王佳英的干预，才给了记大过处分，扣发效益工资一年。

晋大伟来了之后，季晓春借着曾经和他同事过，提出非理要求——补发因为处分而扣发的效益工资，遭到晋大伟的训斥。于是，她向王佳英诉苦，并怂恿王佳英想办法。王佳英脑袋一热，就到银行对晋大伟进行了威胁式的劝告。没有办法，晋大伟只好拿出行长基金，满足了季晓春的要求。晋大伟从此对王佳英十分反感，甚至愤恨。知道杨天友和王佳英的关系闹僵之后，晋大伟刚开始还极力反对杨天友采取上告的方法，可是王佳英做事太过分，晋大伟也受不了，便从劝阻转而怂恿杨天友上告王佳英了。

晋大伟不但唆使杨天友进行申诉，也授意对王佳英不满的人进行反击。结果，关于王佳英不良行为的告状信，通过各种渠道，递到了上级相关部门。

卢万成接到杨天友的申告信后，很是重视，对王佳英插手银行事务、开按摩院涉嫌卖淫等问题，也是深恶痛绝，于是托人转给省委监察室。监察室领导批示，请认真核实情况，如情况属实，严惩不贷。

对于省委转来的带有批示的信函，滨江市法制委立即向市委书记汇报。市委书记十分重视，指示法制委认真查办。经过仔细侦查，结果发现，王佳英确实是一家涉嫌卖淫的按摩院的后台老板，也是几家涉嫌卖淫的浴池的保护伞。他严重触犯了《行政机关公务员处分条例》的多项条款，同时还发现，王佳英有受贿嫌疑。

经请示市委后，王佳英被"双规"，移送司法机关。

王佳英倒台之后，在社会上引发了地震似的反应，有人说是王佳英作到头了，有人说他早就应该处理了。

杨天友长吁了一口气，相信"人在做，天在看"，世间自有公道。他深深感到：什么黑道、白道，大款、大腕，在党中央面前什么也不是！

转眼又一年过去了。第二年春，按照工作程序，滨江分行布置中层干部进行述职报告。晋大伟特意吩咐人事部门，让杨天友参加。

杨天友感慨万千，心里有一种说不出的滋味。让自己述职，是领导重视自己，承认自己是正职级。自己如何述职呢？自己干了什么？就是发放、管理贷款。回想这风风雨雨二十多年，自己发放的贷款都收回来了，至于畜品厂，是执行省行的指示发放的，章立国的贷款是夏江河发放的，汪达财那三笔贷款也不是自己放的。其中，当初给汪达财发放的贷款，自己毅然排除干扰收回来了，后来别人放的，和自己没有关系。自己可以心安理得的是，独立调查发放的贷款全都收回了。自己为行里做出了很大的贡献，清回了大量不良贷款，也顶住了许多人情贷款。虽然有人不满意，但自己问心无愧。

由全体职工参加的述职报告会座无虚席，人们像评审官一样，认真评审述职人的讲演。

参加述职的中层干部有三十多人。大家都认真做了细致准备，精心亮相。

杨天友按照姓氏笔画，排列在后。当轮到他述职时，全场给予了极为关注的目光，因为，他是一位德高望重、有丰富经验和阅历的老经理，也是滨江分行历史上唯一一位没有过错而主动提出辞职的经理。

只见杨天友迈步走上演讲台，扶了一下眼镜，向台下的各位点头示意后，掏出述职报告，认真读了起来——

各位领导，同人们：

大家好！

在过去的一年里，我做了我应该做的事，并且能够经得起历史的检验。不该干的事，我没有干，顶住了压力。我对党的事业是忠诚的，我对我所做的一切，内心是无愧的。

然后，他折叠了一下讲演稿，向大家鞠了一躬，缓步走下演讲台。

在座的人都吃惊不小，因为杨天友的述职是最特殊的，内容只是短短几句，所用时间最短。杨天友回到座位后，周玉民从他手中要过讲演稿，打开一看，那是一张空白纸。

一晃三个月过去了，已到了初秋的季节。以往，这是接近银行旺季工作的时期，可是今年，一反常态，大家的关注重点，在人事变动上。

原来，由于市分行一名中层干部调出，另一名中层干部生病，又有三名中层副职干部先后被上派到省行工作，职位出现了空缺。一些人开始暗中运作，希冀自己能补缺。这样，严重影响了业务的开展。为了保证工作顺利进行，晋大伟决定再搞一次竞聘。向省行汇报后，召开党委会统一思想，下发了竞聘方案。为了加快新鲜血液流动，解决人浮于事的现象，在方案中又出台了"退长还员"的优惠政策，即凡是有级别的人员，不参加竞聘，可以回家退养，享受原来的待遇，一直到规定的内退年龄。参加竞聘的人员，有职级的，没有竞聘成功，取消原来的职级，按照一般科员管理。

这项优惠政策很诱人，一些年龄接近退居二线的在职干部，基本就退下来了，又出现了许多空位。也有一些自以为行的副职，准备一搏，参加正职的竞聘，这就加剧了暗流涌动。

为了利于工作、有所作为，根据新形势，晋大伟又设计修改了竞聘方案，主要是搞了全员竞聘，即行长聘用总经理（科长），总经理聘用经理（科员）。同时，也在基层单位开始选聘行长、副行长工作。

滨江分行机关的人们对去年的残酷竞争记忆犹新，一些受伤的心灵还未抚平，又要参加新一轮的战斗。有的人心有余悸，有的人偃旗息鼓……总之，经过上次的激烈竞争，人们变得成熟了。这次报名者都比较理智，人数相对比较少。

基层营业单位的多数人囿于视野限制，对于这次竞聘却充满了信心。于仲龙怀着复杂的心情，决心最后一次报名参与，因为他只差"小半步"就到了竞聘限制的最高年龄。

有人戏谑地说："要想富，动干部。晋大伟回来就发家了，每年都动一次干部。"虽然有羡慕嫉妒恨的意味，但不能不让人猜疑。的确，银行聘选干部，一般是按届进行。随着政策的变化，一般也就两三年微调一次，像晋大伟这样不到一年动一次干部，虽然属于微调性质，可也受到了非议。但是晋大伟搞的"退长还员"优惠政策，也是执行省行的"输入新鲜血液"的精神，达到不是减员的减员目的，因为银行的人员太老化了，已经不适应现代化客观现实的需要了。

杨天友对这次竞聘也失去了信心，准备接受"退长还员"的待遇。为此，他专门向晋大伟进行了汇报，也是想试探一下晋大伟的口气。

晋大伟虚情假意地说："天友，我看你行，你就参加竞聘吧，没有亏吃！"

晋大伟的激励，让杨天友枯萎的心像被注入了一股甘泉一样滋润，他又重新燃起了上进的激情。他满怀信心地报名投入到竞聘中去了。

最后的结果是，他又落选了。当得知连班子成员都没有达到满票，杨天友想到上次竞聘时晋大伟耍的手段，他愤怒了。

杨天友怒气冲天，闯入晋大伟办公室，他不管有人在汇报工作，大声质问晋大伟："我为什么没有竞聘成功？"

"你自己不知道吗？"晋大伟盛气凌人地说，"你票数不够，你埋怨谁？"

"只差你一票，是吧？"杨天友厉声说。

"你怎么知道就差我这一票？"晋大伟矢口否认道。

"好汉做事好汉当，"杨天友怒斥，"你既想当婊子，又想立牌坊，天下的好事都让你干了！"

晋大伟没有投杨天友关键的一票，让杨天友说对了。

晋大伟激动地站了起来，厉声吼道："这是党委的决定！"

汇报工作的人一看情况不妙，赶紧悄悄退出去了。

"那你为什么还怂恿我参加竞聘？这不是玩我吗？"杨天友怒不可遏地问。

"你不识好坏人！我是为了你好。你在党委会上没有通过，怨谁？"晋大伟蛮横地说。

"放屁！"杨天友的骂声犹如晴天霹雳，将晋大伟震呆了。自从工作后，还没有人这样骂过自己，特别是当了行长后，围着自己转的人趋之若鹜，不能说是卑躬屈膝，也是敬重有加。

这个骂声反而让晋大伟冷静下来了："你骂谁呢?"他赶紧去把门关严了。

"骂的就是你!"杨天友手指着他的鼻子骂道，"你是个什么东西? 你把山阳支行行长往死里逼，还想逼死我? 我还要整死你呢!"

"嘿嘿。"晋大伟冷笑着，看着杨天友大叫，似笑非笑道，"我倒是要看看你如何整死我!"

杨天友更加生气了，一手叉着腰，一手指着晋大伟说："犯法的事，你没少干。你吃喝嫖赌，哪样没有占?"

"你没有吃喝嫖赌吗? 你叫人家审查了，还有脸说别人!"晋大伟恶狠狠地说。

晋大伟揭短的话，就像揭了杨天友的伤疤一样，严重伤害了他的自尊心。他的脸痉挛着，想到一定是晋大伟和王佳英联合陷害自己，气就不打一处来。

"啪!"杨天友猛地一拍桌子，大声吼道，"咱们这个年龄的人，凡有事业心、责任心，为了开拓工作，有谁没有陪同客户吃过饭，去过歌舞厅和按摩院? 你和王佳英陷害我，说我找过小姐，压根儿就没有这回事，都是你们栽赃陷害! 而你，天天除了想那些龌龊的心事，干着那些龌龊的事情，你还有啥? 你还能干啥? 你就是个不折不扣的流氓，就是一个没有文化、如同行尸走肉的流氓!"

晋大伟是一个欺软怕硬的人，看到杨天友近似于疯狂的架势，感到了后怕。他正在思索如何对付这个难缠的鬼时，杨天友气愤地数落着他："你成天花天酒地，吃人饭，不拉人屎。你坐着几十万元的进口轿车，每年的修车费，也要几万元，而下面的基层职工，每月不到一千元，也就是在贫困线上挣扎，你心安吗? 你当官不为民着想，你安的是什么心? 新盖的好好的房子，你来了之后又装修弄景，这里面的奥秘，你认为谁不清楚? 你花的费用能经得起审查吗? 你放的贷款都经得起审查吗? 为什么一边放款，一边收不回来?"

杨天友口喷唾沫星子，继续道："银行贷款损失，一是制度上的缺陷，二是遇到了像你这样假公济私、有令不行、有禁不止的败家子!"

晋大伟的脸色越来越难看，他有些后悔，怎么去得罪了这个活阎王! 此时，他知道自己理亏，便强忍心头之火，只是怒视着杨天友。

杨天友轻蔑地看着晋大伟："怎么？还让我继续说吗？别的我不说，只说小金库的事，就够你喝一壶的！"

　　杨天友的一通怒骂和斥责，让晋大伟大为吃惊，也深感害怕，他认为杨天友是敢于在自己召开的职工大会上骂自己的，刚才他所说的，也代表了群众的呼声。杨天友此时还是有些理智的，如果，把他逼疯了，将自己私立小金库一事向上级反映，那自己可是吃不了兜着走！

　　"我怕你了，行了吧？"晋大伟脑海中马上浮现出银行在警示教育活动中展示的一些贪官入狱的情景，心里便没有了底气，退让了一步说，"我的一切所为，还不是为了单位？"

　　送走了杨天友之后，晋大伟气得鼻子都歪了，他关上门，慢慢踱步思考，杨天友之所以敢于和自己叫板，都是因为自己有把柄在他手中。这个小金库若被上级知道了，自己是要被开除的，自己什么特长都没有，连单位的一个临时工都不如，到时候怎么生活？联想起到监狱参加警示教育的情景，那些曾经和自己相识的人在里面改造，他真的害怕了。

　　他恨杨天友恨得咬牙切齿，在办公室里走来走去。最后，他抬头看了看墙上挂的"每临大事有静气，不信今朝无古贤"的条幅，慢慢安稳了心绪。他认定，杨天友对自己设立小金库之事能留一手，那他一定还掌握着自己别的把柄，现在和他矛盾激化，风险很大。唉，他仰天长叹，自我安慰道，人生哪能处处得意？忍了吧！大丈夫能屈能伸，退一步风平浪静，忍一口气，海阔天空。

　　周玉民到杨天友办公室取文件，看见杨天友满脸怒容地回到办公室，关切地说："气大伤身。人活着就是一种心情，苦也一天，乐也一天，想开了就是神仙。"

　　杨天友对周玉民很是尊敬，他比自己大三岁，很有大哥样。他这个人，有大节，刚正不阿，一切按文件办事，甚至到了迂腐的地步，为此也得罪了相关领导，影响了他的前途。

　　听了周玉民的话，想到他也是"姥姥不疼，舅舅不爱"那一类人，杨天友的气消了一大半。杨天友也留了一个心眼，没有对他说起和晋大伟撕破脸皮吵架的事。

　　晋大伟自从被杨天友骂了之后，为了重新树立权威，他采取不和群众接触、躲避群众的策略，每天深居简出，很少开大会和大家见面，即使有会议，也是让副职代为参加。他每天掐着时间上班，有电梯不乘，徒步走上八层楼的办公室，美其名曰，锻炼身体。

他开始惧怕杨天友，更担心新来的总经理刁力新不接纳杨天友，刺激到杨天友，再次发飙，于是指示刁力新必须接纳杨天友，指示办公室给杨天友安排单独的办公室，配备电话、传真机和电脑等办公要件。

刁力新虽然按照晋大伟的指示接纳了杨天友，但也不敢安排杨天友工作，他资格没有杨天友老，怕杨天友炝蹶子，给其他人带来示范效应，影响到自己的工作。

杨天友一天到头，没事可干，单独在一个屋内，像蹲牢房一样。他是一个不甘寂寞的人，心想，时光这样白白流失太可惜了，不能这么活下去！人活着的意义，就是有事可干。自己有文化，有阅历，有时间，于是就开始暗自研究一些课题。

从此，杨天友把自己关在办公室内，天天博览群书，进入了知识的海洋中畅游，感到内心无比充实。他时常想，自己年近五旬了，经历了银行改革的历程，总结总结，写出来也不错。

07. 留条后路

由于晋大伟在这次竞聘中伤害了许多人，这些人主要是机关几位副职级、几位基层单位的副行长，他们没有竞聘成功，按照竞聘方案，按一般科员管理。由于这些人的利益受到了伤害，他们四处串联，不时到省行反映情况，再加上晋大伟工作中的确有诸多失误，因此一时暗潮汹涌，大有蓄势喷发之状。

晋大伟提心吊胆地过着日子，渐渐地也感到心理承受不了，他感到滨江分行真是一个马蜂窝，这帮人太难管理了。他感到自己太累了。处理了几起领导反馈的问责事件后，他主动到省行检讨汇报工作，顺便探一下省行领导的口风。

到了省行之后，晋大伟明显感到领导对自己的态度有了变化，不像以前那样嘘寒问暖，脸上也没了热情，自己像一个刚被人打过的孩子，没有得到家长的安慰，心里不好受。他又像一个犯了错误的孩子，吞吞吐吐地向省行行长高尚辉汇报这一阵子频繁出事的情况。

高尚辉面无表情地问："滨江银行频繁出问题，是什么原因？"

晋大伟心里一惊，想，高尚辉原先对自己很客气，从来没有像这样冷酷无情过，按道理他应该先安慰自己，然后才问原因，看样子自己的前途是凶多吉少了。他思索片刻，委屈地说："高行长，一言难尽呀！"

高尚辉好奇地问："怎么回事？"

晋大伟看着高尚辉，声泪俱下："我有不可推卸的责任，主观原因是我管理不善。"

看到高尚辉微微点头，晋大伟又接着说："除了主观原因外，经过了解，我发现是有人在搞鬼。"

"你有证据吗？"高尚辉不冷不热地问。

晋大伟说："没有人串联的话，根本出不了这么多事情。"

"晋大伟同志，"高尚辉面色严肃地说，"我们要有证据，不要冤枉人。办什么事情要先从自身找原因，不要强调客观理由，推卸自己的责任。"

听了高尚辉的话，晋大伟有了一种透心凉的感觉。他觉得自己失势了，呆呆地垂头不语。

"你在想什么呢？"高尚辉的话惊醒了晋大伟。

"我在想我今后怎么办。"晋大伟应付道。

"滨江分行的工作已经乱成了一锅粥，你看怎么办好？"高尚辉紧追不放。

晋大伟犹豫了一下，试探地说："如果认为我不行的话，我引咎辞职？"

高尚辉早就对晋大伟有了成见，等的就是这句话，于是他马上说："也好。大家也都这么认为。你还有什么要求？"

晋大伟本来想试探一下，没有想到高尚辉借坡下驴。他感到心寒，有一种卸磨杀驴充当替罪羊的感觉。他不敢表露出来，况且知道省行对自己的态度和底线，再赖着也改变不了自己的命运。他强打精神，说："我服从组织的决定。但我想说明一下，我对党的事业是忠诚的，为了事业我得罪了许多人，我无怨无悔。有一件事我深感不安，那就是杨天友竞聘失败的事，我在当中没有起到应有的作用。这个人的工作能力是很强的，我希望省行能够重视他。"

"就是为我们行清收承达公司死账的那个人吗？"高尚辉问。

"正是。"晋大伟说，"许多人说我不公平，我想在下台之前，请领导给他一个公平。这样，我也能心安理得地回家了。"

晋大伟想得很周全，他想彻底安抚好杨天友，免得在退下来的前后，受到他的攻击，晚节不保。

08. 竞聘成功

晋大伟回到滨江后，省行认真研究了他关于提拔杨天友的建议。目前全省员工队伍老化，特别是越过竞聘年龄的老干部工作积极性不高，感到没有奔头和希望的现象普遍存在，严重影响了员工的工作积极性。针对上述情况，省行计划逐步解决新、老干部的代沟问题和工作动力问题。为此，省行专门下达了《关于选聘调研员的方案的通知》，根据贡献度而设立虚职，主要是为了增加越龄老员工的荣誉感，激发他们的工作热情。这个方案一下发，立即在全省引起强烈的反映。

晋大伟接到这个竞聘方案后，认真研究了一番，为杨天友量身定做了一个竞聘实施计划，即在落聘及越龄人员中选调研员，以为行里创造价值 100 万元以上的优先。他为此专门召开了一个竞选动员大会，明白的人一看，就知道杨天友最符合条件，也知道杨天友资格老，便没人和他竞争了。

几乎没有什么悬念，杨天友顺利竞聘成功。

晋大伟将杨天友请到办公室，长吁了一口气说："哥们儿，我尽力了，也感谢省行出台了好政策。现在，你成为副处级调研员，我看比你在原职那么忙累要强啊！"

杨天友感叹地说："我们都是年近半百的人了。虽然你是领导，但也不会一辈子当领导。我们人格上是平等的，而且以前相处也不错，当初你投我一票不就成了吗？"

"唉，别说了。"晋大伟摆了摆手，有些苍老地说，"坏事变好事。满足你的愿望，我就心无遗憾地退休了。我们都这么大年龄了，还纠缠过去干什么？"

杨天友这时似乎体会到他的苦衷，感情也上来了，说："心宽一点吧。一切都是命运的安排。"

"你相信命吗？"晋大伟无奈地问。

"怎么说呢？"杨天友叹了一口气说，"也相信，也不相信。"

"怎么讲呀？"

"如果遇事我们想不开时，就用命运来安慰自己，这样是很有效果的。"

晋大伟赞同地点点头。

安抚好杨天友之后，晋大伟向省行提交了辞呈，然后履行"看守"职责。

杨天友不在其位不谋其政，名正言顺地开始了著书立说的工作准备。

在大田银行成功挂牌上市后，晋大伟向省行主管人事的行长马在田口头提出辞职申请。由于省行主要领导在首都的学校培训，马在田对这类"诸侯"大员的去职问题不能做主，便仍让他主持工作，但冻结了人事关系，重大决策上报省行，各职能部门各行其职，业务由政策规范。等省行主要领导学习回来开会，再商定他的去留。大家知道他不再管事，有事直接向主管行长汇报。

第八章 峰回路转

01. 澄清事实

仅仅保留了名分、其实离开银行系统的钟照华，听说杨天友晋职的消息，对杨天友由恨转为羡慕，对以前的人生也开始有了反省。他慢慢意识到，杨天友这个人很有能力，为人也不错。

他细细回想，杨天友在当分理处主任时，把给自己的奖金分给下属，团结职工，凝聚力强，深得职工爱戴；有些客户因服务不周辱骂他，后来却"不打不成交"，成为他的朋友。杨天友这样的人，如果当市行行长，其实也不为过。可惜呀！虽然说是金子总要发光，但得有伯乐呀。

回头再想一想自己，身边没个朋友，有时找个一起喝酒的人都没有！连酒肉朋友没有。

为什么杨天友有朋友呢？因为他积德行善，也履行承诺。回想那年，参加杨天友在分理处主持的客户答谢宴。一个客户叫东方起，他动情地说，母亲有病，药方中缺少一味灯心草，求助了一圈人，大家都承诺给找，基本上连一个音信都没有。但是过几天，杨天友就给送来了。对此，东方起对杨天友特别感激、另眼相待。这样的人怎么不受人尊敬？后来，东方起不幸又落难了，向自己借钱，自己不情愿，又把他支到杨天友那里，杨天友又给借钱了！自己特别震惊，好奇地问杨天友，东方起要是骗子，怎么办？

杨天友毫不犹豫回答："他不是骗子。若是，我心甘情愿地认了，因为他是对我们分理处对银行有巨大贡献的人。我手下的员工，因为他有了一份让人羡慕的福利。"

回想这些，钟照华真想找杨天友好好聊一聊，也想请他喝顿酒，可是找什么理由呢？想一想，钟照华就退缩了。

钟照华思前想后，对自己以前的工作和人生态度颇有些不满，便应聘到一家公益机构。银行在社会上具有一定地位和影响力，他又当过多年的行长，管理经验丰富，公益机构也缺少这样的人，于是，他顺理成章地当上了业务经理。

这一天，他的手机响了，是滨江银行纪律书记赵玉金打来的，让他回单位一趟。他想，什么事这么急，莫非自己的旧账又被翻出来了？心里一紧，试探说："我在外地呢？"

"那就在最快的时间内赶回来！"赵玉金严肃地说。

"我明天早上到单位，可以吗？"钟照华小心翼翼地问。

赵玉金一听，貌似满意地说："可以。"

放下电话，钟照华心绪不宁，坐立不安，在屋子里来回踱步，脑袋里始终盘旋着一个疑问：自己到底又犯了什么事情？谁又把自己抖出来了？

第二天快到上班的点了，钟照华来到银行门口，抬眼看到"滨江分行"几个大字，屏住呼吸，咬咬牙，抬腿走了进去。他先去礼貌地拜见了行领导，顺便探探口风，谁知副行长却卖关子，笑而不答。他虽然心里依旧没底，但感觉副行长对他的态度虽然没有变好，但是也没有变坏，说明事态没有坏到哪里去，便略为宽心，从副行长办公室退出来后，径直去纪律书记赵玉金的办公室。

赵玉金的办公室门开着，但他还是礼貌地敲了敲门，赵玉金正坐在座位上忙活，抬眼看了他一眼，说："来了？"

他赶紧弯了弯腰，说："赵书记，我来了。"

他们简单寒暄了几句，赵玉金便把他领进会议室，退出来了。

会议室由三个办公室打通组成，简单明了，没有多余装饰，显得朴实大方，中间有一长条桌子，四周有椅子围着。钟照华坐下不久，门开了，两个生面孔，在市行纪律书记赵玉金陪同下，走了进来。钟照华一愣，心里说，待遇还挺高，看来来者不善呀。他一下子想到，自己要少说话、慢开口。

钟照华赶紧起身，毕恭毕敬。

他们坐下之后，示意钟照华坐在长条桌对面。

赵玉金简单介绍："钟照华同志，这两位是省行来的纪律干部，向你了解情况。"

瘦高个子说："钟照华同志，我们就开门见山吧。有一个问题，请你如实反映一下。"

另一个矮胖男子接着问："你对杨天友的看法如何？"

钟照华一怔，不知道他们为何提出这个问题。但是感觉此时正是和杨天友改善关系的好契机，不管杨天友知道与否，自己做到心到佛知，也就内心无愧了。他思考片刻，说："我和杨天友在同一个单位工作几十年了。我非常了解他，以前我们有误会也有矛盾。但是，后来我细细反省一下，感觉自己有责任，而且主要责任在我。平心而论，杨天友为人真诚大方，办事严密周到，讲究方式方法，为了工作，甘当拼命三郎。说实在的，让他当一个市行行长，也是够水平的，肯定能把单位搞好。但是，现实很骨感，他一直提不上去，而今年龄也大了，按照咱们银行规定，刚刚提职，不能再提了。我只能祝福他吧！"

钟照华客观冷静的评述，让在座的人大吃一惊。

对手说好，那是真的好。特别是赵玉金，他早就听说过，杨天友和钟照华曾经闹得水火不相融，本以为今天钟照华会趁机诽谤杨天友呢，谁知他满口的好话。这是怎么了？难道受过处分、经历挫折，他真的痛悟人生、洗心革面了？现场的气氛不容他多想，赵玉金深深地看了一眼钟照华，轻轻地点了点头。

瘦高个子的态度轻松了些，客气地说："谢谢配合。但是，一切皆有可能。"

然后他伸出手，和钟照华握一下，结束了这一场对话。

02. 连升三级

省行批准了晋大伟辞职后，经过几番讨论，决定任命杨天友为大田银行滨江分行行长，"连升三级"。这个消息传来，大家都感到格外震惊。这是和平年代很少发生的事情，人们四处打听，是何方神仙助力，让杨天友突然在职场上如火箭般地蹿升。

后来，人们知道了事情的原委，心服口服。有人说，是杨天友自己帮助自己，是积德行善的结果；有人说，杨天友早就应该当行长了，他为人正派，做事公平；有人说，杨天友赶上了好时代。总之，杨天友得到了大家的认可和赞扬。

杨天友的连升三级，来源于东方起。

原来东方起在杨天友所在的分理处开户，他对杨天友的为人仗义、作风大气很是欣赏，帮助分理处揽了大量的存款。天有不测风云，猛然一天，因为三角债的缘故，东方起的公司经营发生了困难。屋漏又逢雨，他贷款收购粮食发到南方，又被骗了，公司破产。一时间，向他索债的人络绎不绝，拿他公司的资产抵债，就连他的房子也被占用，妻子接受不了这个打击，愤而和他离婚，卷着钱财蒸发了。东方起在本地没有了立脚之处，便想到外地从头再来，苦于身无分文，只好向平时的朋友、生意伙伴借钱。然而人们都像见到瘟神一样躲着他，躲不过了就草草应付两句，我还有事，回头再聊。然后忙不迭地溜走了。

自此，东方起深深地体会到了世态炎凉，他突然想起，曾经帮助自己找中药救母亲的杨天友，自己还没有上门求助呢。当时，自己抱着不能一而再地麻烦杨天友的心情，没有找他。但是现在已经落魄到这个地步，也顾不得了。他咬咬牙，抱着试一试的心态，厚着脸皮找到了杨天友。

还没等他开口，已从别处知道其处境的杨天友二话不说，先拉他下馆子，寒暄两句后，若有所思，又轻描淡写地说："我刚刚得了一笔奖金，没处花呢。要不借给你，你搞点好项目？"

东方起一愣，顿时感动得热泪盈眶，说："好兄弟，我记住你了，以后我会加倍偿还的。你需要什么，以后我发迹了，都给你！"

看到东方起感激涕零的样子，杨天友的玩世不恭劲儿又来了，他开玩笑地说："行啊，我想当行长！"

东方起离开滨江，开始北漂，在一次找工作的途中，看到一位老人发病倒在地上，大家都不敢上前，怕被讹上。东方起看到老人，仿佛看到在寒风中瑟瑟发抖的自己，不顾一切把老人送到医院。医生抢救后说，老人是心脏病复发，幸亏送来得及时，否则命就没有了。

好人当有好报。老人的孩子匆匆赶来，得知东方起是父亲的救命恩人，感激异常，给钱，东方起不要，当他们了解到东方起的困境后，便把他推荐到一家国际贸易公司工作。东方起这才知道，老人的孩子，原来是一个低调的企业家。

东方起如枯木逢春，憋足了一口气，要把事业干好，他有管理经验，深悉商场规则，很快工作就做得风生水起。后来，他被猎头公司看中，跳槽进入一家美国新兴科技公司的中国分公司，后又到美国总部工作，事业越来越红火，深得老板满意。公司为了留住他，赠送他点干股。

经过十几年的拼搏，东方起当上了公司副总，个人资产上亿美元，为了事业上的便利，加入了美国国籍，有了一个海外华侨的身份。

他让下属给杨天友等人汇钱，下属好奇地问："经理，给其他人汇的款很少，为什么给杨的这么多？"

东方起心情大好，就讲述了自己有难、杨天友顶住压力支持自己的往事。

这一天，杨天友收到20万美元的汇款，虽然回款信息保密，但这笔钱来源特殊，金额巨大，又是内部职工的，解汇人便偷偷告诉了单位的另一个朋友。

"坏事传千里"，不久，杨天友有国外朋友，有外汇之事，便迅速流传开了，有人甚至怀疑这笔钱有问题。

与此同时，杨天友收到了一封信，打开一看，是东方起寄来的，说汇款是为了履行当年"加倍偿还"的承诺。他近期将回到家乡看看，落实另一项承诺。

杨天友看完信，感慨万分，因为借给东方起的这笔钱，爱人李伟萍对自己一直耿耿于怀，甚至在家庭经济紧张时闹到成天吵架的地步。私下里，他感觉东方起"偿还"有些晚了，但又一想，还有多少人得不到"偿还"呢。

杨天友把东方起汇款的告诉了李伟萍，李伟萍对他的态度变得好一些，但没有预想的那么兴奋。是呀！年龄大了，生活有了保障，对钱的渴求不也那么强烈了。思前想后，杨天友把美元换成人民币，拿出 15 万元交给李伟萍：这些钱，放你那里给家用。其余的，我来安排。

杨天友成了"富翁"之后，身边转悠的人多了，有的人要向杨天友借钱，有的要拉杨天友搞投资，各式各样的人围上来，目的就是钱。更有意思的是，有些人貌似特有文化，炫耀一番自己，然后对杨天友说，你有什么爱好？何不发展发展。人生苦短，要把钱花在高雅的追求上。杨天友知道，这些人其实是和自己套近乎，拉关系，便似笑非笑地说："我就是一个大俗人，没兴趣，没追求。非得说有点爱好，也就是对慈善有点追求。我的那点钱，早就捐给慈善基金会了。"

人们不信，认为他自命清高，后有好事者打听才发现，杨天友真的捐把钱给了慈善基金会，但是用途是定向的——资助山区贫困儿童上学。

这笔钱定向捐给了贫困的山区，经新闻报道一渲染，全省轰动。大田银行省行知道后也感觉良好，自己的员工，还有道德高尚如斯者，可喜可贺，值得表彰！但要如何表彰，一时没有想好。

当地媒体给杨天友做了专题采访。

记者：请问，你有什么爱好？

杨天友：爱好是随着人生境遇的变化而变化的。我有了点钱，就想捐出去，捐款之后，看到贫穷的孩子脸上写满幸福，我就更加热爱慈善事业了。

记者有点刁钻：全市贫穷的人很多，你帮得过来吗？

杨天友：集体如何脱贫，我们党是会出台政策的。只要我看到个体的困难，我就想给予力所能及的帮助。去年听说一个农村中学需要维修，现在我有钱了，就转一点给他们，算是我的一点心意。

记者：怎么想到了捐款。动机是什么？

杨天友：人的需求有很多种：物质需求，精神满足，实现理想。我的理想之一就是帮助别人，因为帮助别人能够快乐自己。

记者：你年近半百了，人生算是过了一大半，有什么遗憾的事情？

杨天友直言不讳：现在谈事业有点晚了，但我也谈一下吧。多年前，我在当分理处主任时，就想当行长。就想把单位搞得像模像样，为大家做事，也为社会做事，实现自己的人生价值。不过这个梦想怕是实现不了了。

……

媒体采访一发表，杨天友的知名度飙升。《滨江晚报》资深记者张小村经过深入调查，发现杨天友在当分理处主任时，和副主任刘森林默默资助了七个山村贫困大学生，深受感动，又写了一篇《大田银行幕后的慈航者》，刮起了一阵"爱心"风潮。值得一提的是，这篇文章被《东亚商报》驻华代表处推荐在海外发表，起到推波助澜的作用。人们一提及银行，就联想到大田银行，就联想到杨天友。有的人借办理业务的机会，要看看杨天友是个什么样的人。一时间，杨天友成了大田银行的一张名片。

杨天友的先进事迹传开了，得到市委领导的高度重视。更让市里感到高兴的是，侨商东方起即将来滨江市投资，而且就是奔着杨天友来的。嗅到商业机会的滨江市市长，顿时把杨天友当作招商引资的人才对待。在欢迎东方起的宴会上，杨天友被尊为上宾。

新兴的长白山银行也看到了商业机会，私底下动作频频，邀请杨天友到该行工作，职务随便挑，要的就是杨天友的影响力，以及影响力派生来的存款、贷款及中间业务。

然而，杨天友毫不动心，他谦虚地表示，大田银行是我的衣食父母，教育、培养了我，我不能忘本，一切都听从大田银行的安排。

长白山银行礼贤下士的举动，差点动了大田银行的"奶酪"，让其猛然升起一种危机感，如何对杨天友进行嘉奖，提上了日程。省大田银行立即召开了党委会，一致认为，杨天友是一个不可多得的人才，也是大田银行的骄傲，必需留用。有人提议，满足杨天友夙愿，让他当行长，这相当于为大田银行长期做免费广告，也有人说，杨天友的行为感人，但是刚刚提拔他，又让他当行行长，这种"跳级"行为，和现行政策不吻合，应该用其他方法奖励。又有人附和说，杨天友撒过谎，总行对其印象不佳。但是多数人对此提出异议。原来在向总行申请贷款指标时，为了拥有宽松的经营环境，杨天友有过夸大企业资金需求的举动。于是有人向总行写过匿名告状信，总行知道后不甚满意。算来，这也是杨天友的"污点"吧。

人们把目光投向了省行一把手甄有为。甄有为轻轻咳了一声，环顾四周，说："我们都是在犯错误的过程中成长的。杨天友撒谎，有其客观理由，没有造成损失，并且他已经吸收教训了。人哪，谁敢说自己一生没有撒过谎？西方一句谚语说得很有道理：善意的谎言，上帝都会原谅！我们看待人，要看他的主要方面，不要被细枝末节所迷惑。杨天友，瑕不掩瑜。"

他富有哲理的讲话，让在座的人陷入思考。是啊！人的一生中，谁没有犯过错，因为一点错误，就紧抓不放，那样太过苛求太不厚道。何况，从常识上讲，不犯错误，凡人是根本做不到的。关键在于如何吸取教训、改正错误，让今后的路走得更好更稳。

看到会场上鸦雀无声，甄有为高屋建瓴地说："我们给杨天友经济方面的奖励，有东方起给的多吗？杨天友能要吗？假如要了，他还得捐出去，还不如我们直接捐款呢！我们要学习长白山银行，他们具有战略目光，像杨天友这样的翘楚，全省有几个？全国有多少？我想不会太多的！我们要爱惜这样的人才！满足了杨天友的夙愿，就相当于我们大田银行在昭告世人，我们有着'礼贤下士'的文化基因。我同意，任命杨天友为滨江大田银行行长，此事属于特事特办范畴。请组织部门把这个情况向总行反映一下，我想，总行的政策也会与时俱进的！我们再与监管当局及地方政府沟通一下。"

省行为了稳妥起见，接着征求地方政府意见。市长明白，此举是对地方政府的尊重，当即表示，杨天友当行长，我们全力支持。支持杨天友，相当于支持东方起回到家乡投资，也就是支持我们自己，是我们为市民做的好事。

大田银行征求银行业监管部门的意见。银行业监管部门答复：完全同意杨天友担任大田银行滨江行长。

杨天友是全省唯一一个经过"三级跳"、当上地市级银行行长的，这种情况在全国也不多见。因为他是一个有作为、敢担当的人。原先在基层多年，特别在分理处工作时，他留下非常好的口碑，把一个落后的分理处，升格为省级先进单位。

　　人们知道，单位越小，越难管理；能管理上千人的单位，不一定能管好一个小组织。

　　金杯、银杯，不如百姓的口碑。

03. 新官上任三把火

杨天友深感责任重大，他博览群书，信奉"办大事，不图小利""廉能生威"的道理，懂得民心的重要，认真总结前几任行长的工作经验，吸收失败的教训。

到任之后，"在其位谋其政"。严格自律，以"无私无畏惧"的公心对待工作，以积极向上的态度，和广大群众处理好关系。

他在全辖职工见面会上严肃地说："我是为党工作的。我们过去工作所有的好坏，都不必提及，要着眼于未来。将工作放在第一位，我们就是好同志；将工作做扎实，我们就是好战友。干好工作，是硬道理，是王道。请大家放心，我会以公平、公正之心对待各位，对待工作……"

停顿了一下，他神情激昂地说："我们要为大田银行建设先进的企业文化！营造好滨江银行的门风！鼓励先进，弘扬正能量。今后凡是心里想着咱们大田银行的，为咱们大田银行做过有益的人和事，都要大张旗鼓地肯定！要制定科学的工作制度，推广先进经验。比如前一段时间信贷部门搞客户资料重新录入的 G5 信贷系统，有的单位搞"五加二""白加黑"半个月都没有完成，有的单位几天就能轻松完成，管理人员看到这个现象，就应该及时搞经验传授。"

他环视了四周，扭过头瞅了一下办公室主任说："银行领导要带头关心职工生活疾苦。职工家遇有婚丧嫁娶这类大事，办公室通知行领导，我们再忙也要参与。办公室要协助研究办理这类事务的方案，统筹策划，让职工做到无后顾之忧，尽心尽力工作。职工子女考上重点本科的，用行长基金进行奖励；职工家有百岁老人过生日的，行领导也要前去祝贺。加强职工食堂建设，改善就餐环境，增加职工餐费，增加饭菜品种……"

杨天友一番真诚的讲话，在广大员工中引起了强烈反响，人们看到了希望。

杨天友是一个想干事业的人，是一个研究问题、也有办法的人。

经过调研，他发现亟待解决柜员问题，一是员工队伍老化，特别是一线柜员，平均年龄超过 50 岁，他们记忆力不强，缺乏灵活性，工作热情不足，办理业务缓慢；二是柜员工作强度大，以致千方百计想进入后台机关，造成一线柜员不足、情绪不高。客户不满意，银行经常遭到投诉。

他积极向省行反映情况，在省行的支持下，采取如下方案。

第一步，新毕业大学生到一线集中管理，就是将毕业分配的新人集中到两三个单位的一线工作。将他们锻炼成为业务骨干后，再派到其他单位工作。他们蓬勃的朝气、饱满的热情、积极的工作态度，给其他员工起到良好的示范效用。

第二步，制订营业单位"机关"下沉的方案。以"计价"为激励，柜员超出工作定额，每办理一笔业务，给一元计价；大堂人员按销售产品计价。这样明显提升了一线员工的收入，原来削尖脑袋想进入机关的人，纷纷争当柜员、大堂人员，极大地改变了一线人员不足、工作懒散的局面。同时实施有责投诉扣款、追究责任机制，客户投诉的频率大为减少。

第三步，引进新理念，积极向省行争取，大量引进 ATM 机等机器设备，节省人力。

这项改革的成功，激发了杨天友的改革热情。之后，他深入调研，写了一篇《滨江国有银行改革出路》的报告，尖锐地指出，目前全辖职工两千人，根据资产、负债、中间业务量分配到个人，和后来的新兴银行人均相比，减员一半也能运转。由于历史的原因，国有银行"近亲繁殖"、裙带血统关系现象一时难以彻底改变，国有企业这条大船掉头慢，员工干部老化、接受新事物慢，虽然有个别的老职工照常上班，但由于现行的业务政策对他们没有激励作用，他们对年轻职工不但没有好的影响，其负面的榜样效应却很明显；特别是"退长还员"的员工，原单位新领导很难指挥其工作。要想改变国有银行员工的"惰性"，必须要有壮士断腕的勇气和决心，采取超常手段措施，进行自我革命。

为此，他积极向省行争取"精兵简政"的政策，在内部成立具有劳动服务公司性质的"参事办"，接收年龄大及"退长还员"者拓展银行业务。省行认为，杨天友反映的情况是全省普遍存在的问题，在内部搞一个"试验田"也不错，于是批准了杨天友的"精兵简政"方案。

与此同时，杨天友的顾虑被证实了，汪达财多次向省行纪委举报晋大伟的经济问题。省行纪委经过秘密调查发现，检举之事确有其事，但证据还不够完善。遂与省行沟通，省行党委一致认为，滨江市银行复杂，晋大伟虽然从行长位置上退下来，但是仍然在职，势必干扰调查，于是将晋大伟调到省城，一方面让其在规定时间、地点交代问题，另一方面方便省行纪委继续在滨江深入调查。

　　杨天友为了保证这次"精兵简政"的顺利进行，事前做了大量细致的工作。首先和班子成员统一思想，研究制订方案。然后召开由中层干部参加的行务会议，争取他们从心底理解认可。最后召开全体职工大会，宣布改革方案，成立"参事办"，其人员，一是接收"退长还员"人员，避免出现单位新领导不便于管理的情况；二是参照公务员标准，凡工龄满35年的，或年龄在57岁以上的员工，可申请加入"参事办"。加入"参事办"的人员主要办理银行业务拓展及业务督导等非窗口工作。原工资待遇一年不变，一年之后开90%，剩余10%，加入绩效考核计价池；谁开发的业务，就奖励给谁计价；遵守劳动纪律，工作没有出现问题的，两年后提升半级非领导职务，但工资不兑现。改革方案出台后，一些人仍然在观望、等待。

　　为此，杨天友设计了强大的宣传方案，进行了"造势"活动。同时，对个别人进行了重点细致的"劝退"工作，使其加入"参事办"。人们放下心理预期，按照规定加入"参事办"，他们再也不"老马恋栈"了。

　　这样，滨江大田银行实现了窗口业务年轻化、员工朝阳向上，以生气勃勃的面貌展现在公众面前，受到社会瞩目。

04. 一直在路上

杨天友在滨江工作多年，熟悉业务，有上级政策、地方政府的强力支持，加之自己的努力，工作做得风生水起，业务工作一步上一个台阶。

这天，他参加欢送东方起离开的宴会，看到东方起备受尊敬，颇为感叹，地方政府也真不容易，必须把招商引资工作放在重要位置。是啊，没有招商引资，如何扩大再生产？如何安置市民就业？如何提升市民的幸福指数？ 从这种意义上讲，是全市人民对招商引资、幸福生活的向往，把自己推上了大田银行行长的位置，自己必须对得起全体市民。

这一天，他和秘书林永旺轻车简从，到全市最贫穷的黄川县城考察。这是一个国家贫困县，年年享受国家政策救济，他以前因工作也来过，但是有想法，没有办法，这次是当行长以来第一次下乡。

汽车在公路上行驶，雪花漫天飞舞，很快进入黄川县郊区，远远望着，公路一侧有一座破旧房子。他深深感叹，在城郊农村怎么还有这么破的房子？他开始检讨自己，以前下乡，走马观花的多，细细品察的少，有时察觉到了，也以无能为力为由，不往心里去。这一回，他觉得自己有责任去看一看。

"到那间破旧的小房子看看。"杨天友说。

汽车开下了公路，停在房子不远处。杨天友和林永旺下车，走到屋前。这是一家土坯造的两间房子，虽然说不上家徒四壁，但看着也没有什么值钱的东西。一个老媪在外屋烧火煮黄豆，准备做大酱坯子，一个老汉则蹲在炕边抽汗烟；一个穿着旧衣服、貌似十七八岁的女孩正在认真看书。看到这一情景，杨天友立即判断出，这一家可能是留守家庭，他的鼻子一酸，强忍着不让泪水流出来。

杨天友走上前，亲切问道："小姑娘，这么用功？"

"你们是什么人？"女孩放下书本，抬头警惕地问。

"我们是银行的人。"林永旺自豪地回答。

"银行是嫌贫爱富的，来我们家做什么？"小姑娘不屑一顾地说。

杨天友并不生气："小姑娘，我们是来帮你的。你是不是对银行有什么误会？"

林永旺也帮腔说："我们是大田银行的。我们杨行长可是帮了很多贫困山区的孩子圆了上学梦。"

大田银行？女孩眼前一亮，又认真地打量了他们一番，感觉他们真诚、温和，便自报姓名叫刘丽影，又在他们的开导下讲述了原因：以前，他们也是富裕人家。后来母亲生了场大病，父亲四处借钱，给母亲治病。然而母亲病没有治好，依然去世了。父亲只好到外面打工还债，十年来一直杳无音讯。她便和爷爷奶奶生活在一起。为了报答爷爷奶奶的养育之恩，她拼命地学习，终于考上了大专，今天春夏之际就要毕业，正准备参加考试找工作。

"你想报考什么单位？"杨天友和蔼地问。

"我要报考大田银行！"刘丽影声音清脆地回答。

杨天友一愣后，笑着说："你是不说银行嫌贫爱富吗？"

刘丽影嘿嘿一笑，说："我要考入大田银行，一是回报恩情。当初，大田银行给我们贷款种地，贷款快要到期了，你们来人看到了家母有病，没有催收贷款，还给我们留下点生活费，你们很有同情心，让我们终生难忘；二是我喜欢大田银行，我说嫌贫爱富，指的是其他银行，不是说你们。毕竟，银行也要生存，不是搞民政救济的，你们大田银行给我们贷款后，给我们延伸服务。前年，爷爷得了大病，需要做股骨头手术，黄川县大田银行知道后，帮助了爷爷申请大病求助款，手术过程中，爷爷突发脑出血，在大田银行协调下享受了国家的农合医疗政策。治好了新旧病情，全家人都十分高兴，感谢好政策，感谢好时代。我无以表达对大田银行的敬意，只好报考大田银行，为建设大田银行尽一分微博之力！"

"搞贷款的延伸服务？这是我们行长杨天友倡导的！这个情况黄川支行向分行汇报了，我们还表扬他们了呢。"林永旺说。

刘丽影的爷爷奶奶得知他们是大田银行的领导，赶忙放下手上的活，说什么也要留杨天友俩吃饭。杨天友感觉要接地气，必须了解真实情况，便答应留下来吃饭。全家人高兴极了，把全家准备过年的最好食材拿出来，招待他俩加一个司机。

吃文化是中国文化的一部分，能够交流感情，拉近距离，获得许多真实的情况。杨天友得知，刘丽影是贫困村祥云村出来的专科生，学的是计算机，获得金秋助学金 2000 元，通过雨露计划，每学期又获得 1500 元奖励，是一个品学兼优的好学生。她在大三时曾回到祥云村实习，帮助村委整理档案。

刘丽影知道他俩是大田银行领导，羡慕敬仰之情溢于言表。她正为自己的出路发愁呢。现在本科毕业，工作都不好找，何况是一个名不见经转的专科学校？她很担心毕业即失业。

得知大田总行的扶贫政策规定——贫困县应届大专生就可以报考大田银行时，刘丽影高兴得快要跳起来了！杨天友嘱咐林永旺，在符合政策的条件下，我们可以尽力帮助她。于是，林永旺留下了刘丽影的电话。

这顿饭，刘丽影全家吃得比过年还舒畅。他们把杨天友和林永旺送上汽车，直到汽车消失在地平线上，还在眺望。

这时，电话响了，刘丽影接通电话，林永旺告诉她，他们留了一千元钱，放在炕的被子底下，是饭钱，也是慰问款。

刘丽影一家感动得流下热泪，说："大田银行好呀！"

汽车在公路上飞驰，原野在后退，雪花变得稀稀拉拉，公路两旁的杨树像哨兵立正，欢送这辆富有使命感的汽车。

杨天友在汽车内感叹。真是"不在其位，不谋其政"，他担任滨江分行行长以来，看到黄川县还没有脱贫，很多家庭生活还很贫困，一种责任感涌上心头。他暗暗下定决心，要在自己退休之前，让黄川县更多的人脱贫。

杨天友对林永旺说："你把今天的照片传给我，我用微信发到朋友圈，扶贫工作一定会有起色。我希望在自己退休前，让黄川县的扶贫工作有一个新面貌。"

"好的，回到单位，我马上整理。"秘书答道，心里则在嘀咕，扶贫工作是个老大难问题，黄川县的贫困帽子戴了十几年了，你能有什么起色？你虽然是全市的功勋人物，有话语权，但力量实在是有限。

杨天友原来的秘书退休了，林永旺是新来的，杨天友对他感觉很好，他有种不计较得失、任劳任怨的精神，有些事，能主动替自己想着。林永旺今天拍的照片，他很满意，兴趣来了说："我刚才说，把照片发到朋友圈，扶贫工作一定有起色，你不相信吧?!"

"很难，历届领导都没有做好，但我相信你能做好！"

杨天友欣赏林永旺的实在劲，自己有不对的地方，在公开场合，他不吱声，但在小范围内，他直言不讳，用着很顺手。杨天友想了一下说："你相信逻辑思维判断比事实还重要的观点吗?"

"我不理解，请领导明示。"林永旺如实回答。

是呀，人和人思维不一样，看问题也不一样，杨天友说：

"你看到青年男女一起吃饭，相互喂食，说话随意，肯定是到了谈婚论嫁的地步；如果相敬如宾，礼貌相待，他们关系肯定一般。这就是为什么说逻辑思维比事实重要，事实可以掩饰、造假。"

林永旺吃惊加感叹，说："我是第一次听到这种理论，受教了！"

杨天友笑着问："你还能想到什么?"

林永旺挠挠头，突然灵光一闪说："蝴蝶效应！以咱们扶贫为工作撬点，带动全市的扶贫工作上一个新台阶！"

杨天友满意地点点头，说："回到单位后，建立微信工作群。"

"可是，微信兴起地时间不长，咱们单位员工，特别是年纪偏大的员工用智能手机的不多。"林永旺为难地说。

"以前有交话费赠送手机的事情，看看现在有没有这种情况。"杨天友问。

"好像有，"司机回答道，"我听邮局朋友说，使用智能手机如雨后春笋，过不了一年，智能手机就能普及。"

"好呀！"杨天友说，"我们要紧跟时代的步伐！"

05. 考察与思考

杨天友重视大田银行业务发展的同时，也注重文化氛围的营造，由于市政府对大田银行的挂牌支持，下辖各县地方政府都和大田银行建立了良好的战略合作关系。大田银行的诚实服务和真挚的热情，也得到了应有的回报。

如何推动大田银行的业务获得长足发展？

第二年春天，杨天友报名参加了南方先进城市的考察活动团。他深入基层，到农村体验生活，和出租车司机、个体户交谈，到公共机构参观，特别是到同业的基层网点以办理业务的名义实际考察，当地银行员工的发自内心的工作热情，让他印象很深；和当地同行探讨经济问题，深受启迪。一个星期蜻蜓点水式的考察，让杨天友开阔了视野，感叹间接经验和直接体会相结合，才是真正的社会调查。

在返程的列车上，杨天友回味着和南方经济发达地区智者交谈的情景，问：

"北方毗邻俄罗斯，为什么经济上不去？"

他无法回答这个深层次的问题，思考了一会儿，说："我们地域的冬季长达半年之久。历史上就是兔子不拉屎、流放犯人的北大荒。季节造就了人的惯性，冬季没有农活，人们没有事干，为了消遣，就喝酒御寒、推牌九。人们习惯于懒散，经济动力不强。"

列车在广袤大地上飞奔，追逐新时代前进的步伐。杨天友四处瞭望，当看高铁车厢门楣上的时速表指向 350 公里／小时，他思绪上下翻飞：

多年前南方已经有了高铁，我们北方才设计高铁，听说高铁设计时速 180 公里／小时，仅仅是南方高铁速度的一半！这是什么思维？是没有钱吗？或许是！肯定还有客观原因，但绝对不是什么尖端问题。因为据说再提速 100 公里，不是很难的。

季节限制了思维、眼界。南方庄稼一年二熟、三熟，北方只能种一茬。转念又一想，那么，国外同纬度的地区，为什么经济那么发达?!

贫穷，禁锢了人们的想象力。

他认真思考：北方和南方经济发达地区最大的区别是思维方式和工作方法。比如，北方还徘徊在人情社会里，南方经济发达地区早已经以"规范"市场运作代替了"人情"。在滨江，一些人办事还用惯性思维，即便是看病，也要找熟悉的医生，这样才感觉心里有底。

如何改变？自己力量有限，只能先入乡随俗吧，因势导利，以自己的微薄之力，带动全市的扶贫工作吧。

06. 老头儿与大学生

三年后的秋天，金色田野荡漾着成熟的美丽。观看抖音视频是新时代的潮流，网红的声音广泛流传。大田银行的杨天友得知黄川县政府利用网红推销产品，没有几家愿意积极参与，更多的是为了完成任务而参与，他深感人们思想不开化，认识不到新生事物的优越性，便积极与当地政府沟通，取得独家参与权。

黄川县政府十分重视，县长亲自参与。直播开始一周前，坊间流传说，有神秘"老腊肉"与"小鲜肉"PK，大家翘首以盼；后来更有蛊惑者说，有地方金融高官参与，答对问题有奖励，还有进入大田银行工作的可能；更有人不服气，贫困学生刘丽影能办的事，我们也能办到。

刘丽影以一个大专生的身份进入大田银行工作，是大田银行招考之后的唯一一例，在社会上引起了轰动，起到超级广告效力！

原来，自从杨天友到刘丽影家了解情况后，特别是杨天友将微服私访照发到朋友圈内后，黄川县大田银行行长张一兵立即和秘书林永旺联系，咨询杨天友到黄川县贫困户走访的情况，决心落实杨天友的建议。张一兵和杨天友以前因为工作有过争执，杨天友上台后，他曾怀着惴惴不安的心情，向杨天友道歉。杨天友大方地说："我们没有私仇。以前的事情过去了，你工作做好了，就是给我最好的回报！"

张一兵要干出成绩来，证明自己的能力。

张一兵召开了党委会，说："杨天友鼓励刘丽影进入咱们银行，有一定的战略意义，这是一种文化扶'智'。这项措施有鲇鱼效应，激励我们黄川县各委局齐抓扶贫工作，撬动我们这个贫困县的经济发展。我们黄川大田银行不能落后，每个人都要想一想，为黄川扶贫，我们能做些什么。"会议通过了帮助贫困村唯一大学生刘丽影进入大田银行工作的决议。

在大田银行扶贫员工的鼓励下，刘丽影报名参加了大田银行黄川支行的招聘。她不负众望，经过认真复习，精心准备，终于通过笔试，入围面试。

面试中，刘丽影落落大方说："我是贫困学生，大田银行包扶我长大，我热爱大田银行，愿意成为大田银行人……"

她被录用了。

由于入行人员是全省内调剂，黄川大田银行逐级反映，刘丽影是家庭中唯一的劳动力，希望将她留在当地。得到上级的批准之后，祥云村驻村工作队队长洪福娟带领支行帮扶贫困户刘丽影为黄川支行送来感谢信和锦旗，上写"结对帮扶送关爱，真情助困情义深"，表达感恩之心。

刘丽影被大田银行录用，在社会上引起极大的反响，她是她们专科学校第一个进入央企工作的人，也是黄川县大田银行在社会上公开招聘的第一个大专生。鸡窝里飞出了金凤凰！也给家庭带来生机。此举提高了大田银行的声誉，客观上助力了大田银行的宣传工作。

针对新兴的网红带货，有人委婉地对杨天友说，直播要在乎自己的形象。

"为了我热爱的大田银行，"杨天友自嘲地说，"虽然我长得磕碜，出点洋相，也值得。"

开播之后，杨天友就吸引了无数眼球。因为和小青年来比，杨天友可算是老头儿——他是 20 世纪 80 年代的科班中专生。那时的中专生，学习实力不亚于现在的大学生。他参加工作后通过自学考试，取得了大学学历，从基层一步步干起，参与银行的改革历程，可谓泥土里成长起来的银行家。

人们先看到几位老头儿，有些失望。大田银行行长杨天友脱稿演讲，介绍了大田银行滨江分行在春耕期间，支持春耕备耕，助力脱贫攻坚，支持企业复工复产、稳企稳岗等情况；他还介绍了定点帮扶黄川县六丰山镇文化村的情况，以及投放贷款支持黄川县粮食流通企业，通过总行扶贫商城帮助销售农产品等情况，最后为大田银行贷款合作客户——富强现代农业发展有限公司网红带货，推荐素有"白色珍珠"美誉的星光大米。

杨老头儿的直播获得很大的成功，宣传了大田银行，带货也收获满满。他口若悬河，侃侃而谈，魅力十足，征服了许多人，人们忘记了年轻帅小伙的存在。

杨天友 15 分钟直播，人们没有看够就结束了。大家恋恋不舍，在下一栏节目开播前，抢购了杨天友推荐的星光牌大米。经了解，这是滨江地区金融系统唯一的网红带货行长，开创了"行长网红带货"的先河。

金融记者采访当地群众，得知记者是大田银行人，对他们特敬慕，便开玩笑问，你们的"老腊肉"何时再出现？

另一位群众说，他有人格魅力，提高了大田银行的声誉。

记者把有人认为"老腊肉"之称呼对杨天友有不尊敬、不礼貌的看法反馈给了杨天友，杨天友笑着说："只要真心热爱大田银行，名字就是一个符号；反之，阳奉阴违、口是心非的恭维，还不如没有。"

当市长徐为国知道此事后，感慨万分说："有这样宽广胸怀的领导，大田银行肯定能获得大发展。"

07. 成果显效

黄川县是滨江市下辖的唯一贫困县。九个乡镇，大部分村屯，都得到大田银行贷款的支持。大田银行为农民摆脱贫困一直竭诚努力，他们播下善良的种子，收获了金色的梦。

党的十八大以来，大田银行嗅到了新动向。在业务推进中，如何处理好业务政策与农民资金需求的矛盾，如何搞倾情保姆式的延伸服务，把党的温暖送到农民手中，带动农民共同致富，成为大田银行领导研究的课题。

杨天友下乡搞调研，去得最多的就是黄川县，他和县政府领导协商，交流经验。针对县领导就黄川大田银行对一些企业申请的贷款不能发放的疑问，杨天友解释道：

"现行的贷款业务制度是经历数以万计的成本换来的。违反规定，就是给我亲爹放款也不成，如果办了，不等贷款放出，我们都得被追责，给贫困户总是输血贷款，不一定是好事。我们应该培养造血的功能。扶贫，不只是靠资金，还得扶志向，让他们靠智力，靠自力。"

杨天友的理念被黄川县认可接受了。

得知县委县政府组织机关单位包扶贫困村工作，黄川大田银行认真贯彻杨天友的理念，负责包扶城兴镇前进村的扶贫工作。该村有一百多户人，三百多人，黄川大田银行抽调三十多人，每周都到村里和农民打成一片，解决实际困难。比如吃水，是多年让农民头痛的事，水质发浑，有腥味，黄川大田银行拿出4万元帮助买过滤沙、打井，解决了历史遗留问题。

杨天友知道后，通报表扬。这更加大了黄川大田银行扶贫的热情与力度。

完成前进村的帮扶工作，大田银行又和福来镇祥云村对接。祥云村是以"东北抗联"革命烈士之一祥云命名的村子，有贫困人口七十多人。

大田银行充分履行责任义务，班子成员加上全体中层干部在保证工作能运营的情况下，每周至少深入祥云村一次。刚开始村民有抵触情绪，认为他们在作秀，不愿意配合。他们用行动感化了村民。进村第一年年末，大田银行与扶贫工作队便联手举办村民迎新年联欢会，组织志愿者包饺子，与民同乐，深得民心。

黄川支行行长张一兵包扶最困难的韩金龙家。韩金龙和妻子杨霞光，二人智障，其母亲王香兰瘫痪在床多年，原来精神受过刺激，见到生人害怕恐惧，防备意识特强。张一兵了解情况后，采用循序渐进的办法，先把扶贫物品放在他家门口，笑容满面，和他们挥手告别。后来帮助他家打扫院子，终于用真诚感动了他们。一年后，客户经理于山峰加入，继续扛起张一兵手中的责任。后来，他家离不开张一兵和于山峰了。谁的话也不信，就听张一兵和于山峰的，就信任大田银行的人。

榜样的力量是无穷的。黄川大田银行努力工作，杨天友树立典型，推广经验，在他担任大田银行滨江分行的第四年，黄川县终于把国家级贫困县的帽子扔掉了，提前一年完成国家规定目标。

这天，杨天友读了《滨江晚报》记者张小村的《大田银行大地情怀——滨江大田银行扶贫纪实》的报告文学，感动得热泪盈眶。他认为，取得这些成绩，是党的政策好，是大家努力的结果，当然也有他付出的心血。

黄川县位于祖国东北，隶属于滨江市，总人口 30 万人，土地面积 3123 平方公里，辖 11 个乡镇，147 个自然村，农村人口 22.9 万。2002 年被定为国家贫困县，一直走在脱贫的路上。

如今，经过近 15 年的共同努力，2017 年建档立卡的贫困户已全部脱贫，农村基础设施和公共服务功能较为完善，顺利通过国家、省、市脱贫退出验收。提前一年拔掉穷根送走穷神，把贫穷的帽子甩入了太平洋。

黄川县能够取得这样的成绩，主要是在党和政府的领导下，多个部门、多方面共同努力的结果。但是今天，我们要挖掘的是一个侧面，即大田银行在脱贫中的作用。大田银行天生是为"三农"服务的经济组织，是天然助力农民奔向幸福金光大道的追梦者。他们将自己的作用，在黄川县脱贫的过程中发挥得淋漓尽致。

……

顺循着大田银行逐梦者的足迹，我们采访了扶贫点、贷款户、入行的学生，挖掘了网红带货背后的故事，感受到了黄川县脱贫，有大田银行人做出的艰辛工作、付出的汗水。大田银行的员工用自己辛勤的汗水，浇灌"大地"，追逐了金色的梦想。

……

宣传是有力量的！这一篇报告文学被省行知晓，行长甄有为阅读后感叹地说："选好一个干部能造福一方呀！杨天友有超前意识，扶贫工作目标提前一年完成，他的功劳很大。咱们没有看错人！"

"这种超前意识来源于对工作的热爱，来源于认真的学习，以及他到南方开阔视野。"副行长邓新军补充道。

"有多少人，有学识，有视野，当了官，却没有取得显著成绩，是人生观问题。"甄有为颇为感叹道。

邓新军虚心地问："怎么样能把经济搞上去？"

甄有为想了一下说："咱们东北落后。有人说，'投资不过山海关'，虽然言过其实，但值得我们认真思考。落后的主要原因，我认为是思维落后，经济文化氛围有待于改善，也缺少各方面各层次顶得上去的领导干部。如果岗位轮换制度在全国普遍开展，将南方先进地区的领导成建制地轮换到咱们这地方，一定能带动咱们区域社会经济的发展。"

"国家会考虑这些事情的，"邓新军想了一下，说，"时代造就英雄，也成就一个人。可惜明年，杨天友就到规定的'退长还员'年龄了。"

甄有为知道，杨天友明年就要离开领导岗位，他也有些遗憾，但银行的制度总是要遵守的："吐故纳新是自然规律，延迟退休的办法，国家正在论证。这个'退长还员'政策是针对咱们大田银行的客观情况制定的，认真贯彻执行，对我们的事业有好处。当然，我们大田银行为能有杨天友这样的员工而感到高兴！"

08. 圆满收官

第二年，一个休息日下午交接班时分，霞光万丈，照耀大地，让人们无限留恋。杨天友和李伟萍并肩站在桃花江岸边。

自从李伟萍被杨天友哄骗，进入老年大学之后，接触了新鲜事物，结识了许多朋友，再加上有心理医生的开导，她慢慢走出了阴影，和杨天友的关系也越来越融洽。

看到江边闲逛的人流，李伟萍颇有感触地说：

"我们第一次见面就在这里吧。"

杨天友看了看李伟萍，感叹：

"是啊，时间如白驹过隙，真快呀。一晃三十年过去了，我们又开始新的生活了。"

李伟萍俏皮地一笑："我找到了新的乐趣，要开始学画画了。"

杨天友看了她一眼："我也要真正开始写作了。"

两人相视大笑。

杨天友感叹道："我感觉咱们活得越来越年轻了。"

李伟萍认真地点点头。

两人沉默了一会儿，一起憧憬着未来。

"说点儿现实的，你什么时候离职交权？"李伟萍问。

"昨天省行来电话了，让我做好离职准备，做好'看守'工作。"

"有什么感想？"李伟萍歪着脖子看着他。

杨天友又找到了"初恋"的感觉，深有感触地说：

"经过近五年的努力工作，我把咱们滨江这个落后的大田银行，建设成为全国文明先进单位，职工的福利上了一个新台阶。领导认可，职工满意，实现了自己的人生抱负，我满足了。当我闭上眼睛时，我可以像奥斯特洛夫斯基那样自豪地说，回首往事，我不会因为虚度年华而悔恨，也不会因为碌碌无为而羞耻。一生无愧！"

　　江鸥在江面上盘旋后，告别了相伴一天的大江，飞往远方；清风徐徐吹在脸面，给劳作一天的人们一丝丝安慰；夕阳收回最后一抹余晖，悄然隐身。但夕阳留下的温暖，却让人们感到惬意舒坦。

　　杨天友站在堤岸上，望着缓缓东去的桃花江水，无限感慨："逝者如斯夫！"

2017 年 6 月一稿

2020 年 12 月定稿

后记

　　《银行行长》写完后，我的思绪久久不能平静。我在想，能写成书，除了有爱好和兴趣的引领驱使外，还有什么深层次的原因呢？这个原因就是感恩。

　　饮水思源，感恩我的衣食父母——中国农业银行。是农行各级领导对文化的重视，农行深厚的企业文化底蕴，熏陶着感染着我，可以说，没有农行，我就没有创作源泉，就没有这本书。

　　乌鸦反哺。能为培养、养育我的农行做一点力所能及的事情，是我的宿愿之一，但作为一介布衣，如何实践自己的宿愿？我想，用感恩之心回报社会，也是一种家国情怀，虽然力量微小，但一棵小草亦能反映太阳的光辉。聚沙成塔，集腋成裘，众多小草汇集，便成了一片衬托森林的绿地。

　　感谢中国作协副主席何建明老师。他作为中国文坛的领军人物之一，有一种忧国忧民的情怀，他的报告文学，针砭利弊，让人感动；他礼贤下士，提携后进，是写作者的老师，也是人们喜爱的大作家，是当之无愧的人民作家！他所著的报告文学《南京大屠杀》被翻译成多国文字，揭露了日本帝国主义的滔天罪行，促使读者深刻反思南京大屠杀的历史，可谓擎天巨作。谢谢何老师，在我迷茫时亲赐墨宝，给予我极大的鼓励与支持。

　　有人将人类的需求分三种：物质的满足，精神的享受，灵魂的安置。灵魂安置是人的最高享受，而灵魂的最好去处便是进入善门。如果我们每个人都怀揣善心，加强道德修养，提升精神境界，以奉献回馈社会，便会得到社会的充分认可、赞赏，便会产生成就、满足感，心情会更加愉悦，社会也将会变得更加美好！如果此书销售好，或者万一，能当影视脚本，有了版税和版权收益，我愿意拿出一部分捐

318

赠给"何建明报告文学基会"，以尽拳拳之心，微薄之力。

感谢《金融文坛》主编闫星华先生、中国金融作家协会主席阎雪君先生、全国知名作家夏龙河先生，他们给予我许多启迪和帮助。

感谢光大银行原行长葛海蛟先生，曾经支持我学习深造。

感谢北京语言大学教授、享受国务院政府特殊津贴专家李洲良先生对此书的关注。

致谢单位领导，他们是詹立波、李昭辉、董旭鑫、赵铁、李良、王维继、吕丽、李琨、范华、何存阳……我也不能忘记那些曾工作或退居二线的领导——高辉芝、于山、李宾、潘春强、邹玉泉、李琨、李洪生、梁科庭、武传香、刘银波等。从他们身上，我学习、感悟到了许多东西。

感谢朋友对我的支持和关注，与我探讨人生和人性，从哲学角度谈论社会现象，使我受到启迪，灵感迸发，他们是黑龙江省文联孙莉，黑龙江省人民出版社姜海霞，哈尔滨银行邓新权，光大银行李晓峰，沈阳人行肖慧超，农行黑龙江省分行刘彦君，农行辽宁省分行牟丕志，农行新疆区分行任茂谷，以及邓新权、李占春、徐永辉、佟凤奇、宋国言、杨学锋、吴业维、李鹏翔、孙戈、怀玉平、姜启林、张海春、葛立彬、崔晗等。

感谢单位的同人，用特有的方式告诉我各种案例，才使我拥有了金融知识和实践的积累。他们给予我巨大的精神鼓舞，是我心中的丰碑。

感谢认真负责的中国文史出版社梁玉梅编辑，感谢退休编辑冯京丽，因为你们的认真工作，才有这部小说的面世。

最后再次感谢中国农业银行对我的培养、教育；感谢哈尔滨银行对此书的关注！

2020 年 12 月